„… die Überraschung aber ist das Städtchen“

*„... die Überraschung
aber ist das Städtchen."*

LUDWIGSLUST

Ein Lesebuch

HARTMUT BRUN

HINSTORFF

Inhalt

Liebe Leser,

ich freue mich, dass Sie sich für Ludwigslust interessieren und dass Sie mit diesem Lesebuch eine weitere Möglichkeit bekommen, Ihre Neugier auf unsere schöne Stadt zu befriedigen und Ihr Wissen zu erweitern.

Ludwigsluster Geschichte – selbst erlebt oder durch intensive Recherche nachempfunden – wird präsentiert in Texten, die den Leser schmunzeln lassen, ihn aber auch zu tiefem Nachdenken zwingen. Eindrücke, die Menschen auf der Durchreise von Ludwigslust mit nach Hause nahmen, spielen dabei ebenso eine Rolle wie die Empfindungen, mit denen sich die Einwohner „vor Ort“ auseinandersetzen mussten.

Und ich freue mich besonders, dass mit dem vorliegenden Band auch an bedeutende Künstler erinnert wird, die in Ludwigslust lebten und hier ihre Wirkungsstätte hatten. Bemerkenswerte Menschen, die die Entwicklung sowie die Einzigartigkeit unserer Stadt prägten, stehen im Mittelpunkt vieler Geschichten.

Über Ludwigslust ist bisher viel geschrieben worden. Eine Sammlung dieser Art lag noch nicht vor. Deshalb begrüße ich das Engagement von Hartmut Brun, gemeinsam mit dem Hinstorff Verlag ein Lesebuch herauszugeben, das die Möglichkeit bietet, unsere Stadt durch das Wort Einheimischer und Fremder zu erleben.

Gerade in diesem Jahr, da die Stadt Ludwiglust das 125jährige Jubiläum der Stadtrechtsverleihung begeht, ist es mir eine besondere Freude, Ihnen eine solche Edition empfehlen zu können. Ich wünsche Ihnen viel Spaß beim Entdecken der Geschichte(n) unserer Stadt!

Ihr

H. J. Zimmermann
Bürgermeister

Am Mittwoch, 21. August, erhuben sich Ihro Herzogliche Durchlaucht unser gnädigster Landesherr mit der ganzen fürstlichen Familie und dem größesten Teil Dero Hofstaates nach Kleinow, und befohlen an selbigem Tage, dass ersagter Ort von nun an und für die Zukunft Ludwigs-Lust genannt werden solle!

(Mecklenburgische Nachrichten vom 24. August 1754)

Renate Krüger

Kunst und Weidwerk

Wer die Anfänge und somit die Besonderheiten von Ludwigslust verstehen und beurteilen will, muss sich etwas mit der Geschichte vertraut machen. Was geschah in der Griesen Gegend?

Mitten in dieser flachen Landschaft lag das alte Bauern- und Gutsdorf Klenow, hochdeutsch auch Kleinow genannt. Es bestand zwar schlecht und recht schon seit dem 14. Jahrhundert, verfiel jedoch um 1600, denn die Herren von Klenow standen vor dem Ruin. Niemand aus der stolzen mecklenburgischen Ritterschaft wollte das magere Gut kaufen. Höchst ungern übernahm der damalige Herzog Adolf Friedrich das Gut ins Domanium. Nach dem Dreißigjährigen Krieg war der Tiefpunkt erreicht, von den 29 Bauernstellen lagen 24 wüst, und ihre Hufen wurden zum Hof gelegt. Herzogliche Pächter brachten dann nach und nach das Gut wieder in eine gewisse Ordnung. Klenow wurde zu einem bevorzugten Aufenthaltsort für den mecklenburgischen Prinzen Christian Ludwig, dem es in der Griesen Gegend wegen der guten Jagdmöglichkeiten so gefiel, dass er sich neben dem Gutshaus ein Jagdhaus bauen ließ. Christian Ludwig war Kaiserlicher Kommissar für Mecklenburg, denn sein missratener Bruder, der Herzog Carl Leopold, war wegen unerwünschter Bündnisse und Manipulationen aus dem Lande gejagt worden und belauerte nun als erboster Herzog im Wartestand alle Schachzüge Christian Ludwigs mit höchstem Argwohn, nachdem alle seine Versuche, den Absolutismus in Mecklenburg zu errichten, gescheitert waren. Er gönnte seinem geplagten Bruder, dem Prinzen, der sich nicht Herzog nennen durfte, nicht einmal das harmlose Jagdschloss in dem unbedeutenden Ort Klenow, das der Schweriner Hofbaudirektor Künnecke seit 1724 baute, wobei er gewiss mehr als einmal über die hemmenden Sparmaßnahmen des armen Prinzen verzweifelte. Ständig versuchte Carl Leopold über seine Amtmänner, die ihm noch immer treu ergeben waren, den Bau zu hintertreiben, dieses Miniaturschloss aus Fachwerk und Lehm, in dem jeder andere deutsche Fürst zu wohnen sich geschämt hätte … Ein niedriges Hauptgebäude mit seitlichen Kavalier- und Küchenflügeln, von schlichten Hütten abgeschlossen, die sich nach höfischem Sprachgebrauch Pavillons nannten, über dem Haupteingang ein kleiner Balkon, das war eigentlich alles! Welch ein missgünstiger Bruder, der diesen bescheidenen Bau sabotierte, und welch ein verständnisvoller Kaiser, der die Zimmerleute unter militärischen Schutz stellte, damit sie die zugehauenen Balken auch zu einem richtigen Fachwerk zusammenbekämen! Carl Leopold, dessen Idol der Schwedenkönig Karl XII. wurde, erboste sehr darüber. Als er starb, war das Jagdschloß Klenow längst fertig, und Christian Ludwig wurde verdientermaßen zum Herzog befördert.

Nach langen erfolglosen Kämpfen mit der mecklenburgischen Ritterschaft zog sich der Herzog mehr und mehr ins Privatleben zurück und sammelte Gemälde, Kupferstiche und Jagdtrophäen. Er liebte auch Schauspiele und Konzerte und wechselte häufig die Residenz. Bald hielt er sich in Kraak, bald in Neustadt oder in Klenow auf. In seinem Klenower Jagdschloss bewahrte er einen Teil seiner umfangreichen Kunstsammlungen auf und wurde nicht müde, sie zu betrachten. Jagd und Musik, Halali und Malerei, das war Ludwigs Lust!

Die Jagd! Heute, da man das Erlegen des Wildes vornehmlich als einen Teil der Wildhege und -pflege betreibt, kann man sich kaum noch eine Vorstellung vom Umfang und von den Auswirkungen der barocken Jagdleidenschaft machen, von diesem bunten, schillernden Bild, das zahlreiche zeitgenössische Maler immer wieder festzuhalten suchten, aber auch von der Jägergrausamkeit, für die Tier- und Naturschutz völlig unbekannte Vokabeln waren, und von den Zerstörungen, die auf den Äckern der Bauern angerichtet wurden und mehr als einen um die Existenz brachten. Gewiss war der Mecklenburger Ludwig kein so erfolgreicher Jäger wie sein Zeitgenosse und Namensvetter Ludwig XV. von Frankreich, der außer der Jagd und den Frauen kaum nennenswerte Interessen hatte und in seinem Leben über 9000 Hirsche erlegte. Die umfangreichsten herzoglichen Jagdgebiete lagen um Gelbensande (östlich von Rostock), im Lewitzgebiet (mit dem Jagdschloss Friedrichsmoor) und in Südwestmecklenburg. 1701 wurde zwischen Schwerin und Grabow ein ausgedehntes Hegewerk errichtet. Man friedet nicht die Wildreviere ein, sondern die zu schützenden Ländereien der Anwohner. Dieses Hegewerk wurde zum größten herzoglichen Jagdgebiet. Das Jagen war nicht so gefahrlos wie heute. Das Wild wurde im „Nahkampf“ erlegt, und die gut ausgestellte Trophäensammlung erhöhte das Prestige ihres Besitzers. Christian Ludwigs Jagdtrophäen bewahrte man im Jagdschloss Klenow auf. So wird sich der alte Herr sicher sehr gefreut haben, als sein Sohn Friedrich verkündete, man wolle zu Ehren des regierenden Herzogs das Jagdschloss Klenow hinfort mit dem klangvollen Namen Ludwigs Lust benennen. Das geschah vor dem versammelten Hof, der sich im Sommer des Jahres 1754 wie gewöhnlich im Klenower Revier aufhielt und in Bezug auf das feine höfische Leben bisher nicht so recht auf seine Kosten gekommen war. Aber das sollte nun anders werden, endlich!

Die Sachsen hatten schließlich schon längst ihr Augustus- und Moritzburg, die Hannoveraner ihr Herrenhausen, die Preußen bauten sich ihr Sanssouci, und im thüringischen Arnstadt sollte es gar ein Monplaisir geben. Ja, das waren glanz- und klangvolle Namen, nicht zu vergleichen mit Klenow, Techentin, Groß Laasch, nicht einmal mit Schwerin. Ludwigslust … Weder der Herzog, der Prinz und die übrigen hohen Familienmitglieder, noch die zahlreichen Hofchargen konnten ahnen, dass der Volksmund diesen schönen Namen später respektlos in „Lulu“ abwandeln würde. *(1976)*

Thomas Nugent

Neunzehnter Brief

Ludwigslust, den 21. November 1766

Den 14., nachmittags um 1 Uhr fuhr ich in Herrn Pallmanns und Herrn Benekens Gesellschaft aus Schwerin. Letzterer ist Hofuhrmacher, ein Hannoveraner, aus Hameln gebürtig; weil er sich eine Zeitlang in London aufgehalten, so spricht er sehr gut Englisch, ist überhaupt in Gesellschaft ein munterer, lustiger Mann. Herr Pallmann ist Hofkandidat, lang von Statur, finster und ein etwas strenger Moralist.

Der Herzog hat von Schwerin nach Ludwigslust zu seinem eigenen Privatgebrauch einen neuen Weg angelegt, der ganz und gar durch des Herzogs Domänen geht, größtenteils durch Gehölz. Man rechnet von Schwerin nach Ludwigslust 4 Meilen. Etwa auf dem halben Weg ließen wir halten, um uns auf einer angenehmen Stelle, der Stern genannt, zu ergötzen; von diesem Stern sind neun vortreffliche Alleen mitten durch den Wald durchgehauen. Nicht weit von hier trafen wir auf einen Krug, der Ortkrug genannt, wo wir ausstiegen, um uns zu erfrischen. Um 5 Uhr waren wir endlich zur Stelle. Ein herzoglicher Bedienter, den man Kastellan nannte, führte mich in mein Zimmer, bewirtete mich mit Kaffee und erzählte mir, daß beide Durchl. Herrschaften diesen Vormittag spazieren gefahren, aber eben diesen Augenblick wieder zurückgekommen wären, ferner, daß er Herrn von Zülow schon meine Ankunft gemeldet hätte, der ihm befohlen, mir mein Zimmer anzuweisen. Nach Verlauf von etwa einer Stunde, in welcher Zeit mir der Hofmedikus, ein überaus artiger Mann, Gesellschaft leistete, kamen Geheimrat Lützow und Oberschenk Zülow. Ersterer trug das weiße Band des Elefantenordens. Beide Herren wünschten mir in überaus gütigen Ausdrücken Glück zu meiner Ankunft in Ludwigslust und versicherten, daß sie alles mögliche beitragen wollten, um mir meinen hiesigen Aufenthalt angenehm zu machen. Auch berichteten sie mir, daß beide Durchl. Herrschaften mit Vergnügen von meiner Ankunft vernommen hätten und daß ich ihnen noch vor der Tafel vorgestellt werden würde. Bald darauf kam das Gespräch auf den Strelitzer Hof, und beide Herren erkundigten sich nach Herrn von Dewitz, dessen vertraute Freunde sie sind.

Endlich war es 9 Uhr, da dann die Trompete, wie es an allen deutschen Höfen üblich ist, das Zeichen zur Tafel gab. Wir gingen darauf in einen Saal, wo die Herrschaften gewöhnlich zu speisen pflegen; von hier ward ich in ein Zimmer linker Hand geführt, in welchem der Herzog und die Herzogin standen. Herr von Zülow stellte mich vor, und beide Herrschaften empfingen mich mit all der Gnade und Herablassung, die diesem fürstlichen Hause angeboren zu sein scheint. Hierauf gingen wir zur Tafel, und ich erhielt meinen Platz neben dem Herzog. Unsere Tischgesellschaft war nicht eben zahlreich, denn außer den beiden Herrschaften waren nur noch da ein Fräulein von Suhm, Frau von Lützow, Frau von Zülow, Herr von Lützow, Herr von Pentz; sämtliche Damen gingen wie die Herzogin im Reithabit. Vor und nach der Tafel trat ein Page vor den Tisch und betete. Beide Herrschaften unterhielten sich während der Tafel äußerst gnädig mit mir, insbesondere erkundigten sie sich viel nach unserer Königin. Der Herzog versteht etwas Englisch und äußert ein großes Verlangen, sich in dieser Sprache zu vervollkommnen. Während der Regierung seines hochseligen Herrn Vaters hat er sich einige Monate in London aufgehalten und bedauerte es sehr, daß ihm die damaligen Umstände nicht erlaubt hätten, dort länger zu bleiben. Nach aufgehobener Tafel unterhielten sich beide Herrschaften wohl noch eine Stunde lang mit mir. Der Herzog versicherte mir, daß meine Mecklenburgische Geschichte allen Beifall der Gelehrten seines Landes erhalten hätte und daß er sehr wünschte, der englischen Sprache so kundig zu sein, um das Buch im Original zu lesen. Außerdem wiederholten sie mir, was Herr von Zülow schon ausgerichtet hatte, daß ich ihnen hier recht sehr willkommen wäre. Ich bezeugte darauf Sr. Durchlaucht meinen untertänigsten Dank für alle unerwartete Gnade und setzte noch hinzu, daß man mir auswärts sehr viel von dem hiesigen prachtvollen Park erzählt hätte, ich hoffte also, hier ein reiches Feld voll bewundernswürdiger Gegenstände vorzufinden.

Den anderen Morgen kam Herr von Zülow zu mir, um mich im Park herumzuführen. Er hatte ein einspänniges Fuhrwerk, das statt mit Rädern mit Walzen versehen war, um den Spaziergängen keinen Schaden zuzufügen. Ich muß gestehen, dieser Ort hat alle meine Erwartungen bei weitem übertroffen! Ich brachte diesen ganzen Vormittag damit zu, um alle bezaubernden Schönheiten desselben zu besehen. Wahrlich, der Anblick aller dieser Seltenheiten riß mich so hin, daß ich sie nachher alle Tage aufs neue besehen habe, und mich dünkt, ich fand jedesmal immer wieder etwas Neues! Die ganze Anlage ist von des Herzogs eigener Erfindung; er wählte sich bloß die Natur zum Muster, denn ein solcher Anblick hebt die Seele weit mehr als die witzigsten Erfindungen der bloßen Kunst. Es bedürfte einer geübteren Feder als der meinigen, um Ihnen alle Reize dieses irdischen Paradieses zu beschreiben!

Eigentlich ist Ludwigslust nur ein Jagdschloß, das Christian Ludwig II., Vater des jetzt regierenden Herzogs, erbauen ließ. Am Gebäude selbst ist, weil es nie zu einer Residenz bestimmt war, nicht die mindeste Pracht; es ist nur ein Stockwerk hoch und hat zwei Flügel, die von den Hofdamen und Hofkavalieren bewohnt werden. Das Hauptgebäude ist 6 Fuß breit und hat 14 Fenster in der Front. Man tritt durch einen kleinen Altan in einen großen Vorflur, wo die Herrschaften gewöhnlich speisen. Rechter Hand sind des Herzogs Zimmer, zwar nur klein, aber doch bequem angelegt; ihrer sind in allem vier; schön möbliert und mit allerlei Natur- und Kunstseltenheiten angefüllt. Eins davon ist des Herzogs Studierzimmer, in welchem eine Menge mechanischer Instrumente steht. Die übrigen Zimmer hängen voll trefflicher Gemälde, von denen die meisten Bildnisse sind, unter welchen das Gemälde der Herzogin und der Prinzessin Ulrike der Ähnlichkeit wegen am meisten bewundert werden. Hier ist auch eine überaus künstliche Spieluhr, die der Herzog von unserer Königin zum Geschenk erhalten hat. Mechanische Kunstwerke sind hier so viele, daß es mir unmöglich ist, sie hier alle zu beschreiben. Linker Hand sind die Zimmer der Herzogin von eben der Größe als die vorigen, auch schön möbliert. Indessen sind freilich alle diese Zimmer für die Durchl. Herrschaften viel zu klein; der Herzog will auch an diesem seinem Lieblingsort bald einen prächtigen Palast bauen lassen.

Rechter Hand des Schlosses ist der Marstall, ein schönes massives Gebäude, dessen Einrichtung und Bauart fast ebenso ist wie die des königlichen Marstalls zu Versailles. Er ist mit vortrefflichen Pferden der schönsten Rasse angefüllt, deren jedes sein eigenes Behältnis hat. Mitten im Stall ist ein Pferdekopf, der eine große Quantität Wasser in ein steinernes Behältnis spritzt. Kurz, die ganze Einrichtung ist überaus nett, und die Stallbedienten wohnen hier sehr bequem.

Vor dem Schloß selbst ist ein großer geräumiger Paradeplatz und etwa 118 Schritt vom Schloß ein Kanal, der eine überaus prächtige Kaskade macht. Diese Kaskade ist 300 Fuß lang; das Wasser sammelt sich in einem großen Behältnis, stürzt darauf in ein anderes Bett hinunter und ergießt sich von hier in das Gehölz. Mitten im Kanal ist eine künstliche Wasseruhr von des Herzogs eigener Erfindung und auf beiden Seiten dieser Wasseruhr ein paar hölzerne Pyramiden. Etwa 60 Schritt von dieser Kaskade ist ein zirkelförmiges Bassin, 300 Schritt im Umfang. Rechter Hand ist die Schleuse, um das Wasser abzuleiten. Bewundernswürdig ist es, daß vor etwa 5 Jahren in Ludwigslust kein Tropfen Wasser war. Diesen berühmten Kanal ließ der Herzog mit großen Kosten graben, indem aus dem Schweriner See und aus der Elde ein paar Kanäle geführt werden, die sich unweit von Friedrichsmoor in einer Schleuse vereinigen, und von hier ab fließt das Wasser in einen gemeinsamen Strom nach Ludwigslust herab, wo es so vielerlei Kaskaden und Springbrunnen hervorbringt.

Rechts und links von dem erwähnten Bassin sind ganz neue Gebäude für die Künstler, deren der Herzog eine große Menge erhält, aufgeführt worden. Diese Gebäude sind überaus nett und bequem, und wenn sie auch nur aus einem Stockwerk bestehen, so fallen sie doch gut ins Auge. Ganz am Ende wird der Prospekt von einer Kirche abgeschlossen, die erst kürzlich angefangen ist und die gewiß eine der schönsten im Lande werden wird; die alte Kirche war so baufällig, daß es kaum schicklich gewesen wäre, sie länger stehen zu lassen. Bis jetzt sind nur erst die Mauern aufgeführt, allein die Arbeit wird mit so vielem Fleiß fortgesetzt, daß sie binnen ein oder zwei Jahren schon wird beendigt sein können.

Alles, was sich die morgenländischen Nationen unter dem Namen eines Paradieses vorstellen, findet man hier im Lustgehölze beisammen. Dies ist nämlich ein großes Revier voll Obst- und wilder Bäume; bald stößt man auf die anmutigsten Spaziergänge, Alleen und Springbrunnen, und bald hat man wieder die ungekünstelte freie Natur, Wiesen und Gebüsche voll

Wild, Reit- und Fahrwege vor sich. Das ganze Revier besteht aus einer morastigen Ebene; hin und wieder sind freilich Hügel und Anhöhen, allein diese sind Werke der Kunst, um den Prospekt mannigfaltiger zu machen.

Hinter dem Schlosse ist der eigentliche Garten, der sich in der Breite bis zum Park erstreckt. Er ist rund umher mit Palisaden und rechts und links mit einer Mauer eingeschlossen. Rechts ist der Küchengarten und links geht man in den Park. In diesem Garten sind zwei Bassins mit figuriert gehauenen Steinen eingefaßt, und in jedem Bassin ist ein Springbrunnen. Auch sind hier vier schöne Statuen von Stein, Musik und Malerei darstellend. Längs jeder Mauer sind hohe schattige Alleen, und im Garten selbst machen eine Menge Irrgänge, Grotten und Terrassen die bezauberndste Mannigfaltigkeit. – Der Küchengarten rechter Hand ist ungefähr von eben der Größe wie der andere; mitten im Garten ist ein vortrefflicher Teich, über welchen eine prächtige Brücke führt.

Wenn man durch die Tür linker Hand aus dem Garten tritt, so hat man eine vortreffliche breite Allee vor sich, die an einem Wasserstück endet, das von dem großen Kanal angefüllt wird. Dieser Kanal fließt nämlich von der vorbeschriebenen Kaskade in den Park, macht aber, ehe er in dies Wasserstück kommt, noch eine andere Kaskade, die unter einer Brücke befindlich ist. An diesem Wasser steht rechter Hand ein anmutiges Lusthaus, das inwendig mit den schönsten Gemälden berühmtester Meister ausgeziert ist. Vor diesem Lusthause ist ein weiter geräumiger Platz, der linker Hand wieder an eine Kaskade stößt. Hinter dem Haus ist eine sehr lange Allee, die zu beiden Seiten eines Kanals herunter fortgeht, der wiederum von zwei schönen Kaskaden unterbrochen wird. In diesem Lusthaus ist unter anderem auch das Modell der neuen Ludwigsluster Kirche.

Weil es mir zu kalt war, im Wagen zu sitzen, so stiegen wir aus, und in einer kleinen Entfernung vom Lusthause bot sich meinem Auge ein bezaubernder Blick dar, denn ich hatte auf einmal drei Alleen und zwei Kanäle vor mir, deren Ende ich nicht absehen konnte. Die Allee rechter Hand war die eben beschriebene mit dem Kanal hinter dem Lusthause; die zur

Linken erstreckte sich ebenfalls in unbegrenzter Entfernung herab, aber in dieser war kein Kanal; die dritte Allee hingegen stößt gerade an den großen Teich, der sich hier in einen überaus prächtigen Kanal ergießt, der über eine Viertelmeile in gerader Linie herunterfließt; an seinem Ende hat man wieder einen paradiesischen Blick. Über diesen Kanal geht gleich beim Eintritt in die Allee eine prächtige Brücke, darunter stürzt das Wasser mit großem Brausen in den Kanal hinab, indem es zwei vortreffliche Kaskaden bildet. An beiden Seiten dieses Kanals geht ein schöner Spaziergang herab, und die Ufer dieses prächtigen Stroms sind allenthalben mit Büsten und Statuen geziert. Etwas weiter hinab ist wieder eine Brücke mit einer Kaskade, und vorher ein Springbrunnen. Um immer die Natur nachzuahmen, wechseln auch die Ufer dieses Kanals auf mancherlei Art ab – bald sind sie kahl, mit Sand und Kies bedeckt, bald bis ins Wasser mit Büschen und Sträuchern bewachsen und an andern Stellen wieder mit Blumen und Stauden besetzt. An beiden Seiten der Spaziergänge stehen hohe Erlenbäume, die in schwülen Sommertagen die brennenden Sonnenstrahlen zurückhalten. Dies ganze Gehölz ist voller Wild; vorzüglich halten sich hier viele wilde Schweine auf, wovon ich oft ganze Herden im Wasser herumplatschen sah; wenn sie nur nicht gereizt werden, tun sie niemand Leides, sonst werden sie überaus wütend.

Etwas rechts von diesem Kanal kamen wir in den sogenannten Kaisersaal, einen Platz, der seinen Namen von den zwölf römischen Kaiserstatuen hat, die hier in der Runde stehen. Sie sind aus bloßer Pappe gemacht, aber von der Witterung so gehärtet wie der dauerhafteste Stein. Nahe an dieser Grotte bildet der Kanal ein rundes Bassin mit einem Springbrunnen; auf beiden Seiten an den Spaziergängen sind künstliche Erdhügel aufgeführt, zu deren Spitze man auf ausgestochenen Rasentreppen steigt.

Nicht weit von hier ist eine andere Kaskade; rechter Hand schleicht sich ein kleiner Bach durch das Gehölz und ergießt sich murmelnd in den Kanal. Hier ist wieder eine Brücke, an welche sogleich die Zirkelkaskade stößt. Wahrlich, dies ist eine der schönsten Szenen, die ich in meinem Leben gesehen! Sie hat ihren Namen von dem runden Bassin diesseits der eigentlichen Kaskade, in welchem 24 kleinere im Kreise herumgestellte Springbrunnen das Wasser in die Höhe spritzen; im Mittelpunkt ist eine große Fontäne. Die Kaskade selbst ist groß und prächtig, in Form eines halben Mondes. Hier sind wieder zwei hohe Erdhügel mit eingehauenen Rasentreppen. Ich stieg nach dem einen hinauf und erblickte von der Spitze eine überaus reizende Landschaft, denn rechter Hand verliert sich der Wald allmählich, und man hat die angenehmste Aussicht nach Kornfeldern und Wiesen, die mit Herden von zahmen Vieh bedeckt sind. Mitten durch die Wiesen schlängelt sich ein Silberstrom, der sich endlich in den großen Kanal ergießt.

Johann Christian Friedrich Wundemann

Man muß sich billig wundern

Ludwigslust selbst sieht man nicht eher, als bis man es betritt, indem es ganz im Gehölze versteckt ist. Dichte davor, nachdem man schon das Tor und die Wache hinter sich hat, kommt man noch durch ein kleines Tannengehölz, von welchem sich dann der Weg gleich zur Rechten zieht und in den Ort führt.

Eine breite, mit einer Barriere eingeschlossene Lindenallee geht bis zur großen Brücke am Schloßplatze, neben welcher ehemals zur Linken die alte Kirche mit dem Kirchhofe mit einer großen hochbejahrten Eiche stand. Der mit Kies befahrne Weg in dieser Allee wird nur von den höchsten Herrschaften befahren. Zu beiden Seiten sind gedämmte Straßen, an welchen die Häuser der Hofbedienten stehen. Letztere sind sämtlich von Backstein ohne Übersatz und Anstrich, mehrenteils von zwei Stockwerken.

Erwähnte große Brücke führt von der langen Straße zum Schloßplatze. Unter derselben fließt von der Rechten zur Linken der Kanal durch, der Ludwigslust bewässert und alle Wasserpartien bildet, welche die Kunst hier hervorbrachte. Dieser Kanal ergießt sich zur Linken in einer Krümmung gerade dem Schlosse gegenüber in ein großes Bassin, aus welchem die große Kaskade herabstürzt.

Das Schloß selbst liegt von jener Straße gerechnet, zur Rechten, die Fronte gegen Süden. Gerade vor demselben hinter der Kaskade und dem Bassin zieht sich ein gleichfalls mit Lindenreihen besetztes halbes Oval hin, das von den Häusern der vornehmsten Hofbedienten, des Oberhofmeisters und Anderen gebildet wird. Am Ende des Ovals befindet sich die Kirche, deren schöne Facciata im dorischen Geschmack vom Schlosse ab einen vortrefflichen Prospekt gibt. Neben und hinter dem Schlosse ist übrigens die Gegend durch das große Gehölz beschränkt, welches sich von hier meilenweit erstreckt und unter dem Namen der Lewitz bekannt ist.

Man muß sich billig wundern, daß diese wüste Gegend zu einer solchen Anlage gewählt ward. Auf der einen Seite dürrer, sandiger Boden, dessen weite Ebene und Leere nur das Bild einer Einöde darstellt; auf der andern ein wild verwachsenes Gehölz, größtenteils auf Wiesengrund, also auch meistens von Elfen und anderm Bruchholz. Es gehörte gewiß ein starker Hang zum einsamen, selbstbeschaulichen Leben dazu, sich hier in dieser von aller Welt verlassenen und von der Natur ganz verabsäumten Gegend anzusiedeln; hier, wo jetzt freilich bei Anwesenheit des Hofes Leben die Fülle ist, aber wo man sonst eher düstere Klause stumpfsinniger Anachoreten, als den Sitz eines glänzenden Hoflagers suchen sollte, und wo sonst in der melancholischen Stille dieser Wildniß jedes an die Menschheit gewöhnte und für sie gefühlvolle Herz nur Grausen und Schauder empfinden könnte. Gütiger Himmel, was ist die Erde mit allen ihren Herrlichkeiten, wenn nicht gleichgeschaffene Wesen sich friedlich und freundlich zu uns halten und Leben und Freude mit uns teilen. *(1803)*

Richard Giese

Dei Ludwigsluster Juchhans

Dat wir woll so vör'n hunnert Johr, dunn keem eines Nachts dei Bäuner Prill ut Techentin von sien Brut in Niendörp. Dei Dirn harr em noch 'n Stück wegbröcht, un as sei up dei Breislo, dor, wo hüt dei Ludwigsluster Kauhweid is, keemen, mein sei: „So, nun büst du jo bald half nah Hus, nu will ick man wedder umkihrn."

Un dat deer sei denn ok, un dei Brüjam polter in dei Düsternis allein wider. Äwer dor – hei wir noch nich mal rann nah dat Holt – dor seg hei näben sick 'n grugelich groden Kirl! Den Bäuner klopp dat Hart, un hei wir am leiwsten loslopen. Äwer hei bedwüng sick un güng ümmer äbendrächtig un stillswiegens sinen Weg wider.

So keemen sei bett an 't tweit Runddeil in'n Sloßgorn. As Prill nu äwer den Krüzweg güng, hör hei dat mit einmal näben sick in 't Water plumpsen, un in densülwen Ogenblick klüng ok all dei Raup: „Juchhans!" lut dörch dei stille Nacht. „Ach so", säd dei Bäuner tau sick sölwst, „hei is dat wäst?" un wisch sick den Sweit af. Nu künn Juchhans em nämlich nicks miehr anhebben, denn äwer'n Krüzweg keem hei nich räwer.

Ja, Bäuner Prill wüss mit den Juchhans ümtaugahn. Nich so dei Dirns, dei dor dicht bi Niendörp bi 't Ketüffelracken wiern. Sei hörten in dei Firn eines Abends, as sei sick bäten lat uphollen harrn, ok den Raup „Juchhans!" För weck klüng dat ok as „Joch Voigt!" Na, ein von dei Dirns wier driest naug tau raupen: „Hier, hier!" Dor dur dat äwer nicks nich un oll Juchhans keem as 'n Maehlrad angebruust. Dei Dirns knepen natürlich ut. Äwer dat wiesnutig Ding kreg hei doch taufaten. Grugelich hett hei dei Dirn taurícht't, dat sei wochenlang dodenkrank tau Bedd lägen hett.

Na, un grad so güng dat Bur Zengel sienen Knecht in Warlow. Dei wier eines Abends bi 't Flassbraken, as hei sick dick daun woll un Juchhans'n ümmer nahap. In'n Handümdreihn wier hei dor un smet den Knecht gegen den Spraekeltuun bi den Backaben, dat dei sick noch daaglang nahhier dei Rippen inriben möß. Dat best wier jo ümmer, dat Juchhans nich äwer'n Krüzweg künn, süss harr dat den Daglöhner, dei mit'n Sack Mähl von dei Maehl keem un em ok raupen harr, säker ok slecht gahn. Bi den sett hei sick nämlich up dei Schuwkor, un as dei Daglöhner em nich schuben künn un em runnsmet, sprüng hei ümmer krüz un quir äwer dei Kor, bett sei an'n Krüzweg keemen. Dor wier sien Macht denn wedder braken.

Äwer nich blots up dei Kor leet hei sick schuben, ne, väle Lüd huck hei nacht up dei Schullern un sei mößten em bett tau'n Krüzweg släpen, ob sei wollen oder nich.

In Wäselsdörp, wat ok dicht bi Ludwigslust liggt, leet hei sogor mal dei Kortenspälers dei ganze Nacht nich ut den Kraug. Sei harrn em ok nahapt, un nu güng hei ümmer vör den Kraug up un dal un schri jeden, dei nah buten woll, sien „Juhu … !" in 't Gesicht. Männichmal red hei ok up'n Schimmel wider weg von Ludwigslust. Ja, bett nah Boizenburg un Doems hentau hett hei dei Lüd narrt un tarrt un öfters sogor in Sump un Water lockt. *(1957)*

Heike Kramer

Chronometer und Statussymbol

Im Jahr 2000 wurde begonnen, die Uhren der alten Residenz zu neuem Leben zu erwecken. Während der Förderverein Schloss Ludwigslust durch Spenden die Restaurierung der Schlossuhr ermöglichte, setzt sich der Förderverein Stadtkirche für die Instandsetzung der Kirchenuhr ein.

Im 18. Jahrhundert war die Bedeutung der Uhren wesentlich komplexer, als man es heute vermuten mag. Sie dienten nicht nur schlechthin als Zeitmesser, sondern hatten oft auch symbolischen Charakter. Herzog Friedrich, der über eine stattliche Sammlung mechanischer und mathematischer Geräte verfügte, interessierte sich sehr für neueste Erkenntnisse in Wissenschaft und Technik. Die vielfältigen Anregungen, die er bei seinen Reisen und Studien empfangen hatte, sowie die Kenntnis architekturtheoretischer Schriften konnte Friedrich ab 1756 als regierender Herzog mit dem Bau einer neuen Residenz allmählich umsetzen. Als geradezu idealer Ort erwies sich das Domanialdorf Klenow: Mit dem ehrwürdigen Jagdhaus Ludwigslust war zunächst eine akzeptable, wenn auch nicht ganz standesgemäße Unterkunft vorhanden. Im übrigen gab es hier nichts, was den kühnen Bauplänen des Herzogs im Wege gestanden hätte. So konnte unter der Leitung des Architekten Johann Joachim Busch nach und nach eine in ihrer axialsymmetrischen Komposition noch dem Barock verpflichtete Anlage entstehen. Deutlich schlägt sich das große technische Interesse des Herzogs in der Ausstattung der Residenz mit öffentlichen Uhren nieder. Die für die zweite Hälfte des 18. Jahrhunderts nachweisbaren Stücke widerspiegeln, dass sie nicht nur als Zeitgeber verstanden wurden. Zwar war die Zeit ein wichtiger Faktor bei der Organisation des Hoflebens, die Bedeutung der Uhren aber weitaus vielschichtiger.

Zu den ausgefallensten Konstruktionen der Ludwigsluster Residenz zählte die „künstliche Wasseruhr von des Herzogs eigner Erfindung". Sie ist nur noch auf einem Kupferstich aus dem Jahre 1767 überliefert, den der Hofmaler Dietrich Findorff fertigte. Demnach stand sie mitten auf der Kaskade am Schlossplatz. Die als Obelisk gestaltete Uhr hatte rechteckige Zifferblätter, die nach den vier Himmelsrichtungen ausgerichtet waren. Die Zifferblätter wurden von einem Stier, dem mecklenburgischen Wappentier, bekrönt. Der Mechanismus der Uhr befand sich in dem hohen hölzernen Gehäuse, seine Funktionsweise ist nicht eindeutig geklärt, da präzise Beschreibungen nicht überliefert sind. Wasseruhren waren schon seit dem Altertum für die Zeitmessung üblich und funktionierten in ihrer einfachsten Ausführung nach ähnlichem Prinzip wie die später erfundene Sanduhr: Ein mit Wasser gefülltes Gefäß war am Boden mit einer Auslaufvorrichtung versehen, die ein langsames und gleichmäßiges Abfließen ermöglichte. Markierungen an der Gefäßwand gaben Auskunft über die bereits abgelaufene Zeit. Etwa seit dem 4. vorchristlichen Jahrhundert kannte man Konstruktionen, die die einfache Wasseruhr mit einem Räderwerk verbanden. Bis ins 18. Jahrhundert hinein war man bemüht, die Funktion hydraulischer Zeitmesser weiter zu vervollkommnen. Noch 1742 erschien in Halle eine Abhandlung über Wasseruhren, die dem Herzog möglicherweise bekannt war. Auch bei der Ludwigsluster Uhr ist anzunehmen, dass sie durch einen komplizierten Mechanismus angetrieben wurde, der unter Ausnutzung hydraulischer Gesetzmäßigkeiten kontinuierlich in Bewegung war, denn durch das Gefälle an der Kaskade war ein ständiger Zufluss gewährleistet.

Bemerkenswert ist die Gestaltung des Uhrgehäuses in Form eines tradierten Hoheitsmotivs. Obelisken galten im alten Ägypten als Kultsymbol des Sonnengottes. Darüber hinaus wurde mit dem Schatten der pyramidalen Spitze der Obelisken die Zeit berechnet. Die Form des Gehäuses, der Standort in der Hauptachse, die Ausrichtung der Zifferblätter nach den vier Himmelsrichtungen und ihre Bekrönung mit dem Wappentier erheben die Wasseruhr zum Bedeutungsträger. Dennoch war die Existenz dieses herrschaftlichen Machtsymbols nur von kurzer Dauer, denn bereits 1780 musste die hölzerne Konstruktion der Kaskade erneuert werden. Um diese Zeit ließ Herzog Friedrich die meisten, schnell zurecht gezimmerten Bauten der Residenz durch dauerhafte Lösungen ersetzen: Das in Form ägyptischer Pylonen gestaltete Eingangsportal zum Friedhof zum Beispiel wurde in Ziegeln und Raseneisenstein ausgeführt und auch der hölzerne Vorgänger der Steinernen Brücke im Schlosspark wurde ersetzt. Im Gegensatz zu diesen Bauwerken, die ihre Gestalt durch die massive Ausführung nur unwesentlich änderten, musste die Uhr auf der Kaskade den neuen Figurengruppen des Hofbildhauers Rudolf Kaplunger weichen. Für diese Modernisierung sind nicht nur ästhetische sondern vor allem technische Gründe anzunehmen. Wasseruhren sind sehr wartungsintensiv, denn die Auslaufvorrichtung muss von Verunreinigungen freigehalten werden. Nachweislich beeinträchtigten Pflanzenrückstände im Kanalwasser die Funktion der Uhr. Die größten Probleme werden aber nicht Verunreinigungen sondern Witterungseinflüsse bereitet haben. Die temperaturabhängige Dichte des Wassers führte zu Gangungenauigkeiten. Frost setzte die Uhr im Winter ganz außer Betrieb, und die treibende Kraft des Eises führte unter Umständen zu Beschädigungen. Darin liegen auch die Hauptgründe, warum Wasseruhren in Nord- und Mitteleuropa selten gebaut und deshalb auch im 18. Jahrhundert in diesen Breiten kaum bekannt waren, um so mehr aber bewundert wurden.

Ebenfalls von Kaplunger stammt die heute nicht mehr vollständig erhaltene Sonnenuhr zwischen Kaskade und Bassin. Sie war gestaltet als flache Platte auf einem schlichten Sockel. Am Fuße der Sonnenuhr kauern in trauter Zweisamkeit Löwe und Lamm, die als Symbol für die weltliche beziehungsweise die geistliche Macht zu verstehen sind.

Als öffentliche Uhren allgemein bekannt und verbreitet waren seit jeher Kirchenuhren. Ihnen kam schon immer eine besondere Bedeutung zu. Die kompliziertesten astronomischen Uhren des späten Mittelalters, die mit Astrolab und Figurenautomaten das Funktionieren des Makrokosmos symbolisierten, waren in den Kirchen großer Städte und in den Sammlungen weltlicher Machthaber zu finden. Als Modelle der göttlichen Weltordnung war ihre Funktion der Zeitangabe sekundär. Ein ausreichendes Zeitraster boten die weithin zu vernehmenden Kirchenglocken, die nach festgesetzter Ordnung geläutet wurden, sowie die Einführung des Stundenschlages. Erst mit der weiteren Entwicklung von Wirtschaft und Handel und den sich differenzierenden privaten wie geschäftlichen Interessen der Bürger etablierte sich die öffentliche Uhr als Zeitgeber einer Gemeinschaft. Dass der Kirchturm zum bevorzugten Standort wurde, hat einerseits ganz praktische Gründe: Eine Uhr, am höchsten Bauwerk der Stadt angebracht, ist weithin sichtbar. Darüber hinaus war der Kirchturm an sich ein Symbol, das Macht und Reichtum einer Gemeinde oder Stadt widerspiegelte. Zwar büßten im Laufe der Jahrhunderte Kirchenuhren ihre ursprüngliche Bedeutung als Weltmodell allmählich ein, sie blieben aber dennoch ein Hoheitsmotiv und waren mehr als nur Zeitmesser.

Die Hofkirche zu Ludwigslust, als erster Monumentalbau der Residenz zwischen 1765 und 1770 errichtet, weist gleich zwei Uhren auf. Obgleich ein Kirchturm fehlt, fanden die Kirchenuhren einen zentralen Platz: Eine am Portikus und eine mitten an der tonnengewölbten Decke des Kirchenschiffs. Letztere ist für den Blick von der Fürstenloge aus bestimmt. Sie liegt unmittelbar in der Achse zwischen Fürstenloge und Kanzel/Altar und zugleich in der Hauptachse, die sich vom Schloss zur Kirche erstreckt. Ebenso ist die Uhr am Portikus in der horizontalen Hauptachse plaziert. Gleichzeitig liegt sie in der vertikalen Bedeutungsachse, die sich über dem Hauptportal von der Uhr über die Bauinschrift bis zum bekrönenden Christogramm erstreckt. Das Bindeglied zwischen Christussymbol und Uhr ist die Schrifttafel, deren lateinischer Text übersetzt lautet:

„JESU CHRISTO
dem großen Erlöser der Sünder, ist diese Kirche geweiht
von dem erlösten großen Sünder
Friedrich von Gottes Gnaden Herzog zu Mecklenburg.
Der Bau begann im Monat März 1765
und wurde vollendet im Monat Juli 1770."

Auch hier werden Zeit und Gott in Beziehung gesetzt. Abstrahiert man den Text, so steht Friedrich als Mittler zwischen „JESU CHRISTO" und der (Bau-) Zeit. Diese Verknüpfung erhebt die Uhr zum Symbol fürstlicher Macht, die ihrerseits Element der gottgewollten Ordnung ist.

Die beiden Uhren gehören zur ersten Ausstattung der Kirche. Sie haben ein gemeinsames Werk, mit dem sie über mehrere Umlenkachsen verbunden sind. Gegenwärtig gibt es keine genaue Datierung oder gesicherte Zuschreibung. Schlie schreibt die Uhr – ohne Angabe von Quellen – dem Hofuhrmacher Johann Conrad Beneke zu, was hier weder bestätigt noch widerlegt werden kann. Vergleicht man das Werk, das sehr robust und relativ einfach ausgeführt ist, mit anderen Arbeiten Benekes, ist er als Verfertiger dieser Arbeit eher auszuschließen. Wahrscheinlich ist es das Werk eines Großuhrmachers, dessen Beruf wie der des Schmieds zu den Feuerhandwerkern gerechnet wurde. Nachweislich hat der Hofschmied Niens das Aufziehen und die Wartung der Uhr wahrgenommen, ob man in ihm auch den Konstrukteur der Uhr vermuten kann, muss offen bleiben. Sein Amt wurde auf Lebenszeit verliehen und über Generationen vom Vater auf den Sohn vererbt. Im Landeskirchenarchiv haben sich die Dienstinstruktionen für August Niens erhalten, der 1854 in vierter Generation das Amt nach dem Tode seines Vaters offiziell übernahm, nach eigenen Angaben aber schon seit 1846 ausübte. Demnach zählte das tägliche Aufziehen und die regelmäßige Wartung der Kirchenuhr ebenso zu seinen Aufgaben wie die Beaufsichtigung und das Läuten der Glocken nach genau vorgegebener Ordnung. Diese unterschiedlichen Aufgaben in eine Hand zu geben liegt nahe, denn Uhren und Glocken bestehen aus jenem Material, das einem Schmied bestens vertraut ist. Als Fachmann für Metall kennt er sich mit dessen Pflege und Besonderheiten aus und kann eventuelle Gefahren oder Schäden abwehren. Überdies bilden Uhr und Glocken als Zeitgeber trotz der großen räumlichen Trennung – die Glocken befinden sich in den Pylonen am Eingang zum Friedhof – eine Einheit.

Kunstvolle Uhren, die unstrittig als Sinnbilder göttlicher Ordnung verstanden wurden, hatten seit dem 16. Jahrhundert einen zentralen Platz in den Schatzkammern weltlicher Herrscher. „Allerley Natur- und Kunstseltenheiten“ wurden in den fürstlichen Kunst- und Wunderkammern zusammengetragen, um über das verkleinerte Abbild der großen Welt verfügen zu können. Der Fürst war uneingeschränkter Herrscher über diesen Mikrokosmos, wie Gott als Schöpfer über den Makrokosmos herrschte. Dieses Denkmodell wurde zugleich auf das Territorium eines Landes übertragen, das als Abbild der Welt verstanden wurde. Während sich in den meisten anderen Ländern absolutistische Machtverhältnisse durchsetzten, befanden sich die mecklenburgischen Fürsten noch im 18. Jahrhundert in stetiger Auseinandersetzung mit den mitregierenden Ständen. Die Ausstattung der Residenz Ludwigslust mit vielfältigen Insignien der Macht sollte den fürstlichen Anspruch auf die Alleinherrschaft sichtbar demonstrieren. Im Ringen um absolutistische Macht bot auch die Kunst- und Wunderkammer eine Art Rückversicherung für den Beweis des Gottesgnadentums und für die Legitimation der Alleinherrschaft des Fürsten.

Neben ihrer Funktion als Weltmodell waren Uhren auch als symbolträchtige Ausstattungsstücke in allen Räumen des Schlosses zu finden. Ausgesprochen vielgestaltig muss die Uhrensammlung des Herzogs gewesen sein, denn er beschäftigte zwei Hofuhrmacher und einen Hofmechanicus. Darüber hinaus bereicherten Schenkungen, Ankäufe und gezielte Auftragsarbeiten auswärtiger Künstler seine Sammlung.

Bereits im alten Jagdschloss hatte Friedrich seine Zimmer „schön möblirt und mit allerley Natur- und Kunstseltenheiten angefüllt. Eins davon ist des Herzogs Studierzimmer, in welchem eine Menge mechanischer Instrumente steht. ... Auch ist hier eine überaus künstliche Spiel-Uhr, die der Herzog von unserer Königin zum Geschenk erhalten hat. Mechanischer Kunstwerke sind hier so viele, dass es mir unmöglich fällt, sie hier alle zu beschreiben“, so der britische Gelehrte Thomas Nugent. Leider vermögen die wenigen überkommenen Dokumente und Objekte nur einen vagen Eindruck von der Vielfalt der Werke zu vermitteln.

Als 1777 das Hauptgebäude des Jagdschlosses abgetragen wurde, um den Blick auf das dahinter errichtete neue Schloss freizumachen, wurde die Turmuhr geborgen. Statt ihres bisherigen Platzes im turmartigen Aufsatz des Jagdschlosses fand sie mit dem Giebel des Gasthofes Schlossstraße 15, dem späteren Hôtel de Weimar, ein eher ungewöhnliches neues Domizil. Uhren galten als Statussymbol und Hoheitsmotiv, weshalb sie zentralen Bauten wie Kirchen, Schlössern und Rathäusern vorbehalten waren. Kein Gastwirt konnte sich unter normalen Umständen eine Turmuhr leisten. Doch Bauherr und Eigentümer dieses Gasthofes, wie auch aller anderen Gebäude, war der Herzog. Insofern fand die Uhr einen würdigen und zugleich zweckmäßigen Platz. Die neu errichteten Häuser der Schlossstraße wurden von Mitgliedern des Hofstaats, von Militärs und von Bediensteten bezogen. Sie waren kleinste Segmente in dem komplexen System höfischer Betriebsamkeit. Für die Erfüllung ihrer Pflichten gegenüber dem Herzog war für sie eine genaue Zeitangabe äußerst wichtig.

Im Zuge der Sanierung des Gebäudes 1993 wurde die nicht mehr funktionstüchtige Uhr entgegen ursprünglichen Plänen durch eine neue ersetzt. Das Uhrwerk ist seitdem im Schloss Ludwigslust eingelagert. Es entstand in der ersten Hälfte des 18. Jahrhunderts, der Uhrmacher konnte nicht ermittelt werden.

Das neue Schloss, 1772 bis 1776 von Hofbaumeister Busch errichtet, hat mit den 42 überlebensgroßen Sandsteinfiguren auf der Attika einen besonderen Schmuck erhalten. Sie wurden von dem Hofbildhauer Rudolf Kaplunger nach konkreten Wünschen des Herzogs geschaffen. Ein strenges ikonografisches Konzept scheint den Attikafiguren insgesamt nicht zugrunde zu liegen. Neben den allgemein üblichen Allegorien der Tugenden, Wissenschaften und Künste sind die besonderen Interessengebiete des Herzogs dargestellt und künden weithin sichtbar von der aufgeklärten Geisteshaltung dieses Fürsten. Interessanterweise nehmen gleich mehrere Figuren Bezug auf die Zeitmessung.

Auf dem erhöhten Mitteltrakt steht links vom Wappen mit der Fürstenkrone, dem bedeutendsten Machtsymbol des weltlichen Herrschers, eine weibliche Figur, die eine Sonnenuhr hält. Als Pendant befindet sich rechts die Schlossuhr, eine Figur, die sich auf ein Zifferblatt stützt. Die Kombination von Sonnenuhr und mechanischer Uhr ist nicht nur im Interesse der die Anlage prägenden Symmetrie gewählt worden. Sie hat ihre Ursache in der funktionalen Bedeutung der Sonnenuhr und ist vor allem an Kirchen häufig anzutreffen, denn die mechanischen Uhren wurden nach der astronomisch korrekten, von der Sonnenuhr angezeigten Ortszeit gestellt. Die Ortszeit war noch in der zweiten Hälfte des 19. Jahrhunderts gebräuchlich. Da aber nur Orte eines Längengrades die gleiche Zeit haben, ergaben sich zwischen den Städten eines Landes Zeitunterschiede. Im *Officiellen Wochenblatt* vom 19. April 1847 sind die Zeitunterschiede im Vergleich zum Schweriner Dom veröffentlicht worden. Demnach war die Mittagstunde in Rehna 1 Minute und 24 Sekunden später erreicht als in Schwerin, während die Uhr im weiter östlich gelegenen Neubrandenburg 7 Minuten und 27 Sekunden „vorging“. Im Zuge der weiteren Technisierung, insbesondere mit der Entwicklung des Post- und Eisenbahnverkehrs wurde es notwendig, die wenig praktikable Ortszeit durch die Einführung der Zeitzonen zu ersetzen. Dazu heißt es in Meyers Konversationslexikon aus dem Jahre 1897: „Die Schwierigkeit, welche die Verschiedenheit der Ortszeiten für die Verkehrsverhältnisse mit sich führte, hat seit längerer Zeit in mehreren Ländern zur Einführung einer einheitlichen Landeszeit Veranlassung gegeben, die sich meist nach der Hauptstadt des betreffenden Landes richtete. In den letzten Jahren ist jedoch in den meisten Ländern eine Zonenzeit eingeführt worden, die sich von der Greenwicher Zeit immer nur um eine volle Anzahl von Stunden unterscheidet, um nicht sehr von der mittleren Ortszeit des betreffenden Landes abzuweichen."

Durch den erhöhten Standort auf dem Mitteltrakt wird die herausragende Bedeutung der beiden Uhren betont. Ihre rahmende Funktion als Assistenzfiguren des fürstlichen Wappens lässt sie als Teil der Machtinsignien erscheinen.

Die übrigen 40 Figuren stehen auf der Attika der niedriger gelegenen Seitenflügel. Neben dem Mitteltrakt befindet sich auf der Südseite des Westflügels eine Frau mit himmelwärts gerichtetem Blick. Sie hält ein Buch in der Hand, auf dem die Einteilung der Sonnenuhr zu erkennen ist. Die Allegorie der Gnomonik, die Lehre von der Zeitrechnung mittels Sonnenstand, steht in direktem Bezug zu der ihr benachbarten Sonnenuhr auf dem Mitteltrakt. Eine ähnliche Beziehung lässt sich zwischen der mechanischen Uhr und der entsprechenden Statue auf dem Ostflügel nur schwer ausmachen. Letztere zeigt als Attribute weder Zifferblatt noch Zahnräder, sondern eine archimedische Wasserschraube, mit der man Wasser heben kann, um Höhenunterschiede zu überwinden. Es ist die Allegorie der Hydraulik, für die es in der spätbarocken Bildhauerkunst keine Vergleichsbeispiele gibt. Sie verweist auf das besondere Interesse des Fürsten an der Wasserbaukunst, das mit dem Kanal und den Wasserspielen seine praktische Umsetzung erfahren hatte. Zugleich könnte sie auch als Hinweis auf die mit hydraulischem Gangregler arbeitende Wasseruhr der Kaskade verstanden werden.

Ein weiterer Bezug zur Zeitmessung ist mit der Allegorie der Chronologie gegeben, die durchaus zum Standard im spätbarocken Figurenprogramm gezählt werden darf. Die Lehre von der Zeitrechnung wird durch Chronus symbolisiert, einen Greis, der sich auf ein großes Zifferblatt stützt und dessen irdische Zeit abgelaufen scheint. In diesem Fall steht die Uhr als Symbol für die Vergänglichkeit, für das Verrinnen der irdischen Zeit. Ein Uhrwerk war nicht vorgesehen.

Durch den Standort auf dem Mitteltrakt des Schlosses und ihre Beziehung zum fürstlichen Wappen kommt der Schlossuhr eine besondere Bedeutung zu. Das Werk, das sich unter dem Dach im Mitteltrakt befindet, ist von Johann Heinrich Berg gefertigt worden. Im Gegensatz zur Kirchenuhr ist es ein so feingliedriges und subtiles Werk, wie es nur von einem Kleinuhrmacher gefertigt werden konnte. Es besteht aus einem Gehwerk und zwei Schlagwerken. Auf einem schmalen Zifferring aus Messing, der am Gehwerk befestigt wurde, ist die Signatur zu finden: Joh: Henr: BerG: LudwiGslust. Über Umlenkachsen werden die Bewegungen zum Zeigerwerk, das sich hinter der Figur mit dem Zifferblatt befindet, bzw. zur Glocke, die hinter dem Wappen auf dem Dach angebracht ist, übertragen.

Berg galt als sehr talentierter Uhrmacher und war bereits für die Herzöge Carl Leopold und Christian Ludwig II. tätig. Neben komplizierten Spieluhren hatte er auch Figurenautomaten entwickelt. Als er sich bei Herzog Friedrich um die Stelle des Hofuhrmachers bewarb, stellte er nicht nur seine Fähigkeiten als Konstrukteur in den Vordergrund. Er empfahl sich zugleich als Konservator aller in „Höchstdero Kunst- und Modellkammer befindlichen Mathematischen und anderen Instrumente“. Darüber hinaus versprach er, „über alles dahin gehörige ein richtiges Inventarium“ anzulegen. Um 1775 wird er zum Hofuhrmacher ernannt. 1778, nach dem Tod des Hofuhrmachers Beneke, musste er seinen Wohnsitz von Rostock nach Ludwigslust verlegen. Offensichtlich war Friedrich die Anwesenheit eines Fachmanns für horologische und mathematische Geräte äußerst wichtig. Sowohl die fürstliche Sammlung als auch die Zahl der öffentlichen Uhren machten den Hofuhrmacher vor Ort unabdingbar. Gemeinsam werden sie auch über technische Fragen gefachsimpelt haben. Friedrichs technisches Interesse widerspiegeln die vielen Konstruktionszeichnungen und Skizzenblätter, die aus dem persönlichen Nachlass stammen und im Landeshauptarchiv verwahrt werden. Sie sind in einen großen Folianten eingeklebt worden, der den Eindruck eines Kompendiums für Kunst und Mechanik erweckt. Der heterogene Charakter lässt jedoch Zweifel an seiner alleinigen Autorenschaft aufkommen. Zahlreiche Blätter sind eindeutig Kopien, einige wenige zeigen akkurate Zeichnungen, die vermutlich nicht alle von derselben Hand stammen. Auf manchen Blättern sind zum Teil sehr detailliert oft aber nur skizzenhaft Räderwerke abgebildet. Ferner gibt es Erläuterungen zum Übersetzungsverhältnis der einzelnen Zahnräder. Auch Entwürfe für Zifferblätter und Horizontalsonnenuhren sind im Konvolut der Zeichnungen enthalten. Einige der Skizzen sind sicher während der Besprechungen zwischen Herzog und Hofuhrmacher entstanden, um sich über technische Fragen anschaulich verständigen zu können. Zahlreiche Archivalien belegen, dass sich der Herzog neben technischen auch mit künstlerischen und naturwissenschaftlichen Problemen auseinandersetzte. Damit ist er ganz im Sinne der Aufklärung als gebildeter Fürst zu verstehen.

Die vielfältigen Uhren, mit denen Herzog Friedrich seine Residenz ausstatten ließ, sind sichtbarer Ausdruck technischen Interesses. Zugleich dienten sie auch der Inszenierung fürstlicher Macht und Stärke. In der Schlossstraße, an der Kirche und am Schloss, aber auch im Park und in den Räumen des Schlosses waren die Insignien der Macht vielfach präsent, um sie fest im Bewusstsein der Untertanen zu installieren. *(2000)*

Horst Ende

Weitsicht und Pietät

Zu den Friedhöfen, die über ihre eigentliche Bestimmung als Begräbnisplatz hinaus durch ihr Alter und ihre Anlage als kulturgeschichtliches Dokument unsere Aufmerksamkeit beanspruchen dürfen, gehört der in Ludwigslust. Der Denkmalschutzbereich der im späten 18. und in der ersten Hälfte des 19. Jahrhunderts von den mecklenburgischen Herzögen beziehungsweise Großherzögen angelegten und ausgebauten ehemaligen Residenzstadt schließt das Areal des Stadtfriedhofs mit ein.

In das seit 1764 nach den Plänen von Johann Joachim Busch etappenweise verwirklichte städtebauliche Konzept war der Kirchhof von Anbeginn fest eingebunden. Etwa 200 Meter östlich der Kirche findet man auf den ersten Stadtplänen am heutigen Friedhofsweg das Rechteck mit der Bezeichnung „Kirchhoff" und einem Eingangsbau. In mehreren Etappen wurde das ursprüngliche Gelände nach Osten hin bis zum Techentiner Weg sowie nach Süden und Südwesten bis etwa auf das Fünffache seiner einstigen Größe erweitert. Das langsame Wachstum des Ortes, die von Anfang an gewählte Randlage und wohl auch städteplanerische Weitsicht und Pietät haben verhindert, dass dieser Friedhof wie andernorts Bauplanungen oder Verkehrslösungen zum Opfer fiel, so dass er heute zu den ältesten noch in Nutzung befindlichen Stadtfriedhöfen Mecklenburgs zählt.

Aus der Frühzeit der Anlage stammen die Einfriedung und das Hauptportal. Nachdem bereits in den sechziger Jahren des 18. Jahrhunderts ein hölzerner Eingangsbau errichtet worden war, entstand der bestehende massive Portalbau 1791/92 ebenfalls nach Entwürfen von Busch. Die aus pragmatischen Gründen gefundene Kombination von Portal und Glockentürmen gehört zu den eigenwilligsten Schöpfungen des mecklenburgischen Barocks und war schon immer eine Sehenswürdigkeit der Stadt.

Das Unvermögen, der nahen Kirche, die 1770 vollendet wurde, einen angemessenen Glockenturm zuzuordnen – so hatte Busch unter anderem eine monumentale Säule nach dem Vorbild der römischen Trajanssäule geplant, diese aber wegen verschiedener Bedenken des Bauherrn nicht verwirklichen können – brachte schließlich jene bis heute bewährte Lösung hervor. Dem eigentlichen Tor sind seitlich zwei kräftige pylonenartige Türme angefügt, die von ebenso wuchtigen volutenförmigen Traufgesimsen und niedrigen Zeltdächern abgeschlossen werden. Die Kanten der Türme und das obere Geschoss mit den rechteckigen Fenstern und schmalen Schlitzen bestehen aus

Backstein, das aufgehende Mauerwerk aus „Klump“ (Raseneisenstein), dessen schwarzrostiger Farbton zu dem hellen Backstein in einem wirkungsvollen Kontrast steht.

Seit der Ludwigsluster Maurermeister Horst Hintze vor einigen Jahren das Bauwerk sorgfältig restaurierte, präsentiert sich diese architektonische Kostbarkeit den vielen verwunderten Besuchern in bester Verfassung. Die gleichen Materialien wie für den Torbau verwendete man auch bei der Errichtung der Mauer, hier wechseln Backsteinlisenen mit rechteckigen Wandfeldern aus Klump. Auch die 1822 errichtete Stadtmauer griff dieses Gestaltungsprinzip wieder auf; erfreulicherweise sind auch die Mauern, die den jüngeren Teil des Friedhofs umgrenzen, in Anlehnung an die ursprüngliche Lösung, wenn auch etwas niedriger, gebaut worden.

Raseneisenstein fand übrigens auch bei der Errichtung von Grabkapellen Verwendung. Erhalten haben sich in der Nähe der heutigen Feierhalle zwei dieser wohl erst im frühen 19. Jahrhundert errichteten Kleinarchitekturen; ihre schlichte Gestaltung mit von Dreiecksgiebeln geprägten Eingangsfronten und seitlichen Lünettenfenstern deutet auf diese Entstehungszeit hin. Auch einige in ihrer Nachbarschaft stehende Mausoleen mit Fassaden in Putzrustika gehören dieser Epoche an. Ansonsten fehlen auf diesem Friedhof die an vielen vergleichbaren Orten vorhandenen pompösen Gruftkapellen und Familiengräber.

Statt dessen findet sich überall üppiges Grün, neben schönen Solitärbäumen mehrere Alleen, so eine prachtvolle Eichenallee zwischen Hauptportal und östlichem Ausgang, und die für diesen Friedhof typischen Einfassungen aller Grabstellen mit Hecken aus Lebensbäumen. Sie machten den Verzicht auf massive Einfriedungen oder Gitter möglich und unterstreichen den Anspruch einer solchen Anlage, auch ein Gartenkunstwerk zu sein.

Wer kulturgeschichtliche Zeugnisse aus dem 18. und 19. Jahrhundert sucht, findet sie auch in Gestalt mehrerer älterer Grabsteine. Nahe der Feierhalle stehen drei sandsteinerne Grabdenkmäler in Gestalt hochovaler Tafeln mit leicht angedeutetem volutenartigem Abschluss aus den Jahren 1776, 1778 und

1779. Stil und zeitliche Ausführung lassen an eine Entstehung in der Werkstatt des am Schlossbau tätigen Bildhauers Rudolph Kaplunger denken. Bereits Zopfstilelemente zeigt der Stein für die 1798 verstorbene Sarah Stanton, verehelichte Celestino, ebenfalls nahe der Feierhalle stehend. Mehrere Grabplatten repräsentieren auch das frühe 19. Jahrhundert, einige liegen, von Abfall halb verdeckt, nahe dem nördlichen Glockenturm.

Unter den auf dem Ludwigsluster Friedhof beigesetzten Persönlichkeiten verdienen zwei besondere Beachtung. In der ältesten der für die Diakonissen und Schwestern des Stiftes Bethlehem geschaffenen Gemeinschaftsgrabanlagen ruht inmitten ihrer Schwestern die Gründerin und Oberin dieses heute als Kreiskrankenhaus dienenden Stiftes Helene von Bülow-Camin, gestorben 1890. Nachdem sie bereits 1847 ein kleines Kinderkrankenhaus geschaffen hatte, gründete sie 1851 in Bahnhofsnähe das später mehrfach erweiterte Stift Bethlehem.

Vierzig Jahre später fand auf dem Friedhof Johannes Gillhoff seine letzte Ruhestätte. Ein schwarzer Marmorstein mit Kreuz nahe des Hauptweges kennzeichnet das Grab jenes Mannes, der als Lehrer sein Brot verdiente, aber als Autor des Romans „Jürnjakob Swehn der Amerikafahrer“ und als Schriftleiter der „Mecklenburgischen Monatshefte“ überregionale Bedeutung erlangte.

Im westlichen, jüngeren Teil des Friedhofs erinnern drei Anlagen an Ereignisse der jüngeren Geschichte. Zahlreiche Holzkreuze markieren die Gräber von Kriegstoten des Ersten Weltkrieges, von Efeu bewachsene Hügel bergen die Opfer eines Bombenangriffes auf die Stadt am 22. Februar 1945. Ein Monument mit Schwurhand und Friedenstaube erinnert an 249 hier beigesetzte Opfer des KZ bei Wöbbelin.

Kehren wir zum Ausgang an die Feierhalle zurück. Auf dem schon erwähnten Stein der Sarah Stanton findet sich ein Memento mori, wie es die Barockzeit gern verwandte: „Was Du jetzt bist, Bin ich gewesen. Was ich jetzt bin, Wirst Du einst seyn.“ *(1987)*

Helene von Krause
Dirigentin in Männerkleidern

Im Umgange war Herzog Friedrich freundlich und leutselig. Er verstand es, treffliche Künstler für seine Zwecke heranzuziehen. Zunächst war es sein Baumeister Busch, mit dem er arbeitete. Dann sind der Böhme Kaplunger als Bildhauer, 1745 bis 1777, der Schöpfer der Sandsteinstatuen auf dem Schlosse, der Gruppen über den Kaskaden und der reizenden Rokokovasen, die Maler Findorff und vor allem Matthieu, 1762 bis 1778, in Ludwigslust tätig. Letzterer, einer der hervorragendsten Maler des Rokoko, erhob sich zwar in der individuellen Auffassung der Persönlichkeit nicht über das Konventionelle seiner Zeit; das glatt höfliche und höfische Lächeln, der zarte Teint der geschminkten Damen spiegeln sich in seinen Porträts, aber er beherrschte die Farbe, besonders wunderbar in der Wiedergabe der weichen Stoffe, die ihm die damals so reiche Herren- wie Damenkleidung bot; sein feiner Schönheitssinn wußte in dieser Hinsicht immer eine gewisse stimmungsvolle Harmonie zu schaffen. Es sind sehr schöne Bildnisse von seiner Hand erhalten. Auch Musik fand an diesem kunstsinnigen Hofe ihre Stätte; der Herzog hielt eine vortreffliche Kapelle, und eine italienische Konzertsängerin war angestellt. Der Kapellmeister Westenholz verheiratete sich mit ihr. Bei dieser Gelegenheit mag gleich der zweiten Gattin dieses Herrn gedacht werden, die, eine ganz moderne Frau, vor hundert Jahren nach dem Tode ihres Mannes in Ludwigslust Kapellmeister wurde.

Eleonore Westenholz, geborene Fritscher, war 25 Jahre lang, 1789 bis 1814, Dirigent der herzoglichen Kapelle. Sie hatte sechs kleine Kinder zu ernähren und war daher sehr dankbar, als der Herzog ihr diesen Posten verlieh. Freilich mußte sie in Männerkleidern, sobald sie öffentlich auftrat, ihres Amtes walten. In Schwerin bewahren ihre Nachkommen noch ein Bild der genialen Frau, das sie in diesem Kostüm darstellt. Sie starb 1838. *(1912)*

Dieter Klett

Die Buchführung von Louis Massonneau

Louis Massonneau, 1766 in Kassel geboren, Virtuose auf der Violine und Viola d'amore, ist 1803 nach Ludwigslust gekommen als Konzertmeister und als Adjunkt, der die Kapelle anstelle des kränkelnden Eligio Celestino, vierundsechzig Jahre alt und bis zu seinem Tode 1812 noch im Amte, zu leiten hatte. Massonneaus erste Bewerbung lag zehn Jahre zurück, damals erfolgt als „Erster Violinist bey den National Theater Franckfurt am Mayn" und unter Berufung auf zwei, die in Ludwigslust als Virtuosen und Komponisten glänzten, der „Jugend Freund Braun", Johann Friedrich, Oboist seit 1777, und Johannes Matthias Sperger, Kontrabassist seit 1789. Die Antwort war abschlägig gewesen. Massonneau brachte sich 1794 in Erinnerung, erhielt 1802 Bescheid, dass nun eine Anstellung möglich sei.

Am 25. März 1802 konzertierte er in Ludwigslust, sicher auf Probe; das Honorar betrug 16 Louis d'or. Wohlbestallt, mit freier Wohnung, Brennholz und Torf, den üblichen Naturalien ausgestattet, bezog er jährlich 500 Reichstaler; später wurden es 700: wenig angesichts der 1000, die der schlitzohrige und hoch pokernde Hofkapellmeister Rosetti für sich herausgeschlagen hatte, 1789, als Königliche Hoheit noch jung und leichtsinnig waren.

Massonneau begann sogleich, Buch zu führen mit schwarzbrauner Tinte in einem bräunlich-grau marmorierten Pappband in Hochformat, 21,5 x 17 cm groß; Umfang: 88 nicht numerierte Seiten. Der Inhalt ist übersichtlich angelegt, die einzelnen Positionen sind durch waagerechte Striche voneinander abgeteilt. Die Schrift wird von Jahr zu Jahr kleiner, ist aber bis zuletzt deutlich geblieben. Auf dem Deckel ist ein rhombusförmiges Papier aufgeklebt.

Darauf steht:

Verzeichniß
Sämtlicher Musikstücke
welche in denen

Hof-Concerte, Kirchen etc.
aufgeführt worden sind.
von
1803.

Innen auf dem Deckel steht:

den 7ten April 1803, in Ludwigslust angekommen,
8ten bei dem Herzog u. Herzogin geweßen,
9ten Nachmittags um 4 uhr im Kirchen-Saal,
der Capelle, durch den Schloß Hauptmann
von Both vorgestellt worden.

Dann ging es zur Sache, und der Inhalt zeigt genau das, was der Titel ankündigt. Also: nichts von leichten, gut bekömmlichen, köstlichen Tafelmusiken, nichts von Dienstreisen zur Oper in Schwerin, Wismar und Doberan, nichts von berühmten Künstlern und von opulenter Kurmusik der Harmonie in Doberan, wohl aber, was vielleicht mit etc. gemeint war, ein paar Schauspielaufführungen und Lebende Bilder mit Musik, gut dreißig Opernaufführungen im Schloss, alles Werke, die beliebt waren, meist gefielen und manchmal nicht, wie Massonneau anmerkte, und die heute vergessen sind. Es war wenig genug an Theatralischem in fünfunddreißig Jahren. Es wäre zu wenig, wenn Massonneaus Register vollständig wäre. Dem Vernehmen nach ist Friedrich von Flotows Oper *Peter und Kathinka* im Frühjahr 1835 auch in Ludwigslust gegeben worden. Massonneau erwähnte es nicht. Der Rezensent vom *Freimüthigen Abendblatt* hörte aus der Premiere „nicht wenig Beruf zum Opernkomponisten" und „kriegerisches Kalbfell" und „Trompeten mit ihrer bekannten Heiserkeit und Unreinheit" heraus. Der Ludwigsluster Hof verfügte über ein Theater, und der Schauspielheld Ellmenreich erinnerte daran:

„Das Ludwigsluster Theaterchen, einst wohl nur interimistisch errichtet, befand sich in einem Saale des Klubhauses, in Gartenumgebung gelegen. Amphitheatralisch stiegen die Zuschauerplätze von der Balustrade des Orchesters nach hinten zu auf, bis zur Galerie; Bogengänge fehlten. An die vorderen für die Herrschaften abgeschränkten Sitze schlossen sich unmittelbar die des Parketts, jedermann zugänglich, höchst bescheidene Ausstattung – einige fürstliche Fauteuils, einfache

Rohrstühle für den Hof, im übrigen Haus primitive Bänke …"

Der Dramaturg Peter Hacks, unser Zeitgenosse, traf ins Schwarze mit seiner Bemerkung: „Die Ästhetik der Bühnenkünste leitet sich vollständig aus der Härte der Stuhlsitze ab."

Der von Massonneau erfasste Zeitraum reicht vom 3. Mai 1803 bis zum 5. November 1837. Die Daten sind meist karg, oft zu karg zum Verstehen. „Sinfonie von Haydn" sagt konkret wenig, „Sinfonie in B" lässt vielleicht vermuten, dass es sich um die einschlägige Pariser oder eine der beiden Londoner gehandelt hat, „Sinfonie von Haydn, mit Janitscharen Musik" ist deutlich genug: die Nummer 100 „with the military movement". Wo mitgeteilt ist, dass „Hr. Bode ein Hornkonzert" gespielt hat, kann einer auch nur Vermutungen anstellen, ob oder dass es eines von seiner Komposition gewesen ist.

Es ist so einiges kommentiert an Randerscheinungen, Unerfreuliches und Erfreuliches. Feuer im Hause beunruhigte das Konzert. „Haydns Geist waltete über seiner Arbeit", über der *Schöpfung*, „alles ging sehr gut". Bei den *Sieben letzten Worten unseres Erlösers am Kreuze*, von 1812 an in der oratorischen Fassung alljährlich aufgeführt mit Ausnahme von 1834 und 1835, immer in zwei Abteilungen und immer am Gründonnerstag und Karfreitag, waltete einmal der Geist nicht, und es „versahen sich sämtliche Bässe".

Es erscheinen hin und wieder illustre und interessante Gäste. War ihr Honorar fürstlich, ist es vermerkt. Madame Milder-Hauptmann, Beethovens erste Leonore und nun Stern Erster Größe am Berliner Opernhimmel, konnte 1818, 1824 und 1830 gewonnen werden, sang bei einer Gelegenheit auch Alte Musik, eine Arie aus Händels *Messias*. Die Klarinettenvirtuosen Iwan Müller und die Bärmanns, Vater Heinrich Joseph, Webers Freund, und Sohn Karl, konzertierten. Bernhard Romberg, namhafter Violoncellist, spielte 1804 eigene Werke. Gräfin Albergandi, eine Violinvirtuosin, ließ sich 1804 und 1805 an insgesamt zehn Abenden hören mit Konzertantem, Kammermusiken und einer gesungenen Ariette. Johann David Buschmann stellte 1819 das von ihm erfundene Tasteninstrument Terpodion und, wofür Carl Maria von Weber schon 1811 komponiert hatte, ein Harmonichord. Die Firma Kaufmann, gegründet vom Vater des Künstlers, baute zuerst Spieluhren, dann Apparate wie die genannten, auch ein Salpingion und ein Symphonion, existierte noch in den 1930er Jahren.

Die Herrschaften des Hofes wirkten beim Musizieren mit. Prinzess Charlotte spielte Klavier, Prinz Carl trieb Kammermusik, Prinz Gustav und Hr. Stallmeister v. Rantzau sangen ein Opernduett. Am 10. Dezember 1807 heisst es: „Blinde Liebe, Lustspiel in 3 Aufzügen v. Kotzebue, u. die Wette, Oper in 1 Aufzug v. Weber", Bernhard Anselm Weber. „Hr. Graf Hahn Spielten im Schauspiel den Wucherer, in der Oper den Vater." Sechs Tage später gab es ein anderes Lustspiel von Kotzebue und eine von ihm getextete Oper, *Fanchon oder das Leyermädchen*, Musik vom Berliner Hofkapellmeister Friedrich Heinrich Himmel. Wieder war der Graf mit von der Partie. Es könnte oder dürfte sich um Karl Friedrich von Hahn gehandelt haben, den man den Theatergrafen nannte und über den verschiedenenorts Verschiedenes gesagt ist: dass er schon 1806 beim Herzoglichen Theater in Schwerin 6 000 eigene Taler in den Sand gesetzt und dann 1807 bis 1810 das Haus „im Auftrage Serenissime befehligt" habe, der in Remplin ein eigenes Theater unterhielt und namhafte Schauspieler engagierte, 1807 angesichts dieser „ausschweifigen und teuren" Passion faktisch enterbt wurde, 1813 bis 1815 mitzog wider die Franzosen und dann Direktor einer fahrenden Theatertruppe war.

In den ersten Jahren Massonneaus sagt seine Buchführung an etlichen Stellen, zuerst am 15. Juni 1803 bei einer Sinfonie von Beethoven: „Der Herzog spielte das Clavier mit". So etwas wie Generalbasspraxis muss also noch immer existiert haben, wie schon bei Haydn in London, wo der Meister am Klavier saß, und das sicher nicht nur als Dekorationsstück.

Es gab viel Hausgemachtes zu hören. Mitglieder der Hofkapelle waren Komponisten für die Hofkapelle. Und Solisten, häufig die in eigenen Werken: Johannes Matthias Sperger auf dem Kontrabass, Carl Bode auf dem Waldhorn, Wilhelm Braun auf der Oboe, Cornelius Hammerl auf der Klarinette, Xaver Hammer auf dem Violoncello, Alexander Stiévenard auf der Violine und Gitarre, natürlich nicht zu vergessen Konzertmeister Louis Massonneau. Und, keinesfalls zu vergessen: Madame

Westenholtz, Eleonore Sophia Maria Westenholtz geborene Fritscher aus Neubrandenburg, Schülerin gewesen von Johann Wilhelm Hertel, 1775 schon engagiert als Sängerin, verheiratet gewesen mit Hofkapellmeister Carl August Friedrich Westenholtz und seit 1789 verwitwet. Sie spielte auch die Glasharmonika, ist bis 1813 47-mal genannt mit Auftritten, komponierte Arien, ein Quartett, Klaviermusik.

Fast 250 Komponisten sind von Massonneau registriert. Und etwa 2100 Werke. Namen nachzuspüren, wird den vom Wühlen in vielbändigen Lexika Begeisterten in Ekstase versetzen. Es sind Namen von unwiederbringlich Gewesenen, von Opernmaestri wie etwa Boieldieu, Gretry, Himmel, Méhul, Paer, Spontini, Weigl, von bedeutenden Hofkapellmeistern wie Gyrowetz, Himmel, Lindpaintner, Naumann, Winter, die in den Musikzentren Europas wirkten, deren Werke ihrer Zeit den Stempel aufdrückten und Allgemeingut waren. Namen auch von sich selber mit Musik versorgenden Virtuosen wie Arnold, Bréval, Call, Dotzauer, Lafont, Tulou; den umtriebigen Pleyel treffen wir an, Schüler Haydns und sein Konkurrent in London, nun Verleger und Klavierfabrikant in Paris; festgehalten ist ein k. k. wirklicher Staatskanzleirat, Baron von Kruft.

Eines unterscheidet radikal vom heutigen Musikbetrieb: Es waren fast ausschließlich Zeitgenossen, lebende Zeitgenossen oder solche, die wenige Jahre zuvor gestorben waren, deren Musik als interessant in Frage kam. Der Name von Händel kommt im Diarium nur zweimal vor, und nur deswegen, weil Pauline Anna Milder-Hauptmann Arioses aus dem *Messias* aus Berlin mitbrachte, was dort in Zelters Singakademie gepflegt wurde.

Und die Unsterblichen? Den Namen Joseph Haydn lesen wir uber 150mal, besonders häufig, wovon schon die Rede war, mit den *Sieben Worten*. Sinfonien erschienen etliche Male in Arrangements für Kammermusik. 1817 ist registriert:

„Den 22. Juny, wurde in der großen Kirche Abends um 6 Uhr, die Schöpfung v. Haydn, mit einem Personale v. 46 zum Singe Chor, u. 48 zum Instrumenten Chor, zum Besten dr Armen gegeben ... Das Singe Personale wurde durch eine Gesellschaft Liebhabers aus Wismar u. Schwerin verstärkt ..."

Musik von Mozart war an die 200-mal zu hören. 1810 spielte Hammerl das Klarinettenkonzert. 1808 wurde das *Requiem* erstmals aufgeführt; Anlass war der Tod von Herzogin Louise, eine geborene von Sachsen-Gotha-Roda, der Gemahlin von Friedrich Franz. Vier Jahre später ehrte man mit dem *Requiem* das Andenken des „Sel. Verstorbenen Cammer Musicus, Ersten Contrabassisten Sperger …" Werke von Beethoven, wohl eher schwere Kost, sind in den 35 Jahren etwa 40mal musiziert worden. 1816 war die *Schlacht bei Vittoria* gleich dreimal zu hören im Arrangement des Klarinettisten Hammerl für dreißigköpfige Harmonie. Ein Jahr später, 1817, sind die Sinfonien D-Dur und A-Dur verzeichnet, wiederum ein Jahr später erschien das Septett auf dem Programm, 1821 das Quintett für Klavier und Blasinstrumente, 1827 die Musik zu Goethes *Egmont*, 1828 der Schlusssatz der Sinfonie c-Moll. Der Name von Carl Maria von Weber ist 14-mal festgehalten: mit Arien aus dem *Freischütz*, mit Ouvertüren, mit einem der Klarinettenkonzerte, gespielt vom gerade 24jährigen und gerade engagierten Virtuosen Eichhorst. Von Rossini gab es Arien, Ensembles und Ouvertüren zu hören, insgesamt 53-mal.

Und Louis Massonneau? Trug für sich selber über dreihundert Aufführungen ein. Ein wesentlicher Teil waren sakrale Musiken, aufgeführt an den Festtagen des Kirchenjahres.

Die Spieljahre waren unterschiedlich lang, hatten ausführliche Sommerpausen, waren unterschiedlich ausgestattet, alles ganz sicher beeinflusst und entschieden vom persönlichen Willen im Herrscherhaus, beeinflusst auch von diversen Faktoren wie der französischen Besatzung, von Todesfällen in der herzoglichen Familie, vom schließlich nachlassenden Interesse des alten Herrn Friedrich Franz an seinem kostspieligen Riesenspielzeug. Geistliche Musiken waren gekoppelt an die Festtage des Kirchenjahres. Alles andere wurde angesetzt nach Gutdünken, von Kontinuität konnte nirgends die Rede sein. Die Zahl jährlicher Kammermusiken etwa schwankte zwischen Null und 48; das Hoch gab es 1820, da Herzog Carl mitzuwirken begann.

Gemessen an vorangegangener Vielzahl und Vielfalt, nehmen sich Massonneaus Eintragungen für 1836 und 1837 mit je vier sakralen Musiken mehr als bescheiden aus. Für den 5. November 1837 ist das Ende markiert. Da wurde „in der großen Kirche, als am Reformations Fest, bloß ein Choral mit Pauken und Trompeten ausgeführt, indem die Sämtliche Capelle nach Schwerin verlegt wurde, und das gewöhnliche Absingen auch aufgehört hat.“ *(2000)*

Klaus Albrecht

Friedrich Franz hat Geburtstag

Schwerin wird sein Wohnsitz, aber im November 1786 ist er schon in Ludwigslust, der Residenz des Herzogs, zur Aufwartung. Denn die Durchlaucht hat Geburtstag. Am Morgen, schon beim Lever, gibt's große Beglückwünschung mit Komplimenten und Freundlichkeiten, Schmeicheleien und Boshaftigkeiten.

Immerfort fahren von allen Seiten die Kutschen der Adeligen herbei. Es ist Winter, das Land liegt im Schlaf, die Ernte war wieder gut, an Geld mangelt es nicht im ganzen Lande, da begrüßt man gern seinen neuen Herrn. (...)

Diesmal sind alle dem Herzog von Herzen dankbar, und als um zwei Uhr, wie jeden Tag, Hoftrompeter und Paukenschläger vom Balkon des Schlosses alle adeligen Herren des Hofes und des Ortes zur offenen Tafel laden, kommt es von allen Seiten herbeigeströmt. Heute kommen auch die Damen, höchst feierlich mit Schleppe und Toque. Die Herren erscheinen mit der schneeweiß gepuderten Vergette, jener Lockenrolle, die über Stirn, Schläfe und Ohren läuft und hinten im Zopf oder Haarbeutel endigt. Viele alte Damen tragen die Dormeuse, ein gewaltiges haubenartiges Ungetüm auf dem Kopf. Ja, eine gewichtige Dame vom Lande trägt auf ihrem gewaltigen Busen ein mit Draht vorgesteiftes fichu menteur.

Unter dem säulengetragenen Portikus drängt alles eilig zusammen und ins Schloss. Die Damen wickeln sich aus dem Umhang, der Contouche, die Herren aus den Mänteln und

Pelzstiefeln. Alles ist aufgeregt und schreit noch mehr als gewöhnlich, und das gibt, da die Herren vom Lande nicht über schwache Lungen klagen können, keinen geringen Lärm.

Karl von Stein steht ein bisschen isoliert in der Unruhe. Die neue reich gestickte Hofuniform sitzt dem hübschen, gesunden Jungen wie angegossen, – bezahlt ist sie freilich noch nicht. Karl ahnt auch nicht, wie er sie je bezahlen soll, denn mit den 250 Louisdor im Jahr, die er, der einstweilen Unbesoldete, von Hause bekommt, ist in Schwerin schwer auszukommen.

Er hat überhaupt wieder mit allerhand Trübem zu kämpfen. Von Zuhaus weiß er seit langem so gut wie nichts. Fritzchen, der sonst noch der beste Übermittler von Nachrichten ist, schreibt auch nicht, und niemand nimmt ihm die grenzenlose Unruhe um den Bruder. Seit Ernst im Frühling mit der Mutter zur Kur nach Karlsbad ging, weiß er nichts mehr von ihm.

Doch sein Humor, der ihm fast immer hilft, hilft ihm auch diesmal über alle trüben Gedanken hinweg. Die Damen, die ängstlich wie die Flederwische durch die Halle huschen, belustigen ihn und die Herren, die natürlich schnell noch ein Schwätzchen über Pferde und Essen anlegen müssen.

Ziellos schlendert er umher. Über die großen, weißen Figuren in den Nischen muss er lachen. Das ist wertloses Zeug aus Pappmaché – aus der herzoglichen Pappmaché-Manufaktur –. Pöh! Wenn sein Herzog daheim in Weimar seine abgebrannte Residenz drunten an der Ilm wiederaufgebaut hat, wird es da nichts aus Pappmaché geben, trotzdem der ärmer ist als der Herzog hier. Das wird schon Goethe nicht zulassen. Der ist noch nicht aus Italien zurück, sondern irrt immer noch als Johann Philipp Schmidt aus Leipzig durch alle Gegenwärtigkeiten und Versunkenheiten dort unten. Der wird schon genug Figuren mitbringen. Oder sonst die alte Herzogin, die Anna Amalie, die auch bald nach Italien reisen will. In Weimar interessiert man sich eben noch für andere Dinge als für englische Pferde und Poularden und das Pharao.

An der Tafel sitzt er neben einem Fräulein aus dem Geschlecht der von Lützow, das sich – zahlreich wie Sand am Meer – über das Land Mecklenburg verstreut findet. Dies Dämchen ist ein niedliches, appetitliches, blondes Sandkorn, etwas fremd noch bei Hofe, trotzdem so viele ihres Namens hier große Leute sind, aber voller Humor und Witz, nicht zuletzt über die eigene Ungewandtheit und so in ihrer Art Karl innerlich verwandt. Der taut denn auch sofort aus seiner leicht ein wenig hochmütig wirkenden Verschlossenheit auf. (…) Karl versichert, sie sei herrlich, schielt aber dabei mehr zu des Fräuleins Onkel, dem Oberhofmeister von Lützow, hinüber. Der erzählt eben, dass die letzten Saujagden in den Wäldern und „Morästern" von Friedrichsmoor 121 Stück zur Strecke gebracht ha, ha – und der Herzog habe den Einfall gehabt, dass alle, aber auch alle Teilnehmer sich die Bärte über den Lippen lang wachsen lassen müssten. (…)

Gegen Abend gibt es im Park große Illumination. Da brennen in der Dunkelheit und Kälte viele Lichter in bunten Gläsern, und auf dem großen Rasen gleich hinter dem Schlosse glänzt ein gewaltiges Doppel-F aus weißen Gläsern gebildet und mit einer Krone darüber.

Von dieser Pracht sieht Karl nicht viel. Er hat die grandiose Langeweile des Hofkonzerts, das den Abend abschließen soll, mit vorzubereiten.

Der große weiß-goldene Saal strahlt in unzähligen Kerzen. Es ist jetzt schon glühend heiß, trotzdem alle Türen zur Flucht der Nebenzimmer und Säle geöffnet sind. Herzogin Luise, klein, rundlich und sehr majestätisch, hat sich von der Illumination einen Moment entfernt und rauscht schnell noch einmal durch die Räume.Unter dem herrlichen Gobelin im Nebensaal bleibt sie einen Augenblick stehen. Dort wird sie nachher Cercle halten.

Bald darauf öffnen sich die vergoldeten Doppeltüren, strömt alles zu den goldenen Stühlen mit dem roten Damastbezug und rühren sich auf der Estrade die Fanfarenbläser.

Der gute Herr von Lützow hebt den Stab. Der Hof tritt ein. Der Herzog in Generalsuniform mit dem neuen Federhut und einem goldenen, kostbaren Türkensäbel an der Seite, daneben, höchst unbedeutend neben der strahlenden Erscheinung des Gemahls die Herzogin. Hinter ihnen alles, was zum engeren Hof gehört, eine Menge Menschen. – Zuletzt der Hofzwerg, blitzend in Gold, rotem Samt und blauer Seide.

Die Türen werden geschlossen, einen Augenblick haben die riesigen Gardesoldaten noch in die Pracht blicken können. Dann stellen sich die Heiducken, ganz in Rot und Gold gekleidet, vor die geschlossenen Türen. Die Hofkapelle zirpt los, und dazu singt ein älterer, schwammiger Herr, ein Castrat, extra aus Berlin verschrieben für den heutigen Abend. Der berühmte Mann steht da, weibisch und weich, in den kostbarsten Kleidern, mit vielen Orden und noch mehr Brillanten behängt, und singt mit seiner glashellen, gläsern kühlen, sopranklaren Knabenstimme eine Arie von Piccini, dem Lieblingskomponisten der Herzogin, eine lange Sache mit vielen Trillern, Rouladen und Kadenzen.

Das geht so eine Zeit hin, dann ist der musikalische Lärm zu Ende. Alles atmet erleichtert auf und strömt in die Nebensäle zu Punsch – Champagner – Bischof-Cardinal und Pharaogesellschaft. Eine lange geräuschvolle Nacht beginnt. Der Herzog spielt nur gar zu gern und seine Herren mit ihm.

Die Herzogin hält Cercle. Sie steht ganz allein, rundlich und höchst würdig, klein und sehr ernsten Angesichts unter den pathetisch sich reckenden Figuren des Gobelins und lässt sich diese und jene Dame heranwinken, indess die anderen Damen angstvoll wie die Lämmlein an die Wände gedrückt dieses großen Momentes harren.

Karl hat sich in die Nähe der kleinen Lützow geschlängelt und will noch ein wenig mit ihr lachen, bevor der Aufbruch kommt, der für die Damen das Ende des Abends bedeutet, für die Herren aber noch lange nicht.

In lärmender Prozession geht es dann zu einem von den kleinen Häusern, tief unter Bäumen neben dem Schloss, in dem die Dame wohnt, die dem Herzen des Herzogs gerade nahe steht.

Aber heut wird es nicht so, heut bleibt man auch nach Abzug der Damen im Schloss. Doch als Karl, der nicht spielt, weil es ihm keine Freude macht und weil er kein Geld hat, sich heimlich empfehlen will, sagt man ihm an der Tür, dass der Herzog strengen Befehl gegeben habe, niemand vor dem Morgen hinauszulassen. Doch Karl kennt seine Leute schon. Gegen drei Uhr des Nachts ist der lange Laban, der die Tür bewacht, richtig eingeschlafen, hockt auf einem goldenen Schemelchen, schläft und schnarcht.

Früh um acht Uhr schleicht sich Karl wieder zurück. Die Tische zeigen sich gelichtet – aber unter den Tischen hat sich eine große Versammlung zusammengefunden. Die Bedienten sind viel mit Gläsern heimlich weggelaufen, und ihre funkelnden Augen und aufgelaufenen, funkelnden Gesichter verraten ihre „Näschigkeit". Der Zwerg in all seiner Kleiderpracht stöhnt bar jeder Würde im finstersten Eckchen. Nur der Herzog ist noch munter und zu allen Scherzen bereit … *(1927)*

Karl von Stein

In der Schloßkirche schlafen gewöhnlich alle Kavaliers

Am 9. März (1793) hatte die Herzogin Geburtstag, das soll am 4. April feierlich begangen werden. Ein Feuerwerk, eine neue Oper pp. werden dazu vorbereitet. Wir haben zwar in Ludwigslust kein Theater, allein die Kapelle führt die Worte dazu in Musik gesetzt auf. An Sängerinnen fehlt es hier nicht. Der Kutscher, welcher sie abholt und jederzeit nach dem Schlosse fährt, wenn Konzert ist, wurde einmal gefragt, wen er führe, und er antwortete: Ach, die Quekerbeester! Hierüber haben sie ihn zwar verklagt, allein den Namen haben sie beibehalten.

Die mecklenburgischen Soldaten, welche in holländischem Sold stehen und in Grave liegen, haben, sagt ein Spaßvogel, ein Bund Heu und einen Scheffel Haber den Feind weggenommen. Neueren Nachrichten zufolge sind es aber fünf Heuwagen, die sie erbeutet und den Franzosen abgenommen haben. (…)

Wir amüsieren uns hier so gut als möglich. Der Herzog schreibt viel, und es wird kein Hasardspiel mehr gespielt, aber Whist und Reversi und des abends Lotto. Der Herzog ißt wenig zu Abend oder gar nichts, dagegen essen die, die Lust haben, während des Lotto an kleinen Tischen. (…)

In Ludwigslust in der Schloßkirche schlafen gewöhnlich alle Kavaliers, schnarchen in verschiedenen Tönen und purzeln mit den Köpfen soviel vorwärts und zur Seite, daß man manchmal die Harmonie und Mannigfaltigkeit zugleich bewundern muß. (…) *(1793)*

Johann Stephan Schütze

Alles drängte und trieb uns nach Ludwigslust

Leser von einer ernsten Temperatur dürften sich wundern, daß unser Reisebericht über Schwerin so (nach ihrem Dafürhalten) kahl ausgefallen, daß wir nicht mehr und Besseres und Gründlicheres aufzuzeichnen hatten als – Plaisanterien aus dem Schloßgarten und Notizen über Kinderspiele. Nichts ohne Grund. Hier ist er. Weshalb nicht mehr (warum eben besseres?) über Schwerin aufgezeichnet ward, kam daher: Alles drängte und trieb uns nach Ludwigslust, von welchem Orte man uns so oft mit dem gemeinen, aber nicht immer unpassenden Ausdrucke gesagt hatte: „Sie haben nichts gesehen, wenn Sie Ludwigslust nicht sahn …" Nach unser oft belobten Gewohnheit, frühtags auszulangen, fuhren wir bei guter Tageszeit von Schwerin, um 4 Meilen von da bis Ludwigslust in 5 Stunden zurück zu legen. (…)

Der Weg von Schwerin bis Ludwigslust ist äußerst gut gebahnt und dekoriert. Gleich Koulissen wechseln Birkenalleen mit kleinen Gehölzen und Saatfeldern, Küchenwagen, Hoffouriere und andere reitende und Fußboten, Zwischenträger und Trägerinnen beleben euch die Scenen wie ihr den andern Zuschauern und Mitspielern zugleich auf dieser Wandelbühne. Bei jeder Halbmeile seht ihr einen Stein gepflanzt, der euch sagt, wie nahe oder ferne das Hauptgemälde dieser Präliminar- und Vorspiel-Scenen. Ungefähr auf der Hälfte des Wegs steht ein Haus, Ortkrug genannt, wo eine kurze Pause, ein Entré-Akt gemacht wird. Ihr trinkt ein Gläschen oder laßt's bleiben, genug ihr haltet. Aber Cantores, Sänger und Actores, die auch Sänger sind oder in gewisser Weise sein sollten, amant humores (Lustiges lieben), d. i. trinken, und Lustreisende sind, wie hier, halbe Schauspieler.

Am Ludwigsluster Tor fragt euch ein Sohn des Mars um Namen und Stand; beides müßt ihr noch einmal dem dienenden Bruder in der Auberge, Tafeldecker genannt, schriftlich geben. Ludwigslust macht nur eine lange, breite Gasse, ein paar Kreuz-, Quer- und Hintergäßchen nicht zu rechnen. In den Häusern zu beiden Seiten wohnen fast bloß Hofbediente, da der regierende Hof sich den größten Theil des Jahres, vorzüglich im Sommer, hier aufhält. Es ist nur ein Gasthof und ein Krug im Orte, die einander im Gesichte liegen. Ein Fremder ist auf alle Weise und in jedem Betracht gut aufgehoben. Den Gasthof beherrscht ein verständiger Wirth, Vogt, eine hübsche Wirthin sitzt ihm zur Seite, mit bürgerlich-guten Speisen, reinlich und wohlschmeckend, wird die Tafel besetzt. Ein paar allerliebste Kinder mit Amorsköpfen sind nicht zu übersehen. Größere und bessere Schlaf- und Wohnzimmer für Fremde wären allerdings zu wünschen. Doch ubi plura nitent! – Das höchste Gute, dessen ein gefühlvoller, für die Reize der Natur, an der die Hand der Kunst mit weiser Schonung gemeistert und gemodelt hat, empfänglicher Reisender, hier froh werden kann, ist der Ludwigsluster Schloßgarten. Das Wort Garten (ich suche vergebens in unserer Sprache nach einem umfassendern) sagt zu wenig und erschöpft den Begriff der ganzen großen, mit unendlicher Mannigfachheit der Parthien, Anlagen, Andeutungen, Ideen durchwebten Masse im mindesten nicht. Ein reiner geläuterter Geschmack ist fast in allem, was das Auge erblickt, sichtlich.

Ludwigslust war vormals ein großes, wildes Gehölz, und bloß von diesem findet man auf älteren, z. B. der Merianschen Karten eine Spur. Es ist gar nicht uninteressant, diese und andre ältere Karten mit der neuesten zum Behuf des Mecklenburgischen Staatskalenders von Sotzmann verfertigten und Kliever gestochen, 1804 vermehrten und verbesserten Specialkarte, zu vergleichen; selbst für Lustreisende und ihre Leser nicht, deren Tendenz nur so eben in das Gebiet der Geographie streift. Dem vorletzten Herzog hat man viele Anlagen und Verschönerungen der allzu rohen Natur zu verdanken, vorzüglich, da er selbst ein mathematisches Genie war, zu den hydraulischen vielartigen Wasserkünsten, Wasserfällen, Springbrunnen und Schleusen, wozu er manches selbst erfunden oder angegeben, z. B. die Einrichtung der letztern, deren Klappen und Türen sich, wenn das Wasser bis zu einem gewissen Grad Höhe gestiegen, von selbst öffnen und zurückschlagen, und wieder zuklappen und schließen, wenn es zu dem gewöhnlichen Grade herabgesunken ist. Der Schweriner See versieht den Ludwigsluster Garten und Park mit Wasser in Fülle. Ein Meisterstück hydraulischer Architektur ist die vor dem Schlosse in acht bis zwölf breiten Doppelfällen strömende und rauschende Wassermasse, die von da in einen langen, mit den Schleusen versehenen Kanal durch die linke Seite des Gehölzes läuft und mit mannigartigen Springbrunnen, kleinen Fällen und Strudeln gemischt ist. Die reiche Fülle und zweckmäßige Verteilung dieses Wasserschatzes zwingt selbst dem kältesten Beobachter Bewunderung ab.

Zu einer, meinen Lesern und mir bequemeren Übersicht des durch Natur und Kunst allzu reich ausgestatteten Ganzen, will ich's in vier Abtheilungen zerschneiden und vereinzeln, deren jede eigentümliche Reize und Vorzüge hat.

Der Eingang und Vorgrund. Über die Schloßbrücke geht man grade auf das in einem neuen Stil erbaute Schloß zu, mit dem in grader Seitenlinie linkerseits die schöne Kapelle, deren Inneres wir weiter unten beschauen wollen, rechterseits ein Blumen- und Gemüsegarten. Vor dem Schlosse, das linkerhand so wie die Kapelle ein Park von jungen schnurgeraden Buchen umgiebt, stieß uns ein Pavillon auf, den man uns als den Pavillon der Affen bezeichnete. „Morgen kommen sie, sagte jemand, die Affen nämlich, eine Menge weit her verschriebener, eine neue Zufuhr, die Colonie in diesem Affen-Pavillon wird ansehnlich verstärkt." Da wir in unserm Leben Affen und Affenähnlichkeiten genug gesehen hatten (die nach einiger Philosophen Meinung sich das Gehen auf zwei Beinen nicht hätten angewöhnen und ihre Füße, gleich wahren Affen, sehr gut auch zu Händen hätten brauchen können, wenn sie nicht –

ausgeartet wären), so kam uns weder heut noch morgen die Lust an, in das Innere dieses Pavillons zu dringen. Statt dessen ließen wir uns bei Zeiten die Kapelle öffnen. Was in dieser schön gebauten Rotonde den ersten Blick trifft und fesselt, und je näher je stärker bis zur nächsten Nähe, ist die Hinterwand: ein großes gedachtes und nach echten Regeln der Perspektive ausgeführtes Gemälde aus der Patriarchenzeit entlehnt. Der obere Teil der Wolken, des Himmels, von Sonnenstrahlen und Engeln beleuchtet und belebt, ist von einem Maler Findorff, der aber vor der Vollendung der Malerei starb. Die Wolken sind einem Teile nach vorgeschoben, welches man nur ganz nahe davor, oder seitwärts stehend bemerkt, und hinter diesen Wolken sind die Orgelpfeifen versteckt, so daß die Musik, indem Auge und Ohr zugleich nach einer Richtung hingezogen und wie gezaubert wird, aus himmlischen Sphären zu ertönen scheint. Der noch lebende Hofmaler J. H. Suhrlandt zu Ludwigslust vollendete die untere Hälfte der Urzeit, nebst einigen Subjekten aus der vernunftlosen Thierwelt in einer Umgebung von Bäumen, Buschwerk und Pflanzen, ab. Unter der, einige Schritte vor dem Hintergrundgemälde stehenden Kanzel ist die Begräbnisgruft der herzoglichen Familie. Gleich vorn der schwarzsammetne, mit goldnen Tressen verbrämte Sarg umdeckt den Leichman der vor nicht lange hier entseelten, allgemein geliebten und bewunderten russischen Prinzessin, Gemahlin des mecklenburgischen Erbprinzen. Von ihrer Wohltätigkeit und der zarten Bildung, die diese schöne Seele bezeichnete, erzählte man uns einige edle Züge, unter welchen ich nur den folgenden aushebe. Während eines der Morgenspaziergänge, die sie gewöhnlich am Arm ihres Gemahls ohne weitre Begleitung im Schloßpark und Garten machte, und wo sie einige durch den Anschein an sich verrathene Arme an sich gewöhnt hatte, denen sie unangesprochen (denn Bettelei ist, wie oben erwähnt, im Mecklenburgischen kein erlaubtes Erwerbmittel) gab, vermißte sie diese ihre Klienten. Man hatte sie aber, weil man annahm, daß sie der Prinzessin lästig fielen, oder aus einem andern Grunde, aus ihrer gewöhnlichen Spazierbahn zu entfernen gewußt. Mit dem herzlichen Ton, den man an ihr bewunderte, zugleich mit einigem Unwillen rief sie aus: „Mein Gott, gibt es denn keine Arme mehr in Mecklenburg?“ – Der Prinz fühlt den Verlust dieser von ihm so gerecht und innig geliebten Gattin über allen Ausdruck. Er lebt fast beständig in Ludwigslust, in der Nähe der Unvergeßlichen. Sie ist es ja allen, die sie kannten, und mit gefühlter Achtung ihrer gedenken; aber was ist ihrer Aller Verlust gegen den seinigen? Nur der kann ihn ausdenken, den ein ähnliches Verhängnis traf! Er bewohnt die einsamsten Zimmer des Schlosses und lebt fast blos unter seinen Büchern. Fast jeden Mittag gegen Ein Uhr soll er das Grabgewölbe besuchen und oft selbst um Mitternacht am Sarge der Verlohrnen ihr seine Thränen zum Todtenopfer bringen. Sie starb an den unglücklichen Folgen eines Wangengeschwürs, nachdem sie ihren Gemahl mit lieblichen Kindern beschenkt hatte. Von ihrer russischen Dienerschaft ist noch ein Priester hier, der zu bestimmten Zeiten, vorzüglich und feyerlicher an ihrem Namens- und Geburtstage, Seelmesse lieset. Dies traf sich grade bei unserm Hiersein am 2ten Junius, nach dem Julianischen Kalender 22sten Mai dem Helenen-, ihrem Namenstage, wo in der Kapelle feyerliche Messe mit Musik und der Sarg in der Gruft mit brennenden Wachskerzen umleuchtet war.

Dem Altargemälde gegenüber ist der herzogliche, mit Geschmack verzierte Kirchenstuhl. In der Kapelle Mitte ein Sarkophag aus inländischen braunen marmorartigen Stein gehauen, worin die Gebeine des vorletzten Herzogs ruhen. Die silbernen trefflich gearbeiteten Altarleuchter sind – nicht von Silber, sondern aus der berühmten Pappfabrik in Ludwigslust mit Silber überzogen, schön wie die schönste plattirte Arbeit, der massiven täuschend ähnlich. Da Kirchendiebstähle in unseren gewissenlosen und aufgeklärten Zeiten immer häufiger werden, auch überdies gewissermaßen weit leichter zu bewerkstelligen sind als Hausdiebstähle, so wäre es in der Tat geraten, das schwere Kirchensilbergerät in mehreren Orten zu Gelde zu machen und den Ertrag den oft so zahlreichen Armen der Gemeinde (wozu Priester und Küster sehr oft mit gehören) zuzuwenden, und statt jener schweren leichtere und wohlfeilere Silbersachen aus der Ludwigsluster Pappfabrik anzuschaffen. Bei einem neulichen Einbruch und Diebstahl in der Ludwigsluster Kapelle hatten die Kirchenräuber diese Leuchter richtig stehen lassen.

Die zweite Parthie des Ludwigsluster Wesens ist das linkerhand hinter dem Schlosse sich hinziehende von der nach Boizenburg führenden Landstraße seitwärts begränzte Lustgehölz. Es erstreckt sich sehr weit, je weiter, je regelloser und wird von einer Menge Hirschen und Hirschkühen besiedelt, die, da nur selten gejagt und das Wild im Winter gefüttert wird, ein ziemlich friedliches Leben führen, auch sehr zahm sind. Dies Gehölz durchschneidet in die Länge oder Tiefe der bereits erwähnte Kanal, über den verschiedene Brücken zum Teil über Schleusen führen, mit Springbrunnen und andern kleinen Wasserkünsten versehen, die gleich den wohl unterhaltenen Wasserfällen im beständigen ununterbrochenen Gange und Sprunge sind. Kleine, mit Büsten aus der Orts-Pappfabrik, die weiß überfirnißt, jeder Witterung Trotz bieten, und mit Ruhesitzen gezierte Terrassen ziehen sich an beiden Seiten des Kanals entlang. Eine besondere Abteilung im Gehölze macht eine Pläne, der Königssaal genannt, den 16 Büsten auf hohen Postamenten aus der erwählten Fabrik umreihen, unter denen August, Nero, Scipio Afrikanus, Antonin und andre Helden der Vorzeit mit ausdrucksvollen Gesichtern den Wandrer anstarren. Einige grüne Sommerlauben und Boskets im Garten, ehe man ins Gehölz kommt, sind mit kleinern Büsten römischer berühmter Frauen, Flaviern, Julien und dergleichen, mehr wie mit kleinen weißen Guirlanden von innen herum eingefaßt. An dies Gehölz und mit demselben parallel laufend schließt sich die umhegte Schweizerei.

Die Partie des Gehölzes ist mit Schweizerhütten besetzt, feiste und schön kolorirte und gefleckte Schweizerkühe weiden unter den Bäumen, von Hirten bewacht und gepflegt. Um mich ganz in die Schweiz versetzt zu fühlen, in ein Schweizerthal, denn die Berge dazu lassen sich freilich so leicht nicht versetzen (auch durch Lavaters, des Schweizers, übergläubigen Glauben nicht, und der ehrliche Alte starb vor dem Experiment dahin); um, sage ich, zu dieser Täuschung zu gelangen, die meiner Lust erwünscht gewesen wäre, hätte ich die Mecklenburger Schweizer im Schweizer-Costüm zu sehen erwartet;

es waren aber ächte Mecklenburger an Phisiognomie wie an Tracht. Mehr seitwärts zur Rechten erhebt sich das Schweizerhaus, ein im schweizerischen Baugeschmacke gedachtes und gegebnes, nicht großes Landhaus, von zwei Stockwerken, wo die herzogliche Familie, jetzt der Prinz mit seinem Hofstaat (denn der Herzog war noch in Rostock oder Doberan, die Herzogin im Töplitzer Bade) jeden Mittag speist. Ein besonderer Fahrweg durchs Holz, mit Laternen besetzt, führt vom Schlosse dahin, zum Behuf der Lustfahrenden des Hofs bei Abendzeiten.

Eines Nachmittags etwa um 3 oder 4 Uhr, nach aufgehobener Tafel und entfernter Gesellschaft, traten wir als Beschauer ins Schweizerhaus, und man führte uns dienstfreundlich überall herum. Wir nehmen die Leser mit und machen noch einmal die Runde. Es ist nicht viel zu sehen, aber viel Hübsches; der Ländlichkeit des Ortes und seiner Bestimmung angemessen alles. Verschiedene kleine, simpel aber nett verzierte Zimmer, ein Schlafzimmer der regierenden Herzogin, so niedlich klein (es fehlt mir am Verkleinerungswörtchen, um die Niedlichkeit anschaulich zu machen), daß uns die regierende Frau und ihre Nebenschläferin, die Hofzwergin, so kleine diese ist, nur eben Platz darin zu haben schienen. Wir (Ihr Cicero) ersuchen die Leserinnen, ein Zimmer weiter zu gehn und sich mit uns an den feinen Kupferstichen rings um die Wand, welche Schweizergegenden darstellen, zu laben, eine Tapete, um die ich für mein Theil eine atlasne gekrollte Säulentapete mit silbernen Schaften (die modernste) ohne mich lange zu besinnen, hingebe. Ein Zimmer weiter ist mit Ölgemälden, oder nur wenigen, Porträts der herzoglichen Familie umhangen. Ein kleines Lese- und Arbeitszimmer drückt sich, und etwa noch ein paar kleine Boudoirs an die zwei mittelgroßen Säle, deren einer im zweiten Stock als Speisesaal gilt. An den letzteren stößt ein kleiner Balkon, und auf diesem residirt ein kleiner – Affe.

Die vierte Hauptparthie ist eine, vor dem Schweizerhause beginnende, und bis zu einer Pläne, die das Schloß vom Garten trennt, herablaufende Englische Gartenanlage. Hier wechseln die Gegenstände, Momente, Ansichten zu Beschauung und vervielfältigen sich ins Unendliche. Fast jede Biegung eines Schlangen- oder gradlinigten Ganges oder Umbiegung in eine Allee öffnet eine neue An- und Aussicht. Jede neue macht die schönere oder schönste nur zweifelhafter. Bald stößt man auf ein Gemäuer, das von blühenden und duftenden Akazien und Geißblattranken halb versteckt und beschattet, die Goldfasanerie umschließt; bald auf einen großen zirkelrunden mit Wasser schwimmenden Kaninchenberg, bald auf die Ruine einer alten Burg oder Räuberveste, aus einheimischen braunen Steinen künstlich zusammengesetzt, mit gewölbten aus einem lichtgrünen Gebüsch hervordunkelnd, bald auf eine weit oblonge Fläche, wo unter Baumgewölbe ein Tanzlustlager und Ball-Impromtu bereitet werden kann – und wird auf den Wink der Mächte, die in diesem Feenreiche den Stab führen, bald auf eine Anhöhe, die einen Säulentempel trägt, auf dessen Dachspitze ein Chinese huckt. Ein andres Plätzchen bietet auch eine Schaukel, mit zwei wie Schlitten geformten Lehnsesseln bewegbar, aber ihr bewegt euch nicht darin, wenn euch (wie uns) der Gnome fehlt, der zu diesem Springwerk (Wippmaschine?) den Schlüssel wahrt. Eine mit Pappeln bepflanzte Insel, zu der eine Brücke hinüber führt, hält in ihrer Mitte einen Sarkophag, wo ein klagendes Weib mit einem Knaben sich an die mit dem Brustbilde des letztverewigten Herzogs gezierte Urne lehnen. Darunter folgende simple Inschrift, die mit Wenigen viel und wahr sagt: „Friedrich, Rum und Trost der Deinen, o, wie warst du so gut!“

Gehölz und Garten wird in der Mitte vom Schloß aus durch einen breiten ebnen Gang durchschnitten, der an beiden Seiten mit schönen gesunden Bäumen, mancher Gattung Gebüschen und Bänken in laubichten Nischen besetzt ist, und hier fanden wir die Residenz der Nachtigallen. Mehr als 20 wechselten zu einer Zeit ihre himmlischen Töne und Akkorde mit und durcheinander.

So klein das lustige Örtchen gleich ist, so klein gleich und still Ludwigslust ist, daß es fast blos von Hofbedienten bewohnt wird, so hat es doch seine Klubs, Koterien und dergleichen. Wir wurden durch ein paar Mitglieder des Männerklubs in denselben eingeführt. Dieser Klub besteht aus 50 bis 60

Personen, die mehrsten bekleiden Hofchargen. Wir machten die Bekanntschaft vieler interessanter Männer, die sich durch feine Sitte und Welterfahrenheit auszeichneten. Die Gesellschaft sammelt und amüsirt sich in einem netten dazu erbauten Hause, das, wie das Rostocker Societätshaus, nur verhältnismäßig kleinere Zimmer für die Lektüre, das Billard, Kartenspiel, Conversation und einen Tanzsaal hat. Jedes Mitglied zahlt jährlich nicht mehr als fünf Thaler, beim Eintritt aber vier Louisd'or, die es beim Austritt zurückerhält. Ungeachtet dieses geringen Zuschusses besteht und erhält sich das ganze sehr gut.

Hazardspiele sind nicht geduldet. Kegelspiel darf nur zu einem gewissen geringen Spielpreis als Leibesübung getrieben werden. Außer Whistboston, das damalige Lieblingsspiel, wird l'Hombre und Whist gespielt.

„Ich will nicht hoffen", sagte ich zu einer jetzt in L. lebenden Dame, deren ehemalige Bekanntschaft ich hier mit Vergnügen erneuerte, „ich will nicht hoffen, daß ihre Herren hier ihren Klub für sich allein haben, und daß auch das schöne und gesellschaftlichere Geschlecht auch außer den Bällen daran Teil nimmt?" Allerdings erwiderte sie, an gewissen bestimmten Tagen im Monat haben auch wir Weiber Sitz und Stimme, und werden von unsern Männern mitgenommen, wenn wir in der Zwischenzeit fleißig gesponnen haben, – „Und gesungen", setzte ein Frauenzimmer aus der Gesellschaft hinzu, das eine der 7 bis 9 Sängerinnen war, aus denen und 5 Sängern das Vokalmusikchor der Hofkapelle besteht. Diese Ressource (Zufluchtsort) des Klubs muß vorzüglich in den Wintermonaten, in welchen die Weile hier ein wenig lang seyn mag, denen erwünscht seyn, die Berufs- und Amtshalber an diesen Sommersitz gefesselt sind.

Da wir die mehrste Zeit unsers Aufenthalts im Ludwigsluster Park und Garten und oft halbe Tage lang darin verlebten, und sich das Meiste und Beste darüber besser empfinden als beschreiben läßt, so sagen wir nichts mehr als: Reiset hin und thut desgleichen! (...)

Aber wie gesagt: wer kann Alles sehen und nachsehen. Auch in Ludwigslust war dies mein (unser) Fall. (...)

Wir sahen unverhohlen, was uns entging. Wir sahen also nicht

1. das sehenswürdige Innere des Ludwigsluster Schlosses, das verschiedene artistische Merkwürdigkeiten, eine Kunst- und Naturaliensammlung enthält. Auch ist dort ein Liebhaber-Theater, das wir versäumen mußten, weil seit dem Tode der unvergeßlichen Helene Paulowna nicht gespielt wird. Die spielenden Personen, Hofherren und Damen, führten französische Stücke, oft 4 Vorstellungen in einer Woche auf, und der Zutritt war jedem Fremden offen;
2. die berühmte Pappfabrik (nicht Papiermaché oder Kaupapier) deren Fabrikate wir im Schloßgehölze trafen. Auch kenne ich eine treffliche Statue der Medizeischen Venus aus dieser Fabrik, die reizende Gesellschafterin und stumme Hausgenossin eines H-schen Hagestolzen;
3. eine Meuble Fabrik, deren geschmackvolle Erzeugnisse weit herum versandt werden, und den besten französischen, den Pariser wenig oder nichts nachgehen sollen;
4. das Innere und Lebendige im Affenpavillon und in der Goldfasanerie im Schloßgarten, da wir den ersten aus Eigensinn und Affenscheu vorüber gingen, die letztere aber uns öffnen zu lassen schändlich versäumten;
5. und letztens die Orangerie, wonach man sich indeß nicht umzusehen braucht, weil keine da ist, außer einigen im Amphitheater des Gartens stehende Bäumchen. Sie ist aber auch ganz überflüssig, hier, wo eine so reiche Mannigfaltigkeit von Bäumen, Gebüschen, Baumgruppen und Buschgrotten jene kostbaren, aber doch immer einförmigen Galerien nicht vermissen läßt. (...) *(1812)*

Gustav Ritter
Dei lütte Kark

In Ludwigslust, door in den Park
Von 't Slott steiht eine lütte Kark,
Ein Kark von rode Stein;
So fründlich lacht sei door herruut
Ut Busch un Boom, hübsch süht sei ut,
Dat Oog kann sick an freu'n!

Sei winkt ut all dat Grön so still,
As wenn sei jeden seggen will:
'Kumm her, hier findst du Rauh!
Gah räwer man, door liggt dei Brüg,
Un laat dei lege Welt taurüg,
Dat Puurt maak wedder tau!'

Ick treed herin, dat „Ewig-Licht",
Dat ut ein Ampel rödlich lücht't,
Is matt in'n Sünnenschien,
Dei lacht in Farwen, rood un blaag,
Un geel un grön as helle Dag
In 't Karkenfinster rinn!

Doch heller, as dei Sünnenstrahl,
Un dei von 't „Ewig-Licht" flütt daal,
Lücht't dat door ut ein Bild!
Maria hett ehr Kind in'n Schoot,
Wat door herruter lücht so groot
Is „Leiw"! – Maria stillt!

In Ludwigslust, door in den Park
Von 't Slott steiht eine lütte Kark,
Un doorin gläuht ein Licht,
Ein Licht, dat ut ein anner Welt
In 't Minschenhart herinnerföllt,
Dat 't Rauh un Freden kriggt! *(1927)*

Otto Vitense

Kosaken auf dem Alexandrinenplatz

Am 14. März 1813 morgens 10 Uhr, an einem herrlichen Frühlingstage, rückte der russische Oberst Freiherr von Tettenborn, von Berlin über Perleberg und Grabow kommend, mit der russischen Vorhut in Ludwigslust ein. Er hatte vier Kosakenregimenter, zwei Schwadronen Isumpscher Husaren, eine Schwadron kasanscher Dragoner, insgesamt etwa 1500 Reiter, dazu zwei Geschütze mit Bedienungsmannschaft bei sich. Nach einer kleinen Ruhepause und Erledigung eines hochwichtigen Auftrages wollte er alsdann von hier seinen Weg durch Mecklenburg an die untere Elbe fortsetzen, um das von den Franzosen besetzte Hamburg diesen zu entreißen. Als die Nachricht von dem Heranrücken der Reiterschar in Ludwigslust bekannt geworden war, da war ihr bereits eine große Menschenmenge auf halbem Wege nach Grabow entgegengeeilt und hatte die Ankommenden mit stürmischen Hurrarufen empfangen. Unter dem lauten Gesang der Krieger, in den die sie begleitende Menschenmenge, so gut sie es vermochte, aus vollem Herzen einstimmte, zog die ganze Schar, die sich von Minute zu Minute aus allen Straßen und Häusern vergrößerte, zum herzoglichen Schloss und brachte hier der fürstlichen Familie, die vom Balkon des Schlosses aus dem Einmarsch zusah, begeisterte Ovationen dar. Dann wurde der eine Teil der Truppen, vornehmlich die Husaren, einquartiert, während der Rest, ein ziemlich bunter Haufe von Kosaken, Baschkieren und Asiaten, auf dem Schlossplatze und am Ende der Schlossstraße (Alexandrinenplatz) sich lagerte. Für die Pferde schüttete man Hafer in großen Mengen auf den Damm. Die Truppen aber wurden durch die herzogliche Küche sowie von der Einwohnerschaft mit Freuden bewirtet. Ein jeder gab gern und reichlich, was er nur hatte. War es doch nach langer, trüber Zeit das erstemal, dass die Sonne des Glückes wieder über der mecklenburgischen Residenz leuchtete und mit ihren Strahlen die wenn auch nur kleine Zahl von Kämpfern für Freiheit und Recht vergoldete.

Indessen hatte sich Tettenborn selbst gegen Mittag zu Friedrich Franz ins Schloss begeben und verweilte daselbst über zwei Stunden. Er überbrachte dem Herzog einen Brief vom Kaiser Alexander von Russland mit der Aufforderung, dem Rheinbunde zu entsagen. War der Herzog auch noch vor kurzem einem Aufruf entgegengetreten, den der Kaiser Alexander und sein Oberbefehlshaber Barkley de Tolly an die Deutschen zur Befreiung aus dem französischen Joch und zum Anschluss an Russland richteten, so hatte er es nur gezwungen als Mitglied des Rheinbundes getan. Dazu war er noch ganz umringt gewesen von französischen Soldaten und Beamten und hatte somit fürchten müssen, dass Napoleon an dem Mecklenburger Land und Volk Rache nehmen möchte. Jetzt aber, wo aus den Trümmern der französischen Armee in den Gefilden Russlands die Glocke der Befreiung so mächtig geschlagen hatte und die zurückkommenden elenden Reste des einst so stolzen französischen Heeres eine nur zu deutliche Sprache redeten, jetzt zögerte Friedrich Franz nicht länger, und bald mischte sich in den Jubel der Bevölkerung draußen vor dem Schloss und auf den Straßen der Residenz die Kunde von dem Entschluss des Fürsten: wie er einst als letzter dem Rheinbunde beigetreten war, so wollte er ihm nunmehr als erster wieder entsagen.

Das geschah bereits am 14. März, drei Tage vor dem Aufruf des preußischen Königs Friedrich Wilhelm „An mein Volk“ und „An mein Kriegsheer“. Am Nachmittag besuchten der Herzog sowie die Erbprinzessin und andere Mitglieder des fürstlichen Hauses das Lager der Truppen. Als man vernahm, dass auch die Kinder der verstorbenen ersten Gemahlin des Erbprinzen Friedrich Ludwig, der russischen Großfürstin Helene Paulowna, einer Schwester des Kaisers Alexander, sich dabei befänden, da drängten sich besonders die Kosaken heran, um ihnen die Hände zu küssen. Heiter und fröhlich verlief der Abend, bis man durch eine kleine Nachtruhe sich für den in aller Frühe beabsichtigten Weitermarsch noch zu stärken suchte.

Gern hätte Tettenborn sogleich das erst aus drei Kompagnien (etwa 300 Mann) wohlgeübter Truppen bestehende Gardegrenadierbataillon mit nach Hamburg genommen, um so neben seiner Reiterei doch wenigstens auch ein Kommando regulärer Fußtruppen bei sich zu haben, aber das Bataillon war noch nicht völlig formiert und marschfertig. So setzte er denn voll Freude über den bisherigen Erfolg am nächsten Morgen, den 15. März, bei Tagesanbruch seinen Zug über Lübtheen auf Hamburg fort. *(1913)*

Karl Julius Weber

Noch mehr gefällt mir Ludwigslust

Schwerin (Wendisch Tier-Garten), die Residenz des Großherzogs, hat eine malerische Lage an dem schönen großen See, der sich drei Meilen weit erstrekt, und mag 10 000 Bewohner zählen. Es ist eine der heitersten Städte, die ich kenne, die altgothische Residenz auf einer Insel, und der alte Dom und Schloß-Garten gefallen, noch mehr aber freilich Ludwigslust (vier Meilen) mitten in einem mit Alleen durchhauenen Wald, der mit Wild sehr belebt scheint; das Städtchen zählt 3 000 Seelen. Man findet hier eine trefliche Schweizerei, einen Wasserschatz, wie zu Nymphenburg, Canäle, Ruinen, Springwasser, Wasserfälle, und das schöne Mausoleum der im 19. Jahre verstorbenen Großfürstin Helena Paulowna, das ihre Asche und einst auch die ihres Gemahls aufbewahret. Merkwürdig sind auch die Büsten – weder von Metall noch Marmor, weder Holz noch Stein, sondern von Pappe mit Firniß überzogen; selbst die Leuchter in der Kapelle sind von übersilberter Pappe; und nachahmungswert, da man Massiv Silber besser brauchen kann extra Ecclesiam, und nicht leicht Sacrilegia zu bestrafen sein werden.

Im Schlosse ist eine schöne Sammlung altgermanischer und slawischer Alterthümer, die dem Publikum noch bekannter werden wird (wenn es nicht schon geschehen ist). *(1828)*

Karl Goß

Hauptmeilenstein des Landes

In Frühling 1822 wurde beim Grabower Tor der Anfang gemacht, die den Ort auf drei Seiten umschließenden Palisaden mit einer Mauer, deren Pfeiler und Decke aus gebrannten Steinen, die Fächer aus Eisenrasenstein bestehen, zu ersetzen. Dies Werk, an dem nicht fortwährend gearbeitet wurde, erhielt nach 7 Jahren seine Vollendung. In der äußersten Mauer wurden Wege angelegt und solche mit Pappeln oder Linden besetzt. Im Jahre 1826 begann vor dem Grabower Tor die Erbauung einer gerade auf Grabow zuführenden Chaussee durch den Engländer Elliot. Dieser Chaussee-Bau gab Veranlassung, daß vor dem Tore, wo besonders bis zu den ersten Tannen in der Richtung nach Grabow es noch recht öde aussah, bald besser es sich gestaltete. Rechts von der Chaussee machte der Major von Kleburg zuerst den Anfang, einen großen, freundlichen Garten anzulegen. Neben ihm gründete einige Jahre hernach der Herzog Gustav einen Sitz für sich. Er schuf hier einen geräumigen Garten mit sehr geschmackvollen Partien und erbaute in ihm nicht nur eine prächtige Villa zu seiner Bewohnung, sondern auch ein nettes Haus für das Sekretariat. Auf derselben Seite fuhren der Hof-Konditor Wömpner und der Hof-Brauer Meyer mit Gartenanlagen fort. Links von der Chaussee ließ der Großherzog eine Englische Partie (Irrgarten) bilden. Hinter derselben erbaute der Müller Schultz eine Holländische Windmühle und ein Wohnhaus mit einigen Nebengebäuden. In einem der letzten richtete er einige Jahre später auch eine Roßmühle ein. – Der vor diesem Tore liegende Kirchhof erhielt im Jahre 1829 eine Vergrößerung. – Im Jahre 1830 wurde dicht vor demselben Tore eine Pyramide aus Granit, zum Hauptmeilensteine dienend, errichtet. Die drei Stücke, woraus diese Pyramide zusammengesetzt ist, sind von einem großen Stein, der in einem Bauerngarten zu Stolpe lag, genommen. Die Spitze und der Sockel wurden über Grabow zu Schlitten herangefahren. Den mittleren Teil, 16 Fuß lang, konnte wegen der zu schweren Last kein Wagen oder Schlitten tragen. Man schloß ihn daher in eine hölzerne Walze ein und umgab solche mit dicken eisernen Reifen. Wo Höhen oder schmale Dämme waren, wurde die Walze durch Handwinden in Bewegung gesetzt. Auf ebenen Flächen zogen Pferde dieselbe. An 80 Pferde waren erforderlich, sie zu ziehen. Der Transport ging über Blievenstorf, Klein- und Groß-Laasch. *(1851)*

Otto Kaysel

Von großherzoglichen Läufern

Wenn die Schweriner Großherzöge bei Familienfesten, fürstlichem Besuch oder sonst einer größeren Feierlichkeit ihre Karossen zu zeigen hatten, gab es allemal ein überaus farbenreiches Bild und Pomp in Fülle, dem Zeitgeschmack entsprechend und zur Freude von jung und alt. Vier oder sechs erlesene Pferde prahlten in kokettem Trab vor dem glänzenden Wagen, auf dem Bock Kutscher und Heiduck in roter, goldgestickter Livree. Unter der Regierung Paul Friedrichs paradierte manchmal auf dem Lakaiensitz neben dem Kutscher in bunter Tracht ein Mohr. Und nebenher – der Läufer. Etatmäßig gab es noch zur Zeit Friedrich Franz des Zweiten Läufer, die freilich nur noch als Lakaien Dienst taten. Vordem aber war der Läufer bei allen Festen des Hofes ein besonderes Prunkstück, von dem uns ein getreues Abbild der Pinsel des Hofmalers Gaston Lenthe erhalten hat. Sein 1833 in Ludwigslust gemaltes Bild zeigt den großherzoglichen Läufer Joachim Heinrich Ehrke, der von 1792 an dreiundvierzig Jahre im großherzoglichen Dienst stand. Auf der Rückseite des Bildes hat der Maler einen Lebensabriss Ehrkes geschrieben, und danach ist er für Rechnung des Barons von Trenck auf Meyken als Läufer unterrichtet worden und hat nachher in seiner Schweriner Dienstzeit elf Lehrlinge, darunter drei seiner Söhne als Läufer ausgelernt. Ein richtiger Läufer zu werden, war also wohl gar nicht einfach, sagte man doch, zu seiner Ausbildung sei es unerlässlich, ihm vorher die Milz herauszunehmen. Aber diese kleine Abscheulichkeit wollen wir getrost in das Reich der Fabel weisen.

Sieht er nicht gar prächtig aus, der alte Ehrke, zumal wenn man zu dem Bilde die Farben hinzudenkt? Karmoisinrot war der kurze, goldbordierte Rock, die Weste blau, Kniehosen aus schwarzem Samt, weiße Strüpfe, Lackschuhe und auf dem Kopf die samtne Spitzkappe, vorne mit dem Monogramm des Großherzogs, seitlich geziert mit roten Stoffrosen und oben gekrönt mit Straußenfedern.

So hätte ich Berkhausen sehen mögen, den letzten Schweriner Läufer, den ich aber nur aus seiner späteren Zeit kenne, als er hier schon im Ruhestande lebte. Laufen konnte er noch gut, mir hat er einmal für einen Taler einen wichtigen Brief nach Verklas bei Dömitz getragen, und nach Schwerin spazierte er gar nicht selten, bloß weil er das Schweriner Bier dem Ludwigsluster vorzog, bald nach Mittag wanderte er los, und nach einer für Nichtläufer unglaublich kurzen Frist war er wieder hier. Einem Freund des Komischen bot er mancherlei Reize, besonders weil er von Angesicht einigermaßen hässlich und doch über das erlaubte Maß eitel war. Mir war es allemal ein Genuss, wenn er Sonntags mit weißen Hosen und durchgedrückten Knien, den Zylinderhut auf dem Kopf, in übertrieben gestrecktem Läuferschritt sich auf der Promenade der Schlossstraße zeigte. Und als ich einst mit dem Hofmaler Schloepke bei dem Gerichtsrat Steffen frühstückte und Berkhausen vor der gegenüberliegenden Post vorbeistolzierte, da sagte Schloepke, als wir genug gelacht hatten: „Den male ich.“ Und tats. Es ist aber nur eine Karikatur geworden. *(1930)*

Arnold Hückstädt

Fritz Reuter und die „Herrlichkeiten von Ludwigslust“

Im Frühherbst des Jahres 1823 unternahm Stavenhagens Bürgermeister Georg Johann Reuter mit eigenem Gespann eine Reise ins Herzogtum Braunschweig und nach Magdeburg. Er wollte den dort seit langem betriebenen Krapp- und Hopfenanbau studieren. Sein Begleiter war der zwölfjährige Sohn Fritz Reuter. Ihm war aufgetragen worden, dass er auf „alles wohl acht gebe und nach Rückkehr seine Erlebnisse und Beobachtungen niederschreibe“. Die von dem Knaben Fritz Reuter verfasste „Reise nach Braunschweig“ ist eine durchaus lesenswerte hochdeutsche Frühararbeit des später so berühmt gewordenen plattdeutschen Autors. Auf der Rückreise kamen Vater und Sohn auch über Ludwigslust. In Fritz Reuters Bericht ist zu lesen: Von Dömitz „reiseten wir … über Ludwigslust und Neustadt nach Parchim. Da unsere Zeit so sehr beschränkt war, so konnten wir die Herrlichkeiten von Ludwigslust nur im Fluge besehen. Beim Anblick des außerordentlich großen Marstalls, in welchem nur sehr wenige Pferde standen, fiel mir Tante Chistianchens Sentenz ein: Das macht sich wie der Hering im Roquelaure. Von Ludwigslust fuhren wir, wie schon gesagt, auf Parchim, wo noch alles beim alten war.“ – Der Marstall lag am Wege der durchreisenden Reuters. Er zog ihre Blicke auf sich, da er von beträchtlicher Dimension und gerade erst vom Hofbaumeister Johann Georg Barca zwischen 1816 und 1821 erbaut worden war.

Auf den zu Beginn des 19. Jahrhunderts geringen Pferdebesatz des Militärs in Ludwigslust kommt Reuter später in seinem Roman „Ut mine Festungstid“, Kapitel 26, noch einmal zu sprechen, indem er den in das Wörtchen „nämlich“ verliebten Premierleutnant K. von der Festung Dömitz erzählen lässt: „Ich stand bei den Reutern (Reitern) zu Pferde in Ludwigslust, wir hatten … aber nämlich nur fünfundzwanzig Pferde, die mußten wir immer umschichtig gebrauchen, und weil sie nämlich nicht reichten, riefen die bösen Buben immer hinter uns her: ‚Ledderbom! Ledderbom!‘ womit sie nämlich sagen wollten, die Hälfte von uns müßte auf dem Leiterbaum reiten.“

Das Leben hinter Kerkermauern, sein Tun und Lassen auf der Festung Dömitz beschrieb Fritz Reuter nicht nur in dem Roman „Ut mine Festungstid“, sondern auch in zahlreichen Briefen an den Vater in Stavenhagen. So teilte er ihm mit, dass er es mit der Malerei ernst nehme und dass er sich sehr um die Vervollkommnung seiner Malweise bemühe, indem er als Gefangener von der Festung Dömitz aus Verbindung zu den beiden großen in Ludwigslust lebenden Hofmalern Rudolf Friedrich Suhrlandt und Friedrich Christoph Lenthe Verbindung aufgenommen und sie um künstlerischen Rat gebeten habe. In dem Brief vom 4. März 1840 schrieb er dem Vater: „Ich denke aber in einiger Zeit ein Gemälde zu fertigen, werde dies an Suhrland in Ludwigslust senden und denselben bitten, mir gemäß meinen Anlagen und etwaigen Kenntnissen ein oder das andere Originalbild zu senden, um es zu kopieren.“ Ob Suhrlandt auf das Ansinnen Fritz Reuters reagiert hat, ist nicht überliefert. Lenthe hingegen hat einer gleichen Bitte ganz offensichtlich entsprochen, denn am 25. Mai 1840 schrieb Fritz Reuter nach Stavenhagen: „Lenthe hat mir Zeichnungen und Oelbilder als Muster zugeschickt in Begleitung eines freundlichen und aufmunternden Schreibens, und so besteht meine Beschäftigung denn in der Nachbildung jener Studien.“

Als Fritz Reuter am 25. August 1840 aus der Haft der Dömitzer Festung in die Freiheit entlassen worden war, führte ihn der Heimweg in Richtung Stavenhagen auch nach Ludwigslust. Hier besuchte er den Hofmaler Lenthe in dessen Atelier. Von Lenthes Bildern stark beeindruckt, wurde ihm schmerzlich bewusst, dass seine eigene Malkunst nur gering entwickelt war. Im Schlusskapitel von „Ut mine Festungstid“ schildert Reuter, wie ihm beim Betrachten der Bildwerke Lenthes zumute gewesen ist: In Ludwigslust „drop ick minen gauden Vetter August. – Hei wull mi wat tau Gefallen dauhn un bröchte mi tau den Hofmaler Lenthe, de wis'te mi sine Biller, un as ick de sach, säd ick tau mi: ‚So, dormit büst du nu ok dörch! Du hest säben Johr teikent un malt, un nu is dat ok man en Quark!‘ – Dunn föll wedder en Telgen up de Ird.“

Sieben Jahre später fühlte sich Fritz Reuter der Stadt Ludwigslust auf ganz besondere Weise verbunden. Ständig führten ihn seine Gedanken und Sehnsüchte in dieses Heimwesen. Denn hier lebte seit Anfang Mai 1847 seine Braut Luise Kuntze, die kurz nach ihrer Verlobung mit Fritz Reuter als Erzieherin und Hauslehrerin der Kinder des Hofgärtners Carl Schweer für ein Jahr nach Ludwigslust ging. Es gibt keine direkten Belege dafür, dass Fritz Reuter seine Verlobte in Ludwigslust besucht hätte. Wäre aber wohl ernstlich daran zu zweifeln? Gewiss nicht. Die Briefe, die er seiner Luise nach Ludwigslust geschrieben hat, sind Zeugnisse beseligenden Glücks und reiner Liebe. Unter dem 10. Mai 1847 bekannte er ihr: „Wie lieb' ich Dich, wie denk' ich für Dich. Tausend Pläne für Dein Glück tauchen in mir auf, mit dem gläubigsten mutigsten Herzen verfolge ich sie, zu tausend Mühen und Entsagungen bin ich bereit, wenn es Dich, einen so herrlichen Preis, gilt. ... Ich habe nur ein Ziel, für das ich streite, nur ein Gegenstand erfüllt mich ganz und das ist Deine Liebe; ... nur Dein Glück ist mein Zweck und nur durch Dich will ich selber glücklich sein."

Nachdem Fritz Reuter 1859 in Dethloff Carl Hinstorff, der seit 1835 in Ludwigslust eine Zweigstelle seiner Verlagsbuchhandlung mit angeschlossener Druckerei besaß, seinen Verleger gefunden hatte, ist Ludwigslust als Verlagsort auf allen Titelseiten der Werke Reuters genannt.

Und in den Schriften Reuters, die zwischen 1859 und 1861 entstanden sind, wie beispielsweise „Ut de Franzosentid" und „Hanne Nüte un de Lütte Pudel", ist Ludwigslust auf der jeweils letzten Seite auch als Druckort verzeichnet. Der Druckortvermerk lautet stets: „Druck der Hinstorff'schen Buchdruckerei Ludwigslust".

Nach Ludwigslust, der alten Garnisonstadt, hat Fritz Reuter das Geschehen verlegt, das er in dem Läuschen „Adjüs, Herr Leutnant" schildert. In gekürzter und teilweise nacherzählter Fassung soll es hier wiedergegeben werden:

„In Ludwigslust stunn bi de Grenadier
Einmal en Leutnant, Herr von Fink.
Dat was en wohres Krätending,

Obglik de Kirl man keshoch wir.
Na, de let mal Rekruten inexieren
Un let sei rechtsch un linksch marschieren."

Einem Rekruten – er war ein Mecklenburger und noch dazu ein „groter Bengel" – fällt es schwer, die Exerzieranweisungen des Leutnants zu erfüllen. Dieser herrscht ihn an und befiehlt ihm, in strammer Haltung unbeweglich stehen zu bleiben. Als der eingeschüchterte, aber nicht auf den Mund gefallene Soldat fragt, ob er in dieser Positur verharren solle, lautet der Befehl des kleinen Offiziers:

„So stehst du mir! Kopf in die Höh,
Die Arme 'ran, auswärts die Füß,
Die Brust heraus, den Bauch herein!",

worauf der baumlange Soldat mit verhülltem Spott erwidert:

„Na denn, Herr Leutnant, den adjüs!
Denn krieg 'ck Sei nümmer mihr tau seihn." *(2000)*

Johannes Gillhoff

Min Fründ Rein

Als Präsident des Rahnstädter Reformvereins liest der „Avkat Rein" im tollen Jahr 48 den Spießbürgern aus der Zeitung vor, dass die Eskimos sich weigern, noch länger die Erdachse zu ölen. Ebenso ist er in drei „Läuschen" beteiligt, und in Raabes „Mecklenburg", Jahrbuch von 1845, finde ich einige „Phantasien" von Ludwig Reinhard, dem Freunde Fritz Reuters.

Wer ist der sonderbare Gesell? Ein Mecklenburger wie Reuter, aber hager und baumlang. In Ludwigslust ist er Subrektor, in Boizenburg Rektor, in Frankfurt Mitglied des Parlaments, in Stuttgart gehört er dem Rumpfparlament an und ist damit fürs Rektorat erledigt. In Koburg leitet er eine sozialistische Arbeiterzeitung, bei seinem Freunde Müller auf Bolz bei Güstrow stirbt er 1877, und auf dem Kirchhof zu Ruchow findet sein ruheloser Geist die letzte Ruhe.

In Ludwigslust arbeitet er unter Gerdeß an der Rektorschule. Das Schulhaus? Ein Stall für Husaren und Gardereiter war's früher gewesen. Eine Aula war nicht da, zur gemeinsamen Morgenandacht wurden die Türen der drei Klassenzimmer weit geöffnet. „Vor Gerdeß hatten wir Furcht, vor Reinhard Respekt", so erzählte mir vor drei Jahren ein Sechsundneunzigjähriger, der als Schüler zu den Füßen des jungen Reinhard saß.

Der Subrektor regierte ohne viel Worte. Er war eine gefestigte Persönlichkeit. In Notfällen unterstützte ihn ein Griff in die Hosentasche. Dort steckte der Schlüssel, der Schlüssel passte zum Pult, im Pult lag der Stock. Reinhard war der längste Mann in Ludwigslust, sein Arm holte weit aus. Aber der Griff in die Tasche war selten nötig. Reinhard regte an, die Anregung gab Eifer. In allem war er ein tüchtiger Lehrer, gerecht und von ruhigem Gleichmaß. Gelegentlich auch ein Donnerer. Der Sohn des Hofrats Fr. kam regelmäßig zu spät: „Wir haben wieder solange gegessen." – „Ach, ihr mit eurem Fressen!" donnerte der Subrektor ihn an, und dann flog der Unglückliche zur Tür hinaus, und seine Bücher sausten hinter ihm drein.

Sein Einkommen war schmal, das Zimmer klein, für Deckenschmuck sorgte er selbst. Einen Korken brannte er an, steckte ihn auf einen Stock, und hernach prangte die Decke mit wunderbaren Figuren in Schwarzweißmalerei. Bei der Regierung in Schwerin kam er um Zulage ein. Das Gesuch begründete er mit dem Hinweis auf seine Länge: er brauche eine Elle Zeug mehr als andere. Ob die Regierung ihre Beamten nachher nach dem laufenden Meter aufgebessert hat, weiß ich nicht. Berühmt war er übrigens als Schlittschuhläufer und Kegler.

Etwa zwölf Jahre blieb er in Ludwigslust, dann – vielleicht 1843 – ging er nach Boizenburg. Ein Bild von ihm soll im Kontor des Kaufmanns Kölber in Boizenburg hängen. Ein andres trägt die Unterschrift: „Wir selbst sind Glück und Ungemach, wir selber sind die Zeit". Endlich ragte er um Haupteslänge hervor aus der Deputation, die dem Großherzog 1835 zum fünfzigjährigen Regierungsjubiläum die Glückwünsche der Studierenden Mecklenburgs überbrachte.

Die Einzelheiten – ich könnte noch manche beifügen – scheinen belanglos, in ihrer Summierung sind sie für Reinhards Bild doch von Wert. Er starb vor 50 Jahren. Geschichtlich steht er vor unseren Augen als fahrender Gast, dem Leben und Dichten in der Irre zerrann. Jene Mitteilungen geben das Bild einer festen, in sich geschlossenen Persönlichkeit. Offenbar setzen die Ludwigsluster Jahre ein Moment der Ruhe vor die Zeit der Unruhe und Zerrissenheit und ergänzen das Gesamtbild durch einen sympathischen Zug. Das Jahr 48 warf ihn aus dem Gleise, innerlich und äußerlich. Reuter fand sich wieder, Reinhard nicht. „Wir selber sind die Zeit.“ *(1927)*

Jürgen Borchert

Subrektor Reinhard

Der Subrektor Reinhard holt sich seinen grauen Rock vom Haken, stülpt den runden Hut auf den Kopf und beugt sich nieder, denn er will, ohne sich seinen Schädel anzurennen, durch die Tür. Die Lateinische Schule zu Ludwigslust ist immer noch miserabel untergebracht, ein alter Husarenstall, notdürftig umgebaut, dient ihr als Domizil. Ja, der Rektor Gerdeß will bauen, scharwenzelt um den Hofrat Kliefoth herum, den Prinzenlehrer Theodor Friedrich Dethloff Kliefoth, Doktor der Wissenschaften, der soll's der Durchlaucht einblasen, dass eine Schule gebaut werden muss. Vielleicht jetzt, wo der Hof zurückgeht nach Schwerin, dass man als Trostpflaster eine neue Schule zurücklässt in der Sandresidenz. Reinhard muss lachen, als er über den kopfsteingepflasterten Schlossplatz geht. Da steht das Schloss, fast leer, der Riesenbau. Seit vor fünf Jahren Friedrich Franz gestorben ist, residiert sein Enkel Paul Friedrich in der Hauptstadt, und nur noch die verwitwete Frau Großherzogin, eine Greisin mit wackelndem Kopf, der Herzog Gustav und ein paar Hofschranzen sind hiergeblieben. Im Schloss wäre Platz genug für die Schule – aber. Aber. Weiter nichts, das reicht schon. Reinhard, seit 1831 im Amte des Subrektors, seit 12 Jahren also, hat, zu gut deutsch, die Schnauze voll. Ein Wunder ist das nicht. Diese Stadt schon! …

Hier noch einmal zwölf Jahre? Vom Schreiben kann er nicht leben, also muss er unterrichten. Unterrichten kann er nicht, wie und was er will, da schaut ihm der Gerdeß auf die Finger, der alte Philister, der jedesmal, wenn er eine Eingabe gemacht hat beim Herzog wegen der neuen Schule, zwar keine neue Schule, aber doch einen Orden bekommt, dass er wieder für zwei Jahre das Maul hält. Ha, Gerdeß! Die Tochter, ja! Die Tochter. Christine, Christa, Christiane, süßes Geschöpf. Aber Illusion ist das alles, bei dem Schwiegerpapa, und außerdem ist die Tochter dem Landdrosten von Oertzen aus Güstrow versprochen; ihm, Reinhard, wird Gerdeß das Mädchen ohnehin nicht geben, ihm, dem kleinen Subrektor mit dem schmalen Salair, das kaum ausreicht, seine fast zwei Meter langen Knochen zu bekleiden. Stundengeben ist nötig, bis der Kopf brummt und nach Rotspon schreit. – Ach, Christine, Christa, Christiane, heirate den Oertzen, auch wenn du ihn nicht liebst. Wer weiß, ob du mich liebtest. Bin ich mit siebenunddreißig noch Junggeselle, soll's, beim Himmel, so bleiben.

So mit Gedanken befrachtet, geht Reinhard über den Schlossplatz, das sagten wir schon. Dort, neben dem Sockel aus Granit, auf dem sich demnächst des verblichenen Friedrich Franz' bronzenes Bild erheben soll, steht, in rotem Frack, hochgewachsen, Zierdegen, Dreispitz, wie ein Faun aus dem alten Jahrhundert, grinsend, mit blitzenden Augen und Zähnen, der preußische Hofgartenbauarchitekt Joseph Peter Lenné, schwingt nun, Reinhards gewahr werdend, den napoleonischen Hut und ruft: „Reinhard, hat Er für heute genug erzogen?" Er haut ihm, laut lachend, die Gärtnerpranke auf die schmale Schulter. Sie kennen sich seit zwei Tagen, seit Sonntagabend, als Lenné, dessen Anwesenheit in der Stadt die Flüsterposten längst verbreitet hatten, in Carl Kahls Weinstube trat und, rotgesichtig vom scharfen Februarwind, den Schnee vom Mantel schüttelte.

„Ist hier ein geistreicher Kerl, der Rotspon von Vitriol unterscheidet und mit mir reden will?"

„Setzen Sie sich, Herr Hofgartenbauarchitekt, und melden Sie mir, was Sie nun an Ludwigslust zu verbessern gedenken. Mein Name ist Reinhard, ich bin sechseinhalb Fuß hoch und trinke am liebsten aus Flaschen von Maßmann und Nissen aus Lübeck!"

„Ich gedenke den Park zu verbessern, denke den feudalen Mief zu vertreiben, der sich zwischen den Rabatten eingenistet hat. Einen Bürgerpark mach' ich ihm, da soll er sich wundern!"

„Einen Bürgerpark? Wie das?"

„Einen Park für Bürger. Kennen Sie Demmler?"

„Wie nicht. Herr Lenné, wer kennt Demmlern nicht."

So reden sie, von Gott und der Welt und vom Herzog und seinen Vertrauten und Un-Vertrauten, von Demmler, dem merkwürdigen Mann, der dem Herzog Paläste errichtet und seinen Arbeitern beibringt, wie man um guten Lohn erfolgreich einkommt.

„Ein mutiger Mann, der Demmler."

„Mut, Herr Lenné, ist das einzige, was hier Abhilfe schafft."

Jetzt aber – Lenné, wie gesagt, stellt die belangvolle Frage.

„Ja, nun, Herr Lenné, Sie und ich, wir haben da gleiche Auspizien. Ich pflanze Anschauungen, Sie pflanzen Bäume. Wissen wir, wie sie wachsen, wissen wir, was aus ihnen wird, aus meinen Anschauungen, aus Ihren Bäumen? Wissen wir's? Nichts wissen wir. Doch, wir wissen immerhin, dass wir's nicht wissen. Aber dieser Gedanke, Herr Lenné, ist nicht neu. Auf neue Gedanken kommt es an, Herr Lenné, Sie haben es immerhin leicht: Sie bestimmen schließlich, wie der Park in fünfzig Jahren aussieht. Ich bitte Sie, machen Sie's wahr, machen Sie einen Bürgerpark. Ich bin sicher: In fünfzig Jahren sind's Bürger, die dort lustwandeln!"

„Gefährliche Gedanken, Reinhard, gefährliche Gedanken! Aber ich tu's. Die Frau verwitwete Großherzogin hat meinen Plan" – da klopft sich Joseph Peter Lenné mit der dicken Papierrolle gegen den Schenkel – „anstandslos gebilligt, sie sollte entscheiden, nur: Sie ist ja fast blind. Wissen Sie, wenn Durchlaucht meinen Park nicht will, geh' ich eben wieder. Ich kann mich vor Aufträgen nicht retten. Oranienbaum wartet,

Neustrelitz schreit nach mir, die Republik Hamburg hat mir Avancen gemacht. Wenn er also meinen Park nicht will, Reinhard …"

„Leicht haben Sie's, Lenné, ich sag's ja. Schauen Sie mich an! Ich muss unterrichten, ob ich will oder nicht. Mir macht keiner Avancen, ich bin es, der sie machen muss, wenn ich mich halten will. Aber, Lenné, ich wittre Morgenluft. Der Innenminister hat mich wissen lassen, dass ich das Rektorat in Boizenburg kriegen kann. Dann bin ich frei, Lenné, fast so frei wie Sie." *(1980)*

Ludwig Reinhard

Einen Hundeblaff von Techentin entfernt

Ludwigslust liegt mitten im Sande und ist ein Flecken mit Marktgerechtigkeit, eine Pfeife Tobak von Grabow und einen Hundeblaff von Techentin, hat 600 und einige 20 Häuser, ohne die Schilderhäuser, und ungefähr 4000 Einwohner. Trotz der nicht aufgelösten Janitscharen geht es doch niedlich und friedlich zu, und alle Motionen sind nicht politischer, sondern diätetischer Art. Die Einwohner sind mit den trefflichen Anlagen versehen, man vergleiche den Englischen Garten. In den Ehen ist die Leibeigenschaft noch nicht aufgehoben. Metall führt man hier teils auf der Brust, teils in den Kehlen, teils in den Taschen. Wenn „ingenium" herkommt von „gignere", so hat der Ort viele Genies; denn die hiesigen Produkte bestehen meist in Kindern. Ein Hauptzweig der Industrie ist Kabale schmieden. Konsumiert werden viele Hutkrempen. Nach Dömitz kann man aus zwei Toren kommen. *(1839)*

Gottlieb Gillhoff
Bürgerwehr mit Piken

Es war März 1848, als eines Morgens ein Mitschüler in das Schulzimmer der ersten Klasse mit dem Ruf stürzte: „In Paris ist Revolution ausgebrochen, König Louis Philipp hat flüchten müssen." Der Ruf erregte uns mächtig; denn wir 14- bis 16-jährigen Jungen wussten, was es mit Revolution auf sich hatte. An dem Tage war es mit der Aufmerksamkeit vorbei. Die Lehrer standen in der Freizeit mit ernsten Gesichtern beisammen, und in den Straßen bildeten sich Gruppen, die alle dasselbe Thema besprachen. Es folgten die Ereignisse in Wien und Berlin. In den Städten Mecklenburgs wurden zur Wahrung der Ordnung Bürgerwehren gebildet, auch in Ludwigslust. Der Dr. med. Schwartz kommandierte sie; unser alter Rektor befehligte unter ihm als Hauptmann eine Kompanie. Gefährlich konnte die Wehr mit ihren Piken nur in der nächsten Nähe werden. Wir Jungens aber kamen aus der Aufregung gar nicht heraus. (...)

In unserem lieben Heimatdorf (Glaisin) blieb alles still. (...) Anders stand die Sache in unserm großen Kirchdorf Eldena. Hier waren Lobreden auf die Revolution und die Freiheit (Zügellosigkeit) auf fruchtbaren Boden gefallen. Die Demokraten versammelten sich in einem Gasthause des Ortes. Durch Genuss geistiger Getränke und durch aufreizende Reden wurden die Gemüter erregt und allerlei Exzesse wurden verübt, so dass die friedlichen und gutgesinnten Bewohner sich des Abends nicht auf die Straße wagten. Die Folge war, dass ein Detachement Ludwigsluster Dragoner (25 Mann) nach Eldena beordert wurde. „Lat dei Jungens man kamen, dei sälen nich äwer dei Brügg", hieß es. Allein diese Jungens ritten ungehindert über die Eldebrücke und pflanzten sich dann vor dem Gasthause auf, in welchem die Unruhestifter zahlreich versammelt waren. Der dreimaligen Aufforderung des kommandierenden Leutnants, auseinanderzugehen, wurde nicht Folge geleistet. Und nun erfolgte, wie mir ein Augenzeuge (der alte Stiehl) erzählte, eine hochkomische Schlägerei: Eine Anzahl Dragoner wurde in die Wirtsstube beordert, während die übrigen vor den Ausgängen Posten fassen mussten. Alle aber erhielten Befehl, vorerst nur Hiebe mit flacher Klinge auszuteilen. Die nun bald recht eilig Herausströmenden suchten sich möglichst schnell in Sicherheit zu bringen. „Ick hew doch kein'n wat dahn", rief ein junger Mensch dem Hiebe austeilenden Dragoner zu. „Swinegel, wat hest hier tau dauhn!" lautete die Antwort.

Nach neun Uhr abends durfte sich nun niemand auf der Straße sehen lassen. Wer dringender Geschäfte wegen doch einen Ausgang zu machen hatte, musste eine Laterne mit sich führen und sich ausweisen können. Nach Verlauf einiger Wochen konnten die Dragoner wieder in ihre Garnison zurückkehren. *(1908)*

Helene von Krause

Der Kartätschenprinz versteckt sich in der Villa Gustava

Noch eine historische Erinnerung weckt ein kleines Ölbild. Es stellt die Halle in Abendbeleuchtung, belebt von einer glänzenden Gesellschaft, dar. Die Toiletten deuten auf die achtziger Jahre des vorigen Jahrhunderts. Neben einer Damengruppe, die auf dem kleinen runden Sofa am Fuße einer der Säulen Platz genommen hat und in der die damalige Großherzogin-Mutter Alexandrine erkennbar ist, steht Kaiser Wilhelm I., augenscheinlich in lebhafter Unterhaltung, andere fürstliche Herren in Uniform, unter ihnen Großherzog Friedrich Franz II. und Prinz Friedrich Karl, stehend im Vordergrund. Alljährlich pflegte der große Kaiser seinen Neffen hier zur Jagdzeit zu besuchen. Das waren stets besondere Festtage für Ludwigslust. Die Waldpartien des Schlossparks, damals noch von reichem Hochwildstande belebt, boten bequeme Weidmannslust, und am Abend versammelte sich die Gesellschaft im Schlosse.

Nach der Tafel ging man in die Halle hinunter, wo der Kaiser gern eine Partie Billard spielte und zu gewinnen liebte. Hinterher verkehrte er mit den Anwesenden und genoss die Unterhaltung mit seiner letzten überlebenden Schwester Alexandrine. Er wohnte in der zweiten Etage des Schlosses rechts in den sogenannten Königszimmern; der kleine Salon zeigt noch heute die kornblumenblauen, vergoldeten Plüschmöbel, die er benutzte.

In welch einem Gegensatze standen diese Besuche zu jenem im März 1848, wo er Aufnahme bei dem damals schon hochbetagten Herzog Gustav suchte und fand, der ihn dann auf seiner Flucht nach England bis zur Station Hagenow fahren ließ. An der nach Grabow und weiterhin nach Berlin führenden Chaussee, tief in den Bäumen und Büschen eines weitläufigen Gartens versteckt, liegt noch heute dicht vor der Stadt die Villa Gustava. Der Erbauer war der zweite Sohn des Großherzogs Friedrich Franz I. Ein Bild im Schlosse zeigt ihn in jungen Jahren als einen schönen Mann mit sehr ansprechenden Zügen. Schubert sagt von ihm: „Ein feiner, in der Schule der vornehmen Welt vielseitig gebildeter Herr, ein Freund und Kenner namentlich der Tonkunst." Als nachgeborener Prinz teilte er das Geschick vieler seinesgleichen in der damaligen Zeit. Ohne eigentlichen Beruf, aus Rücksicht auf die Geldverhältnisse des Landes unvermählt, verlief sein Leben schließlich in engen Kreisen. Es gibt noch eine große Anzahl gestickter Möbel in der Villa, die der podagrakranke Herr in seinen alten Tagen selbst angefertigt hat. Dass sich doch in dem Leben dieses fast Vergessenen vielleicht auch einst eine stille Tragödie abgespielt hat, könnte man aus einem tief im Buschwerke versteckten Denkmale schließen. Es ist ein einfaches Kreuz von Eisen, auf dem steht eine Inschrift: „Der Erinnerung geweiht, der Gegenwart heilig". Niemand weiß die Bedeutung, die Zeit hat sie mit ihren dichtesten Schleiern umhüllt. *(1912)*

Leontine von Winterfeld-Platen

Stift Bethlehem

Kennt ihr die stillen, ernsten, friedvollen Häuser des großen Stiftes Bethlehem in Ludwigslust? Rot leuchten die Mauern aus dem dichten Grün der herrlichen Büsche und Bäume. Süß wie Engelgetön klingt nach Feierabend der Sang der Schwestern über die träumenden Gärten. Und aus dem lauschig versteckten Kirchlein klingt am Sonntagmorgen Glockenläuten und Orgelspiel über die Straßen und das sanft dahinfließende Wasser. O, wie viele Kranke und Sieche, Bekümmerte und Verladene haben hier schon Trost und Erquickung, Kraft und neuen Lebensmut gefunden! In den stillen, hohen, sauberen Sälen liegen sie Bett an Bett, – mit bleichen, müden Gesichtern, – oft fiebernd, – schmerzverzerrt. Manch einer, dem das Hasten und Jagen des Lebens da draußen niemals so recht Zeit gelassen hat, über sich selbst und seine arme, hungernde Seele nachzudenken, den zwingt die große Stille und Einsamkeit jetzt dazu, längst vergessene, unsichtbare Flügel zu entfalten und sich empor zu schwingen über das, was sonst sein Leben ausfüllte vom frühen Morgen bis zum späten Abend. Wen Gott lieb hat, dem gibt er in dieses Lebens Lärm und Hetze so stille, ernste Feierstunden, – ob auch der natürliche Mensch sich anfangs dagegen sträubt und aufbäumt. *(1927)*

Johannes Gillhoff

Unsern Ausgang segne Gott

„Mutter Jastram ist laut Taufschein am 11. Juli 1822 in Stuck bei Eldena in Mecklenburg geboren. Mit ihrem Mädchennamen hieß sie Lina Ahrendt. Sie verheiratete sich dann nach Gorlosen mit dem Häusler Jastram. Mit 90 Jahren, schon Witwe geworden, hat sie noch selber ihren Roggen gemäht, gebunden und auf der Schiebkarre nach Hause gefahren.“ Schlichte Tatsachen und doch so unwirklich, fast ins Sagenhafte hinübergreifend. Einhundert und fünf Jahre. Was heißt das eigentlich? Vier Jahre schon geht sie zur Schule, als Goethe die Augen schließt. In der Kirche zu Eldena wird sie konfirmiert, als Großherzog Friedrich Franz I. sich zur letzten Ruhe legt. Kurz vor dem Weltkrieg mäht sie noch ihren Roggen und karrt ihn heimwärts. Was Mähen und Roggenkarren bedeutet, weiß mancher von uns; was es mit 90 Jahren bedeutet – keiner. Und das alte Mütterchen muss den Weg oft machen; müde werden die Knie, und hart drückt der Karrensielen die Schulter. Einer alten Waschfrau wurde ein Preislied gesungen, als sie „erst“ 76 zählte. Die 90-jährige Mutter Jastram mäht still ihren Roggen, karrt ihn still nach Hause und wischt still den Schweiß von der Stirn. Das ist das Große, was sich da im engen Rahmen – mit vertieftem Hintergrund – vor unsern Augen auftut: Über die biblische Altersgrenze hinaus schlichte Arbeit und Pflichterfüllung ohne Lobgesang. – Einsam wirds um sie her. Neue Geschlechter tragen den Kranz im Haar und gehen an ihr vorüber. Und sie geht nach Stift Bethlehem. In seinem Frieden schaut die Einhundertfünfjährige jetzt ruhevoll zurück auf die Mühsal ihres langen Weges. In Ehrfurcht grüßen wir sie. Unsern Ausgang –. *(1927)*

Richard Giese

Dat Tauprosten

Puttfarkens Hanna ehr Vadder harr 'n Kraug, un sei as einzigst Kind süll späder mal inheurat'n. So jedenfalls woll dei Oll dat. Hanna aewer harr naug von den Kraug. „Allens in dei Welt“, säd sei tau ehr Mudder, „blots keinen Kraug. Ne, leiwer will ick gor nich heurat'n!“

Un so wier dat kamen, dat Hanna ahn Mann bläben un Swester in Stift Bethlehem worrn wier. Doch dat leeg all wiet trügg. Nu pläg sei all fiefuntwintig Johr dei Kranken un fäuhl sick ganz woll dorbi.

Hüt aewer wier sei besonners gaut up'n Damm. Sei harr tau ehr „Fiefuntwintigjiehrig" so väl Glückwünsche un Geschenke krägen un würr nu tauletzt sogor noch von den Paster in sien Wahnung bäden. Dei sprök ehr ok sien Anerkennung un gauden Wünsche ut un göt denn för Hanna un sick sogor twei Gläs' von sienen besten Wien in. „So, liebe Schwester", mein hei, „jetzt wollen wir einmal auf weitere Gesundheit und segensreiche Arbeit ein Gläschen Wein trinken."

Ja, un denn täuw hei, dat Hanna nu ok so as hei ehr Glas anföt, üm tau drinken. Dei aewer wier in grode Verlägenheit un drucks un drucks. Sei künn doch miendag nich so ahn wat tau seggen ehr Glas nähmen un drinken. As Kräugerdiern wüss sei, dat dei Mannslüd in'n Kraug ümmer „Prost" säden, wenn sei anstörrn. Aewer sei wier jo nich in dei Gaststuw'. Sei seet bi den Paster in sien Amtsstuw'. Wat mak sei blots? Fürchterlich steeg ehr dat Blaut tau Kopp, un sei wüss sick gor nich tau helpen. Aewer dor – dor föll ehr dat up einmal in: Sei stünn up, grep nah dat Glas un röp mit ehr helle Stimm: „Na, denn Halleluja ok, Herr Paster!" *(1958)*

Otto Kaysel

Aus Alt-Ludwigslust

Der Geschichtsschreiber Goß erzählt auch, dass die Uhr des abgebrochenen alten Jagdschlosses nach dem neuen Krug gekommen ist, dem jetzigen Hotel Weimar. – Den Giebel dieses Hauses ziert sie noch heute, und der Eigentümer hatte die Verpflichtung übernommen, sie ständig in Gang zu halten. Im Jahre 1831 scheint aber dem damaligen Wirt Steyer die Last der Erhaltung ein wenig sauer geworden zu sein, und er hat sich dieserhalb an den Großherzog gewandt, der auch alsbald, und zwar am 5. Dezember 1831 verfügt hat, dass dem Gastwirt Steyer jährlich 30 000 Soden Torf „als Entschädigung für Erhaltung der Uhr in seinem Gasthause gegen den Stechlohn aus der Forst zu verabfolgen seien". Die Zeiten sind damals aber knapp gewesen, und der Großherzog schreibt deshalb am Schluss der Verfügung: „Die Anfuhr dieses Torfdeputates hat Steyer aber selbst beschaffen zu lassen." Wie erfreut der Wirt jetzt wohl sein würde, wenn er noch heute 30 000 Soden Torf bekäme, lediglich gegen Zahlung des Stechlohnes und der Anfuhrkosten! Aber zu seinem Schmerz bekommt er den Torf überhaupt nicht mehr. Im Jahre 1892 ist durch Vertrag des jetzigen Wirtes und der Kammer- und Forstbehörde die Torflieferung aufgehoben. Die Landesherrschaft hat nun keinen Anspruch mehr auf Erhaltung der Uhr und der Wirt keinen auf Torf, er bekommt statt dessen bis an sein Ableben, oder bis er einmal das Hotel verkauft, alljährlich eine Rente von 50 Mark. – Schmerzlich!

Vormals stand gegenüber dem jetzigen Hotel Weimar „Der alte Krug", der seinen Hauptzugang von der Koppelseite hatte und in den zwanziger Jahren des vorigen Jahrhunderts von dem Kaufmann Kahl erworben und ausgebaut wurde. Er war seinem Äußeren nach, wie eine Radierung von Findorff zeigt, ein richtiger Dorfkrug, einstöckig, mit Stroh gedeckt. Als das neue Gasthaus gebaut wurde, musste er weichen; mit dem letzten Fips, den Jürgen Plänert, Hans Krambeer und Palm Lembcke in dem kleinen Schänkzimmer miteinander erledigten, mit dem letzten „Pott" Bier, den sie dort zu sich nahmen, hub eine neue Zeit an. Den Bauern mochte der Lärm, der über den Kanal aus dem Sozietätsgarten herübertönte, schon manches Mal ein Ärger und Verdruss gewesen sein, mit reichlichem Neid mochten sie von der Koppel her das Rollen der Kugel und die Rufe der Kegeljungen gehört haben, nun erstand auch noch drüben ein neues Haus, feine Herren gingen dort ein und aus, Wagen fuhren vor, – wie mochte das enden? Die Jürgen Plänert, Hans Krambeer und Palm Lembcke mögen noch oft den Kopf geschüttelt haben, wenn drüben nicht mehr Martiens aus Grabow sein Bier ablud, sondern Maßmann und Nissen den roten Wein, wenn drinnen ein fröhliches Treiben begann, und der alte Behn oder nach ihm der alte Willöper schmunzelnd in der Haustür stand. Ein fröhliches Treiben! Lebhaft stehen unter anderem in meiner Erinnerung die glänzenden Herbsttage, an denen die fürstlichen Hofjagden stattfanden, der Pikör morgens mit seiner gefleckten Meute ausritt, die rotbefrackten Jäger vom Hotel aus folgten oder nach einer Treibjagd die Wagen am Abend heimkehrten, mit Rotwild beladen, die Seitenbretter mit Hunderten von Hasen behängt. Das waren farbige, fröhliche und glanzvolle Bilder. Es war die neue Zeit, – die nun schon lange wieder die alte geworden ist.

Ein anderer Tag, der einst unserer Stadt viel alte und neue Freunde zuführte und dem Hotel reichlichen Zuspruch brachte, so dass vor dem Hause die gedeckten Tische bis an die Promenade standen, – war der Tag der alljährlichen Generalversammlung der Berlin-Hamburger Eisenbahngesellschaft. Dazu kamen zwei lange Extrazüge, und der Humor dabei war der, dass nicht bloß die Direktoren der Bahn und die wenigen Aktionäre, welche die Versammlung besuchten, sondern tausend Leute anderer Art die Züge benutzten, kostenfrei benutzten. Freilich war es Vorschrift, dass die Fahrkarten nur gegen Vorzeigung einer Aktie verabfolgt wurde, ob aber dem Vorzeiger die Aktie gehörte, oder ob er sie sich nur geliehen hatte, um einen Platz im Extrazug zu bekommen, danach erkundigte sich der Mann am Schalter nicht, und so wurden diese Züge allmählich zu Einrichtungen, die einer bunten Schar von Fremden erwünschte Gelegenheit boten, einen frohen Tag in der grünen Lindenstadt zu verleben. –

Unter diesen Besuchern befand sich auch ein alter mecklenburgischer Graf, eine markante Persönlichkeit, die freilich zu Ludwigslust nur lose Beziehungen hatte, sich aber im Lande einer gewissen Popularität erfreute und in mancher Hinsicht das Wohl und Wehe der Berlin-Hamburger Eisenbahn in seiner Hand hielt. Ich entsinne mich einer Tagung der Aktionäre kurz vor der Verstaatlichung, die Direktion hatte die sehr hohe Dividende von, wenn ich nicht irre, 23 %, vorgeschlagen, und ein kurzer, äußerst redegewandter Rechtsanwalt aus Hamburg für die eine von ihm vertretene stattliche Anzahl von Aktionären eine günstigere Gewinnverteilung, indem er sich der Wendung bediente: für ein Almosen seien seine Auftraggeber nicht zu haben. Der alte Graf, der einen baren Taler zu schätzen wusste, hatte mit seinen 479 Stimmen den Ausschlag zu geben, die Kassenverhältnisse der Gesellschaft erlaubten eine erhebliche Erhöhung der Dividende. Wie wird der Graf stimmen? Es war ein spannender Moment. Ich sehe den alten Herrn noch vor mir, wie er sich nach der Rede des Hamburgers erhob, groß und gerade, das strenge Gesicht glatt rasiert, um die Vatermörder eine schwarze Halsbinde gewickelt, den langen schwarzen Rock zugeknöpft. Er wusste, dass große Betriebe große Reserven haben müssen, dass hohe Dividenden nicht immer ein Zeichen von Weisheit sind, und der Aktienkönig trat hinter die Wirtschaftspolitiker zurück, – der Graf stimmte für 23 %. *(1927)*

August Otto

Wo der Großherzog nichts zu sagen hat

Ludwig Kreutzer wurde am 12. Februar 1833 zu Dömitz geboren, wo der Vater Lehrer und Organist war. Seine Jugend war reich an Entbehrungen. Er war das älteste von acht Kindern. Dass da Schmalhans Küchenmeister war und der Vater bei dem kleinen Schulmeistergehalt schon seine liebe Last hatte, die bitterste Not fernzuhalten, ist sehr erklärlich. Leider starb der Ernährer sehr früh, und der Mutter blieb die ganze Sorge für den Unterhalt und die Erziehung der Kinder. Unter solchen Umständen musste der Älteste selbstverständlich frühzeitig mit Hand anlegen, um etwas zu verdienen, und seinen Herzenswunsch, wie der Vater Lehrer zu werden, zunächst unterdrücken. Durch eisernen Fleiß bereitete sich dann der hochbegabte Jüngling zum Lehrerberuf vor. Im Herbste 1855 trat er in das Seminar zu Ludwigslust ein, und nach zwei Jahren schon war er Lehrer. Seine erste Anstellung fand er in Parchim; nach fünfjähriger Wirksamkeit daselbst wurde er nach Ludwigslust berufen. Schon jetzt begann seine schriftstellerische Tätigkeit und zwar mit solchem Erfolg, dass selbst der Großherzog auf ihn aufmerksam wurde. Der hohe Herr besuchte ihn sogar eines Tages in der Schule. Die Kinder erhoben sich selbstverständlich von ihren Sitzen, als der Landesvater eintrat. „Setzt Euch!" sagte dieser. Doch die Kinder folgten erst, als auch der Lehrer sein Kommando abgegeben hatte. Lächelnd meinte der Großherzog, dass er nun wieder in Mecklenburg eine Stelle gefunden, wo er augenscheinlich nichts zu sagen habe. *(1908)*

Johannes Gillhoff

Dies Land ist dem lieben Gott auch man mäßig geglückt

Die Reisekarte hatte Kaufmann Dankert in Ludwigslust mir besorgt. Sie kostete bis New York 29 Taler, und einen hab ich ihn runtergehandelt. Aber es war doch viel Geld, wo mein Vater der ärmste Tagelöhner im Dorf war. Das meiste Geld hatte ich mir als Kleinknecht beim Bauern verdient. Drei Jahr lang bei Hannjürn Timmermann, das machte 27 Taler, denn 3 x 9 = 27. Siehe, ich habe das kleine Einmaleins mit herüber genommen; das gilt auch im Land Amerika. Und einen Rock extra.

Heute kriegt der Großknecht bei euch ja wohl seine 400 Mark, und für den Vater muss der Bauer noch 300 Ruten pflügen und eggen. Aber Geld haben sie darum doch nicht in der Bücks. Bei uns auf der Farm kriegt der Knecht hundert Dollars das Mond und ein Reitpferd durchzufüttern. Dafür heisst er auch Farmhand.

Man bloß, es ist keiner zu haben, ob er nun Knecht oder Farmhand heißt, und Dirns erst recht nicht. – Fünf Taler hab ich mir noch zugeliehen vom alten Köhn und von Karl Busacker, und sie haben keinen Schein gefordert. So war das Geld zusammen und noch ein paar Schilling für den Notfall, dass die Amerikaner nicht sagen sollten: Seht, da kommt er an als wie ein

Handwerksbursche und hat keinen roten Dreiling im Sack. –

Im Dorf ging ich rund und sagte Adschüs. Das ging fix. Dann kam Mutter an die Reihe. Das ging nicht fix. Sie sprach: Nu schick dich auch und schreib mal, woans es dir gehen tut und pass auch auf deine Hemden und Strümpfe und auf dein Geld, dass dir da nichts von wegkommt. Und vergiss auch das Beten nicht! – Dann mein Bruder. Ich sprach: Halt sie gut, wenn sie alt wird. Ich will dir auch Geld schicken, dass du ihr Sonntags mal Fleisch kaufen kannst und zum Winter einen wollen Umschlagetuch. Er sprach: Da sorg dich man nicht um. Sorg du man erst für dich selbst, dass dir unterwegs kein Wasser in die Höltentüffel kommt.

Als das fertig war, schwenkte ich mir meinen Sack auf die Schulter und nahm meines Vaters eichen Gundagstock in die Hand. Vater hatte seine letzte Reise schon hinter sich. Dazu brauchte er keinen Stützstock mehr. So fasste ich ihn bei der Krücke und ging nach Ludwigslust. Meine Mutter stand in der Katentür, hielt die Hände unter der Schürze und sah mir nach. Siehe, ich habe sie in 32 Jahren nicht mehr gesehen.

Hinter Hornkaten, in den Lieper Bergen, wo der Sand am dünnsten war, da stand ich still. Das war so die Angewohnheit an der Stelle. Da hatte der alte Hannjürn mit Pferd und Wagen auch immer stillgehalten, auf dass sie sich verpusteten. Er aber stand daneben und kuckte sich um, und dann sagte er so ganz langsam und ebendrächtig vor sich hin: Dies Land ist dem lieben Gott auch man mäßig geglückt. Wenn er das gesagt hatte, dann sagte er: Hüh! und fuhr weiter. Denn er war ein Mann, der wenig Wörter machte. Wenn du seinen Sohn siehst, dann grüß ihn von mir.

Da stand ich auch still und sah zurück und sprach zu mir: Jürnjakob Swehn, du bist den Weg schon mehr als fünfzig Mal gegangen. Aber heute ist es anders als sonst. Wo dir das wohl gehen wird im fremden Lande. Da sind vor dir schon viele in ein fremdes Land gewandert, und ihre Spuren hat der Sand verweht. Und Jakob auch, als er nach Haran zog, wie du uns in der Schule gelehrt hast. Mich soll man bloß wundern, ob ich auch zwei Kuhherden vor dem Stock habe, wenn ich zurückkomme. Wenn's auch man bloß eine ist wie Karl Busacker seine zwölf Stück. Aber Jakob brauchte auch nicht über das große Wasser. – Als ich das gedacht hatte, sagte ich zu meinem Sack: Nun komm man wieder her! So ging ich weiter. Das war 1868. Ich war neunzehn Jahr alt, und am 20. Juli sollte ich von Hamburg gehen. *(1917)*

Heinrich Karl Adolf Krüger

Ein Wiedow, den ich Swehn getauft habe

Häufig sprachen wir von Jürnjakob Swehn. Gillhoff freute sich, dass das Werk noch immer so flott gekauft wurde.

„Vertellen S' mal beten von dat Bok, Herr Gillhoff!"

„Mein Vater war Lehrer in Glaisin bei Eldena, über 50 Jahre wohnte er dort. Er hat noch die Zeit erlebt, in der das Auswanderungsfieber die Leute packte. Wohl dreihundertfünfzig Leute wanderten damals aus Glaisin aus, um drüben ein besseres Fortkommen zu finden, und mit mehr als der Hälfte von ihnen stand er in Briefwechsel. Das machte sich ganz von selbst. Sie wollten aus der alten Heimat hören, hatten ihren Lehrer gern, und wer sollte ihnen schreiben? Die Zurückgebliebenen, meistens alte Leute, konnten es ja vielfach gar nicht, da musste dann der Schulmeister in die Bucht springen. Ein Wiedow, den ich Swehn getauft habe, war der eifrigste Briefschreiber. Wieschen, seine Frau, war mehrere Jahre bei uns Mädchen gewesen. Als ich seine Briefe im Jahre 1899 nach Parchim erhielt, da packte mich gleich die Stelle, wo er vom Pflügen im Busch erzählte. Der Mann hat das, sagte ich mir, was Tausende von Schriftstellern vergeblich suchen, einen eigenen Stil, anschaulich und naturfrisch, er hat offene Augen, kann erzählen und büßt hiervon auf dem Wege vom Gehirn zum Papier nichts ein. Ich habe dann seine Erlebnisse und die anderer Amerikafahrer zusammengeschweißt. Einer meiner Brüder war drüben Pastor und hatte eine Pastorentochter aus Mecklenburg zur Frau, von Pastor Plaß aus Serrahn. Diese hat mir manche Schilderungen des Kirchen- und Schullebens von drüben zugeschickt. Manches habe ich auch von meinem Bruder aus Bremen. Bei dem habe ich manchmal, wenn er Besuch von Amerikanern hatte, im Nebenzimmer gesessen und mitgeschrieben. Auf diesem Wege kam ich zum Beispiel zu dem Stoff des letzten Kapitels, der Ansiedlung im Baltikum, die von einem Amerikaner geäußert wurde. Und dann habe ich den Rohstoff in langer Arbeit um Jürnjakob herumgegossen. Es ist aber doch eigenartig, daß keiner der ersten Kritiker, als schon über 50 000 Stück verkauft waren, die Haupteigenschaft des Jürnjakob entdeckt hat: er kommt sein ganzes Leben aus dem Staunen nicht heraus. Das ist mir gleich in den Originalbriefen aufgefallen. Da reden die Kritiker immer von der Anschaulichkeit der Darstellung, bemerken aber nicht, dass der Schwerpunkt des Werkes in der Persönlichkeit des Jürnjakob liegt."

„Lebt Jürnjakob noch?"

„Nein. Er ist 1915 gestorben. Wieschen lebt aber noch bei ihrem Sohn, dem Arzt. Sie hat der Gemeinde Eldena noch zu ihrer Siebenhundertjahrfeier gratuliert, und der Glückwunsch ist auch von der Kanzel verlesen worden."

„Hat sich die Geschichte mit der Predigt wirklich ereignet?"

„Ja, es handelt sich aber um ein anderes Bibelwort, das ich aber nicht benutzt habe, weil es zu abgegriffen war. Die Farmer haben ihren Pastoren übrigens noch viel stärkere Stücke geboten."

Wir kamen auch auf das Kapitel vom Tode der Mutter zu sprechen, an dem ich die Schlichtheit und das Vermeiden jeglicher Sentimentalität hervorhob. Nach meiner Empfindung das Feinste des ganzen Werkes.

„Ja, das hat mir aber auch am meisten Arbeit gemacht. Die erste Niederschrift befriedigte mich gar nicht. Allmählich sagten sie mir mehr zu. So sind fünf bis sechs Entwürfe entstanden."

„Geht es um Wiedows Mutter?"

„Nein. Er hat seine Mutter allerdings nachkommen lassen. Aber einen Teil des Stoffes habe ich von drüben. Dann das Sterben meiner Mutter; ich kam gerade rechtzeitig, die letzten

Nachtwachen bei ihr zu tun. Und dann habe ich noch Schilderungen in das Kapitel verwoben, die ich in der Familie hörte. Doch das Zusammenschweißen machte mir große Mühe. Daher die vielen Niederschriften. Dafür ist das Kapitel am bekanntesten geworden und hat am meisten für das Buch geworben, denn es ging durch viele Blätter."

„Haben Sie an eine Fortsetzung des Werkes gedacht?"

„Ja und nein. Stoff hatte ich genug. ‚Der verlorene Sohn', den ich im ersten Jahrgang der Monatshefte veröffentlichte, sollte ein Stück daraus sein. Außer diesem müssen noch zwei bis drei Stücke in Ludwigslust liegen. Ich habe aber nicht weitergeschrieben, da mir ein Vorbild für einen Pastor fehlte, der die Hauptfigur des Werkes werden sollte: knorrig, kantig, derb, plattdeutsch. In jener Zeit wurde aber nicht mehr plattdeutsch gepredigt. Jürnjakob sollte nicht mehr auftreten, der Pastor sollte etwa mit seiner Leichenpredigt beginnen. Der alte Pastor Sackmann hätte vielleicht ein Vorbild angeben können, nur ins neunzehnte Jahrhundert übertragen." *(1929)*

Anonymus

Der Einzug unserer Dragoner am 15. Juni 1871

Ein geschäftiges Leben und Treiben durchwogte vom frühen Morgen an den Ort, welcher ein reiches Festgewand angelegt hatte. Von allen Seiten strömten die festlich gekleideten Landleute herbei: überall wohin man blickte, frohe, vergnügte Gesichter. Vergessen waren Sorge und Kummer, die man so lange um die im Felde stehenden Angehörigen gehegt, jetzt galt es das Fest des Wiedersehens zu feiern nach so langer schmerzlicher Trennung.

Da endlich – gegen 12 Uhr gibt ein Kanonenschuss das Signal, dass die Dragoner nahen. Eine kleine Weile noch und an der Spitze des Regiments erscheinen Herr Oberst von Kahlden und der Stadtkommandant Herr Oberst von Holstein, darauf das gesamte Offizier-Korps, dann mit klingendem Spiel die Trompeter und hierauf die Dragoner.

Vor dem Bahnhof, woselbst von der Verwaltung alles aufgeboten ist, den heimkehrenden Kriegern ein freundliches Willkommen zu bieten, hat sich das gesamte Bahnpersonal aufgestellt. Herr Bahnhofs-Inspektor Urban überreicht dem Herrn Oberst von Kahlden einen Lorbeerkranz. Dieser nimmt den Kranz dankend entgegen unter Hinweis auf die ungeheuren Dienste, welche die Eisenbahn in diesem Feldzuge geleistet, wie ohne Eisenbahnen eine so schnelle Beendigung des Krieges unmöglich gewesen und darum, so schloß er: „Ihnen und allen denen, die mitgewirkt an diesem freundlichen Empfang vor den Toren der Stadt, meinen herzlichsten Dank im Namen des Regiments für Ihre Aufmerksamkeit." In das von Herrn Urban ausgebrachte Hoch auf das Regiment, stimmen alle Anwesenden jubelnd ein. Das Regiment setzt sich wieder in Bewegung, von einer errichteten Tribüne herab werden Kränze und Blumen auf die tapferen Krieger geworfen. Eine große Menschenmenge folgt dem Regimente zur Ehrenpforte, welche in sehr geschmackvoller und sinniger Weise beim Schweriner Tor errichtet ist. Hier soll der offizielle Empfang seitens des Ortes Ludwigslust stattfinden. – Die Vertreter desselben, die Veteranen aus dem Freiheitskriege, Ehrendamen, die Schulen, die Gewerke haben sich hier postiert.

Herr Gerichtsrat Steffen tritt vor, derselbe begrüßt das Regiment in einer längeren Rede. Er weist hin auf die großen Taten, die geschehen, wie das Regiment dem mecklenburgischen Namen Ehre gemacht, Alt und Jung seien einstimmig in der Bewunderung über die Haltung unserer Krieger, alle hätten sich einmütig vereinigt, diesen Tag zu einem Festtag zu machen. Selbst die Veteranen hätten nicht zurückstehen wollen, auch sie wollten ihren Dank, ihre Hochachtung ausdrücken, wollten den Kriegern sagen, daß sie würdige Söhne ihres Landes seien. Wohl seien Verluste in diesem großen Kampfe zu beklagen, in diesem Kampfe für eine herrliche Sache – für das langersehnte, langerbetene geeinigte Deutschland, aber jeder, der daheim geblieben, habe gelobt, so viel an ihm sei, in werktätiger Hilfe den Schmerz zu lindern. Und somit heiße er das Regiment im Namen des Ortes willkommen – viel habe Ludwigslust nicht zu bieten, aber was es biete, komme aus frohem Herzen. Tief gerührt von den herzlich gesprochenen Worten entgegnete der Herr Oberst von Kahlden, wie angenehm dieser herzliche Empfang jeden erfreue und überrasche. Herr Gerichtsrat Steffen habe zu viel des Lobes gesagt – das Regiment habe nur seine Schuldigkeit getan, wie alle übrigen Krieger. Opfer seien von allen Seiten gebracht – er wolle nicht verfehlen, namens des Regimentes seinen Dank abzustatten dafür, daß die Ludwigsluster unermüdlich gestrebt hätten, während des Krieges die Leiden der Verwundeten zu lindern und die Gesunden durch Liebesgaben zu stärken. Er hoffe, daß in dem nunmehr erreichten Frieden ein einträchtiges Zusammenleben zwischen Bürger und Soldat die alten Bande der Liebe befestigen werde. Unmittelbar an diese Rede schloß sich der Vortrag des von Herrn Advokaten Kaysel verfaßten Gedichtes

„An die Standarte“:
Sei uns gegrüßt, du blinkende Standarte,
Es schalle dir ein heller Jubelsang! –
Du sahst den Fall manch einer festen Warte,
Die vor dem deutschen Feuer niedersank,
Du sahst den Fall des Räubers Bonaparte,
Du sahst der fränk'schen Sonne Untergang. –
Und in das Vaterland darfst du mit Ehren
Von Ruhmesglanz umstrahlt zurücke kehren!

Leuchtend voran den heimatfrohen Schaaren,
Den Kriegern, ziehst du heim aus blut'gem Feld,
Vorbei der Krieg, dahin der Schlacht Gefahren,
Auf's Neu sein goldnes Reich der Friede hält –
Und dir und allen, welche mit dir waren,
Auch euch zollt gerne ihren Dank die Welt!
Drum nimm von uns das Kränzlein hin, das zarte,
Den Lorbeer nimm, du blinkende Standarte!

gesprochen von Fräulein Hurttig, während Fräulein Lüdemann die ehrwürdige Standarte mit einem Lorbeerkranz schmückte.

„Zum ewigen Angedenken an diesen Einzug soll dieser Kranz aufbewahrt werden", dankte der Herr Oberst von Kahlden, und unter jubelndem Hurrahrufen setzte sich nunmehr das Regiment wieder in Bewegung, durch die Kanalstraße, die Schloßstraße dem Schloßplatze zu.

Unaufhörlich fielen Sträuße und Kränze auf die Krieger. Allesamt reich bekränzt hielten sie vor dem Schlosse. Nachdem Front gemacht, hielt Herr Oberst von Kahlden noch eine kurze Ansprache an die Soldaten; dankte ihnen für den Mut, für die Ausdauer, die sie bewiesen, dankte ihnen, daß sie Entbehrungen, angestrengte Marschbewegungen ohne Murren, ohne Widerstreben ertragen, „und das werde ich keinem von Euch je vergessen. Und wie vor etwa einem Jahre beim Auszug, so wollen wir auch jetzt beim Einzug ein Hoch bringen Seiner Majestät, dem Kaiser Wilhelm I. von Deutschland, unserm erhabenen Kriegsherrn ein Hoch, unserm allerdurchlauchtigsten Landesherrn, Seiner Königlichen Hoheit dem Großherzog – sie leben hoch, hoch – hoch!"

Hierauf Ablieferung der Standarte im Schloß, dann das Kommando: „In Reihe gesetzt, Rechts um", und dahin ritten sie, die Pferde in die Ställe zu bringen, und dann ihre alten lieben Wohnungen aufzusuchen, aus denen der Ausbruch des Krieges sie unerbittlich gerissen.

Nichts trübte die Feier, die vom herrlichsten Wetter begünstigt war, so daß, ich glaube mit Recht annehmen zu können, es ist uns gelungen, den tapferen Kriegern den Beweis zu liefern, wie willkommen sie uns sind. *(1871)*

Friedrich Franz II.

Der 1. Juli 1876

Der Stadtrat Wetzell hat den Gedanken richtigen Ausdruck gegeben, welche Mich bei dem Bestreben erfüllten, den Ort Ludwigslust auf eigene Füße zu stellen. Die wirtschaftlichen

Bedingungen dazu waren längst vorhanden; es handelte sich nur um die materiellen Unterlagen. Daß diese sorgfältig erwogen und mit Wohlwollen festgestellt worden sind, wird die Zukunft beweisen.

Sie, Herr Gerichtsrat Steffen, habe Ich bestimmt commissorisch an die Spitze des neuen Magistrates zu treten und übergebe Ich Ihnen deß zum Zeichen hiemit das große Siegel der Stadt Ludwigslust. Ich weiß, daß Ich das Amt in bewährte Hände lege; möge es Ihnen gelingen, regen Gemeinsinn und lebhafte Selbsttätigkeit in allen Kreisen der Kommunalverwaltung anzuregen.

Sie, Herr Oberst von Holstein, habe Ich mit dem Kommissorium betraut, welches in Bezug auf die Polizei-Angelegenheiten der Stadt in dem Neben-Rescript zur Verleihungs-Urkunde vorgesehen worden ist. Sie sind ein alter Ludwigsluster, Sie werden es verstehen, in Einigkeit mit Magistrat und Bürgerschaft Ihr Amt auszuüben. *(1876)*

Jährlich ein Fettviehmarkt

Ludwigslust zählt 6500 (5435), darunter 38 (82) jüdische Einwohner. Nach dem neuesten Staatskalender (von 1891) umfaßt Ludwigslust 640 Häuser … Vielfach besteht übrigens die Ansicht, daß man in Ludwigslust auch durch die dort von ihrem Vermögen oder von ihrer Pension lebenden Privatleute erhebliche Einnahmen habe. Diese Ansicht findet indes in dem für 1891 angegebenen Adreßbuch keine Bestätigung. Das Adreßbuch führt im ganzen 1848 Haushaltungsvorstände auf. Von den 1848 Haushaltungsvorständen sind 290 im Gewerbe selbständig, 97 in abhängiger Stellung, 190 gehören dem Handelsstande an, 214 dem Beamtenstande, wozu noch 69 Militärs zu rechnen sind. Als Arbeiter sind 199 bezeichnet, außerdem haben 175 weibliche Personen einen bestimmten Beruf angegeben. Sonstigen Berufszweigen gehören 73 an, 414 sind als Witwen, Frauen oder Fräulein bezeichnet. Das „a. D." haben nach der Standesbezeichnung nur 59 Haushaltungsvorstände, und weiter führt das Adreßbuch 45 Rentner und 23 Rentnerinnen auf. Bei den 1848 Haushaltungsvorständen ist also nur von 127 erwähnt, daß diese von Renten oder Pensionen leben.

An Kirchen lutherischer Gemeinden sind hier die Stadtkirche und die Bethlehemskirche Großherzoglichen Patronats (Solitairpfarren). Ferner ist Ludwigslust Sitz einer katholischen und einer israelitischen Gemeinde. Was das Schulwesen anbelangt, so sind hier ein Real-Gymnasium Großherzoglichen Patronats, am 15. Oktober 1868 als höhere Schule eröffnet, Michaelis 1873 als Realschule 1. Ordnung anerkannt – zur Erteilung der Einjährig-Freiwilligen-Zeugnisse nach erfolgreichem einjährigen Besuch der zweiten Klasse berechtigt – (z. Z. 1 Direktor, 2 Oberlehrer, 9 Lehrer); eine städtische höhere Töchterschule, Kniep'sches Töchter-Pensionat, 1 Stadtschule, bestehend aus einer Bürgerknaben-, Bürgermädchen- (genannt Annenschule) und Unterschule, zwei Kleinkinderschulen. Weiter ist Ludwigslust Sitz eines Amtsgerichts, einer Forstinspektion, einer Försterei, eines Post- und Telegrafenamts I. Klasse, eines Steueramts, eines Kreis-Physikats. Sodann sind hier eine Ersparnißkasse (errichtet 18. Juni 1883; eingelegt waren am 1. Januar 1889: 209 384 Mark, 1890: 237 783 Mark), ein Vorschußverein, ein Schauspielhaus, 14 Gastwirtschaften, darunter eine Herberge zur Heimat, 21 Schankwirtschaften. An milden Stiftungen und sonstigen Wohltätigkeitsanstalten führt das Adreßbuch auf: die Maria Voß'sche, die Caula'sche, die Syme'sche, die Taschenberger'sche und die Zeitz'sche Stiftung, ferner den Marien-Frauenverein, den kirchlichen Armenverein und den Verein gegen Hausbettelei.

Für den geselligen Verkehr in Ludwigslust war von jeher die Societät von hoher Bedeutung. Die feierte bereits am 24. Juni 1870 ihr 75-jähriges Bestehen. Nachdem sie nach Entfernung des Hoflagers lange Zeit sehr daniedergelegen, erfreute sie sich Ende der 60-er Jahre eines erneuten Aufschwungs, sie bietet ihren Mitgliedern in sehr gut eingerichteten Gesellschaftsräumen reiche Gelegenheit zu geselliger Unterhaltung.

An sonstigen Vereinen und Klassen sind zu nennen: ein Konsumverein, eine Gasgesellschaft, eine Badeanstalt, ein Paramentenverein, zwei Schützengesellschaften, ein Verein kleinerer Landwirte, eine Schauspielhaus-Aktiengesellschaft, ein Krieger- und ein Turnverein. An Handwerkervereinigungen sind 11 Innungen, sowie der Gesellen- und Gehilfenverein „Concordia“ anzuführen. An Krankenkassen bestehen außer zwei Innungskrankenkassen für Maurer und Zimmerleute eine Ortskrankenkasse und eine Krankenkasse für die Fabrik von C. Schultz & Co. – Ein städtisches Schlachthaus ist zur Zeit im Bau, der Eröffnung desselben wird Ende 1891 entgegen gesehen. Als Fabrikbetriebe führt das Adreßbuch die folgenden auf: Schokoladen- und Mostrichfabrik, Bonbonkocherei und Dampfmühle von C. Schultz & Co. (dieselbe beschäftigt im Durchschnitt 35 Arbeiter und hat ihr Absatzgebiet in beiden Mecklenburg); die Buchdruckerei von C. Kober (dieselbe arbeitet mit einem Gasmotor von vier Pferdekräften und beschäftigt im Durchschnitt 14 Personen, sie ist 1835 begründet, in ihrem Verlag erscheint unter anderem das Ludwigsluster Wochenblatt, das städtische Lokalblatt); die Maschinenfabrik von L. Scheel, die Seifenfabrik von P. Ulrich, die Wollspinnereien von H. Räth und Krüger, die Bierbrauereien von Gebr. Busch und J. Leicht (die erstgenannte Brauerei besteht seit 1824, arbeitet jetzt mit einer Dampfmaschine von 8 Pferdekräften und durchschnittlich 9 – 10 Arbeitern), die chemische Fabrik von Dr. Eberhardt, eine Dampfmolkerei, drei Färbereien, eine Dampfsägerei und eine Konservenfabrik. Recht weit fortgeschritten ist in Ludwigslust die Garten- und namentlich die Obstkultur. Auch die Spargelkultur ist sehr bedeutend. Das Klima ist im ganzen milde, was sich aus der Lage des Ortes erklärt. Er befindet sich nämlich auf einer sanft gegen Westen abfallenden Ebene, die auf allen Seiten gegen rauhe Winde durch hohe Tannenwälder geschützt ist und nur gegen Süden und Südwesten freiliegt. – Die Stadt hält jährlich 1 Kram- und Fettviehmarkt, 1 Krammarkt, 1 Fettviehmarkt, 3 Pferdemärkte und monatlich 1 Schweinemarkt ab. *(1894)*

Felix Stillfried

De Fohrt nah de Höll

Vör Johren würd mal tau Swerin
'N grote Landutstellung sin
Von Käuh un Schap un Swin un Pird',
Un wat noch sünd so'n Diere mihr,
Von Seimaschinen, Pläug' un Haken,
Un wat noch wider sünd so'n Saken,
Un wil dat ut de Welt nich weer
Un jüst den Hals nich kosten ded,
So reiste denn ok männigein
Eins hen, den Kram sick antauseihn.

Ut unsen Dörp oll Buer Freihs'
Hadd ok tau so wat grote Lust;
Hei mök sick also up de Reis'
Un güng tau Faut nah Lurwigslust,
Dat hei von dor ut mit de Bahn
Wull widerführn, so weer sin Plan.
Na gaud, so is hei vörn bi'n Dor,
Dunn ward mit Schrecken hei gewohr:
Dat is all allerhögste Tid,
Wenn hei noch mit den Tog will mit!
Fix nimmt de Fäut hei in de Hänn'n
Un ward ut Leibeskräften rönn'n,
Un pust't un stähnt un quücht un snüwwt,
Dat em de Sweit so 'runne driwwt,
Un pust't un stähnt un snüwwt un quücht,
So as hei dörch de Straten flüggt,
Un lett nich nah un drawt un löppt,
Bet glücklich hei den Tog noch dröppt,
Köfft ein, twei, drei sick en Billjett
Un spingt, so drad' hei dat man hett,
Furts 'rinne in de drüdde Klass',
Smitt in de Eck sick dor, un as
Hei eben sitt, den Ogenblick

Pipt ok de Tog. Dunn hägt hei sick,
Un as de Tog nu kümmt in 't Führen,
Röppt hei, dat alle Lüd' dat hüren:
„Süh so! Ick heww min Ding' nu dan,
Nu kann de Reis' taum Deuwel gahn!"

Knapp äwer, dat hei dit hett seggt,
Verfihrt hei sick doch gor nich slecht,
Denn up de Bänk schreg gegenäwer,
Wer is dat, de dor kickt heräwer?
Uns' Herr Pastuhr! Gott swere Not,
Nu slag doch Gott den Düwel dod!
Nu hett de Preister dat mit hürt,
Wo schön oll Freihs' hett fluchen lihrt!
Wo dit woll ward! Un richtig, hür,
Dor kriggt de Paster em sick vör.
„Was", seggt hei, „Frehse, hört' ich recht?
Zum Teufel soll die Reise gehn?
Ich fürchte, das bekäm' Ihm schlecht!
Sag' Er, wie wollte Er bestehn,
Wenn jetzt erfüllte sich sein Wort,
Wenn jetzt der Zug mit Windeseile
Statt nach Schwerin ohn' Rast und Weile
Uns trüge zu der Hölle fort?
Wenn statt der Kühe und der Pferde,
Anstatt der Schafe und der Sau'n,
So in Schwerin wir wollen schau'n,
Uns dort des Satans wilde Herde
Empfing mit teuflischem Gebrüll?
Nun, Frehse, warum schweigt Er still?"

Oll Vadder Freihs' hadd middewil
All sin Besinnung wedder funnen;
Hei weer in'n Grunn' en grawen Kierl:
„Ja", seggt hei, „schön is 't nich dor unnen,
Dat will ick glöwen, Herr Pastuhr;
Un dat 's wiss un wohrhaftig wohr,
Ehr Knäp, de kregen Sei sacht dor,

Wenn, as Sei seggen, up de Stell
De Tog nu dalführt nah de Höll.
För Sei weer 't sacht en legen Kram
Un för de annern alltausam,
Denn ick" – hier lacht de Oll so fett –
„Ick heww taum Glück 'n Retuhrbilljett!" *(1894)*

Carl Kober

Universität soll Ludwigslust werden

Und als dann der Frühling kommt und das Keimen und Knospen beginnt, da finden die heimkehrenden Stare ihre alten Ludwigsluster Freunde mit traurigen Augen und sorgenerfülltem Herzen. Paul Friedrich, der neue Großherzog, hat wieder Schwerin zur Residenz erhoben ... Der Hof hat Ludwigslust verlassen.

Was soll nun aus dem Ort werden? Ihn auf Abbruch verkaufen? Viele halten es für das beste. Doch nein, Universität soll Ludwigslust werden, die alma mater Rostochiensis nach hier verlegt werden! Dies erscheint dem Großherzog zwar zuviel verlangt, aber durch Errichtung der Taubstummen-Anstalt und Verlegung von zwei Schwadronen Dragoner nach Ludwigslust soll den armen Ludwigslustern etwas auf die Beine geholfen werden.

Später, als schon Friedrich Franz II. auf dem Thron seiner Väter sitzt und die Firma Neuhaus schon längst die Berlin-Hamburger Bahn über Ludwigslust gebaut hat, ist es gleichsam angeschlossen an die Welt und wird dann auch noch Treffpunkt anderer Bahnlinien. 1868 erhält es ein Großherzogliches Realgymnasium, 1876 wird es Stadt. So werden die mageren Jahre, welche einst die Verlegung des Hofes gebracht hatte, durch tatkräftige Unterstützung der Großherzöge überstanden. Auch jetzt noch scheint dem Ort die Sonne fürstlicher Huld. Alljährlich nach den sommerlichen Erholungsreisen, wenn der Brunstschrei des Hirsches den Jäger lockt, dann kommt der Hof auf einige Wochen nach hier. Die Prinzlich Reußschen Herrschaften verbringen hier den größten Teil des Jahres, und auch Herzog Paul Friedrich verweilt oft hier in der Villa Gustava.

Die erleuchteten Fenster des Schlosses schauen dann wieder in den dunklen Herbstabend hinaus wie einst in Urgroßvaters Tagen. Das Städtchen schmückt sich, fleißige Hände rühren sich in den Wegen des Parks, und die alten Baumriesen grüßen rauschend das bunte, wiedererwachte Leben im Schloss.

Aber nach wenigen Wochen ist dieses Leben wieder erstorben. Das enge kleinstädtische Treiben geht wieder seinen alten Gang, und nichts stört hinfort die Beschaulichkeit. Was sind hier hundert Jahre? Der Geist einer vergangenen Zeit ist auch heute hier noch lebendig, der traute Erinnerungszauber einer längst dahingeschwundenen liebenswürdigen und graziösen Epoche.

Traumhaft verwunschenes Städtchen! Soll ich wünschen, dass du berühmt wirst, dass du dich ausbreitest, dass statt der blauen Dragoner sich Arbeiterscharen in deinen Straßen drängen und sich der Rauch hoher Schornsteine über deinen Linden mit den Wolken mischt? Ach nein, bleib was du bist, ein bevorzugter Jagdsitz deines Landesherrn, behalte deine hübschen blauen Lanzenreiter, bleibe das saubere grüne Sommeridyll, in welches zur Lustbarkeit und zur Erholung gequälte Großstädter sich gerne flüchten. *(1909)*

Gertrud von Le Fort

Die große und die kleine Träumerei

Wo immer ich auch bin, sooft mich der zärtliche Duft einer blühenden Linde umschmeichelt oder das selige Summen wolkenhafter Bienenschwärme mir leise brausend im Ohr liegt, steigt das Bild meiner versunkenen Heimat so betörend nah vor mir auf, als hätte ich nie von ihr Abschied genommen. Ich sehe wieder die kleine verschlafene Sommerresidenz mit dem stillen weißen Schloß, das eine poetisch gestimmte Landesmutter einst die „Träumerei“ getauft hatte, ein Name, der dann auch auf das schmucke Landstädtchen übertragen war, das sich mit der Zeit um das Schloß herum angesiedelt hatte – gewiß ein ungewöhnlicher Name für ein Städtchen, indessen ein durchaus legitimer –, ich versichere, er stand tatsächlich im Kursbuch und auf der Landkarte verzeichnet. Man unterscheidet die große und die kleine Träumerei, die große betraf das Schloß, die kleine das Städtchen.

Ob sie wohl noch stehen, all die freundlichen Backsteinhäuser mit den roten Ziegeldächern, über denen die langen Lindenreihen, welche alle Straßen säumten, ein zweites Dach, ein Hocherhobenes, aus Laub und Schatten aufgebaut hatten? Und ob da an den Fenstern dieser Häuser immer noch die neugierigen Spiegelchen hängen, mit deren Hilfe man den Verkehr der Straße hätte überblicken können – wenn da nämlich das, was wir heute „Verkehr“ nennen, gewesen wäre? Und ob wohl auf den trägen Fluten des Kanals immer noch die feinen Spitzenschleier der blühenden Wasserpflanzen schimmern und über die leichtgewölbten Brücken dieses Kanals die alten vornehmen Damen schwebenden Schritts hinüberwechseln in ihre noch viel älteren Gärten mit den verwachsenen Flieder- und Rotdorngebüschen und den zierlichen Pavillons, in denen sie ihre behaglichen Teestunden feierten?

Und ob wohl gegenüber dem weiten stillen Schloßplatz der strömende Niederfall der Kaskaden immer noch mit seiner großen Wasserschleppe gleichsam den Hofknicks vor der einstigen Residenz macht? Natürlich blitzen durch das dichte Waldlaub des Schloßparks nicht mehr die himmelblauen Uniformen der Dragoneroffiziere, die dort einst auf ihren schönen, wohlgepflegten Pferden auszureiten pflegten – die Träumerei hat keine Garnison mehr. Aber sicher schimmert durch eben jenes Walddickicht noch die zierliche Fontäne, unter deren Strahl wir als Kinder eine Nixe verborgen glaubten, wenn wir im Spätsommer, da die Tage schon merklich kürzer werden, aber die Luft noch weich und schwärmerisch ist wie im Hochsommer, mit unseren bunten Papierlaternen in den Schloßpark zogen. Ob sie wohl dabei noch immer jenes kleine Lied singen, das so untrennbar mit den späten Sommerabenden meiner Heimat verbunden ist? Ja, sie singen es bestimmt noch immer, denn was sich auch seither in aller Welt geändert hat, diese Sommerabende meiner Heimat müssen doch noch immer die gleichen sein – der große Atem der Natur weiß ja nichts von den Wandlungen der kurzen Menschenzeit! *(1961)*

Otto Kaysel

Unsere Stadt

Stadtregiment und Bürgerschaft, sie mögen im Alltäglichen einmal eine Pause machen, nachdenken, ob sie im Wechsel der Zeiten, im Kampf der Meinungen nach Pflicht und Gewissen geraten und gehandelt haben, und sie mögen sich freuen, wenn sie auf Sieg und Erfolg zurückblicken können.

Man hat wohl gesagt: Die Stadt ist klein, Mittel und Wege zu schnellem und energischem Wachstum fehlen ihr, ein gewisser Stillstand, eine Art und Wesenheit entsprechende Langsamkeit der Entwicklung kennzeichnen sie, was kann es da nach fünfzig Jahren groß zu feiern geben? Gemach. Die Stadt ist klein, aber dieser kleinen Stadt schulden wir, die einen mehr, die anderen weniger, einen großen Teil unserer Kraft, die Fülle unserer Erinnerungen, hier spielt unser bisschen Leben sich ab, hier schlafen unsere Toten, hier wird man auch uns einst im Grabe betten. Was einen jeden, den Geringsten wie den Größten mit unlöslichen Fesseln an seine kleine Vaterstadt, an sein Heimatdorf bindet, das ist das nicht immer klar verstandene, aber darum doch unausrottbar seinem Herzen eingeborene Empfinden: ein Teil dieser Stadt, dieses Dorfes, dieser heimatlichen Scholle bist du selbst, ihre Luft atmest du, ihre Geschicke trägst du mit, ihr Leben lebst du. Nicht nur dort, wo die Bergriesen ragen, edle Ströme rauschen, wo Menschenkunst und Werke der Schönheit den Wanderer locken und fesseln, sondern ebenso, vielleicht erst recht im stillen Flachland, im bescheidenen Städtchen, in schlichtester Umgebung verrinnt uns das Leben am freundlichsten, prägen sich uns Glück und Unglück am tiefsten ein, fühlen wir uns am innigsten eins mit den Menschen und mit den Dingen.

Wenn die Stadt also nur klein ist, und ihre Entwicklung bis heute nicht durch gewaltige Erschütterungen, nicht durch weithin wirkende Ereignisse und nicht durch den täuschenden Glanz überschnellen Aufschwungs gekennzeichnet ist, so steht das alles unserem Fest nicht im Wege. Auch das Kleine, wenn es uns gehört und wenn wir zu ihm gehören, ist wertvoll, und, dass es fortbesteht, darf uns immer eine Freude sein.

Über fünfzig Jahre besteht die Stadt Ludwigslust. Vor mehr als einem halben Jahrhundert hat der damalige Großherzog den Ort, der bis dahin ein Marktflecken war, mit Stadtrecht bewidmet, am ersten Juli 1876 ist die neue Stadtordnung in Kraft getreten. Dass dieser Tag einer der wichtigsten in der Entwicklung von Ludwigslust ist, ein Markstein, an dem keiner vorbeikann, der auf fleißigem Forscherweg jetzt oder nach Jahrhunderten die Geschichte dieses Gemeinwesens betrachtet, – das bedarf keiner Begründung. Was vordem in der Verwaltung dieses Ortes geschah, – die Einwohner hatten es hinzunehmen, und sie nahmen es hin, murrend oder mit Freude; nun waren aus Einwohnern auf einmal Bürger geworden, die selbsttätig teilnahmen an der Verwaltung ihrer Stadt, denen Gelegenheit geboten war, für das eigene Wohl und Wehe zu beraten, zu beschließen, zu handeln, – und zu erfahren, dass auf diesem Feld selbstloser Tätigkeit Bürgerkraft, Gemeinsinn und Vaterlandsliebe wachsen und erstarken.

Der erste Juli 1876 war ein Festtag. Die Reveille war verklungen, lustig wehten die Fahnen von den Dächern, in den Straßen ein buntes, fröhliches Treiben, und um die Mittagsstunde begaben sich, vom Großherzog geladen, Vertreter der Geistlichkeit, der Lehrerschaft, des Handels und des Gewerbestandes, geführt von den Mitgliedern des großherzoglichen Gerichts, in das Schloss, wo sich unten in der Halle der Staatsrat Wetzel eingefunden hatte, und alsbald auch der Großherzog mit Gefolge erschien. Erwartungsvoll, im Bewusstsein der Wichtigkeit des bevorstehenden Aktes standen wir im Kreis, kurzes Schweigen in der Halle, dann sprach der Staatsrat und schloss mit den Worten: „Wenn die junge Bürgerschaft sich von dem rechten opferwilligen Bürgersinn und guter alter Sitte beseelt zeigt, so darf mit Zuversicht auf ein fröhliches Aufblühen dieser jüngsten der mecklenburgischen Städte gehofft werden."

Und nun übergab der Großherzog, einen Schritt vortretend, dem Gerichtsrat Steffen, ihn kommissarisch an die Spitze des neuen Magistrats stellend, das große Siegel der Stadt mit den Worten: „Möge es Ihnen gelingen, regen Gemeinsinn und lebhafte Selbsttätigkeit in allen Kreisen der Kommunalverwaltung anzuregen!"

Darauf nahm Steffen das Wort. Es war eine weihevolle Rede, in der er für die „in feierlicher Symbolik heute allerhöchst vollzogene Verleihung der Stadtgerechtsame und für die mit wahrhaft fürstlicher Freigebigkeit der Stadt zugewiesene Dotation" den Dank der jungen Bürgerschaft aussprach und fortfuhr „auf diesem Boden, wo einst Rittertreue Eurer Königlichen Hoheit erlauchten Ahnherrn Heerfolge geleistet, wird fortan unentwegte Bürgertreue, welche ich im Namen der Stadt feierlichst hiermit gelobe, die unvergesslichen Wohltaten zu lohnen suchen, die Eurer Königl. Hoheit Vorfahren und vor Allen Eure Königl. Hoheit selbst, diesem Ort, dieser Stadt erwiesen haben".

Über fünfzig Jahre sind nun seit dem ersten Juli 1876 vergangen, und günstige Sterne sind es nicht gewesen, die, wie über Deutschland, so auch über Ludwigslust in diesem Zeitraum geschienen haben. Wir haben nach dem Kriege von 1870 bis 1871 die Ekelhaftigkeiten der Gründerperiode erleben müssen, dann die Not des Weltkrieges, die Revolution und schließlich den Sturz unserer Währung und unsere Verarmung. Was der erste, sogenannte glückliche Krieg uns an Wohlstand, Glanz und Ansehen gebracht hatte, der zweite, der Weltkrieg, riss es nieder, seine blutige Geißel traf uns ins Mark und auch in unserer Stadt wandelte sich Opferfreude und der hohe Flug patriotischen Sinnes nur zu schnell in Niedergeschlagenheit, Trübsal und Verzagtheit. Dann brach die Revolution über uns herein, Throne stürzend, ehrwürdige Traditionen erschütternd, viel Altes, Liebgewordenes begrabend. Aber immerhin, während andere Städte im Reich von Gewalt und Umsturz Schweres zu dulden hatten, unser Städtchen blieb fast verschont, eine Insel in der Brandung, im tragischen Chaos ein Idyll. Das einzige, was uns greifbar, wenn auch nicht sonderlich fühlbar, von der Revolution geschenkt wurde, war der Arbeiter- und Soldatenrat seligen Angedenkens. Es mag ja sein, dass ihm an der Erhaltung äußerer Ruhe, an dem Fernbleiben von Umsturz und Zerstörung einiges Verdienst zukommt, aber seine wahrnehmbaren Leistungen waren gering, und wo er über das Notwendige hinauszugreifen schien, in den Betrieb des Rathauses einzugreifen versuchte, Forderungen stellte, die, aus Aufregung und entschuldbarer Unklarheit geboren, vielleicht nicht immer erfüllbar waren, – erschütternd war das alles nicht, und einen weiß ich, der diesen Leistungen ohne Bedenken, in Ruhe, manchmal mit Humor zugesehen hat, und ganz und gar lustig wurde, als eines Tages dem Magistrat das Gesuch irgend eines Beschwerdeführers vom Arbeiterrat zuging, mit der Verfügung: dem Herrn Senator Kaysel zur Bearbeitung. Gezeichnet: Münter. –

Diese Inflation der Geister war also nicht schlimm. Was bedrohlicher auftrat und auch in Ludwigslust viel Unheil schuf, das war die Inflation der Währung. Hinterher mag man ja auch darüber lächeln. Oder war es etwa nicht spaßig, dass ich einmal in einer Bahnhofswirtschaft, um zu meinem mitgebrachten Butterbrot noch eine Kleinigkeit zu verzehren, einen Rostocker Kümmel bestellte, aber schrecklich fünf Milliarden dafür bezahlen musste? Wer kann heute ernst bleiben, wenn er daran denkt, dass damals eine Schachtel Schweden 30 Milliarden, ein Salzhering 80 Milliarden, ein Pfund Zucker 600 Milliarden und ein Pfund Margarine 800 Milliarden kostete? –

Die Inflation ist vorüber, wir sind, freilich nach unerhörten Opfern, wieder an der Arbeit, möge sie Deutschland, möge sie auch unserer Stadt eine Zeit glücklicher Ruhe, wirtschaftlichen Aufschwungs und sittlicher Genesung schaffen! Mein liebes, schönes Ludwigslust! Mit deinen Anfängen in die Zeiten wendischer Unkultur und übelsten Raubrittertums hineinragend, dann aus dörfischer Geringheit, aus Dienstbarkeit und Armut durch fürstliche Gunst und fürstlichen Reichtum gehoben, und langsam zu leidlichem Ansehen und Wohlstand herangewachsen, bist du lieb geblieben, wie eines Volksliedes Weise. Und schön bist du auch. Schön in deinem glücklichen Sonntagsfrieden, mit deinem fröhlichen Finkenschlag auf stillen Waldwegen, mit dem grünen Lindenschmuck deiner breiten Straßen. Es war eine Zeit, da ich über die roten Backsteinhäuser mit ihrem Einerleistil, mit ihren schmucklosen Alltagsgesichtern, mit ihren rohen, wie Lehrlingsarbeit anmutenden Mörtelfugen ein wenig spöttelte. Das tu' ich nicht mehr. Die Not der Zeit muss uns erst von den Wegen leeren Glanzes, von der lauten Jagd nach dem Truggold äußerer Ehren, von hochmütiger Geringschätzung des Nichtgeistigen abdrängen, muss uns Demut lehren und Liebe zu den Dingen um uns, zu der stillen Welt der Objekte. Und wir müssen älter werden, wenn uns die Schönheit des Kleinen, Einfachen, Ungekünstelten und Zierlosen aufgehen soll.

Aber alt oder jung, hoch oder niedrig, geistig reich oder geistig arm, – alle und alle hegen, jeder nach seiner Art, Ehrfurcht vor der königlichen Natur draußen, grüßen mit dankbarer Freude den Wandel der Jahreszeiten, grüßen die schüchterne Schönheit des Frühlings, wenn der Winter seine Tatzen von der geängstigten Erde weggezogen hat, wenn die ersten warmen Tage kommen, in Flur und Wald neues Leben und in den Menschenherzen neues Glücksgefühl aufwacht, im Park die bronzene Decke des Winterlaubes mit tausend Anemonen bestickt ist, und rund um die Stadt ein bräutlicher Gürtel, weiß und rot, Haine von Apfelbäumen segenverheißend prangen und duften. Und wer ist, dem nicht auch der Sommer köstliche Herzfreude schenkt, wenn in den Gärten die Wappenblume von Ludwigslust ihre samtenen Kelche auftut, die Bienen zu süßem Raub durch die Linden schwirren, wenn hinter den letzten Bäumen des Schlossgartens die Sonne verglüht und das grüne Geäst goldene Flimmer auf die abendlichen Wege streut? Und ein paar Monate weiter, welche festliche Schönheit ist hinter dem Schloss um das Rasenrund gebreitet! Die Natur will, ehe sie durch Winters Ungnaden verarmt, im Herbst noch einmal Verschwender sein; an die Stelle satten Sommergrüns ist leidenschaftliche Glut getreten, wohl ist die Sonne matt geworden, aber neue Sonnen brennen in den Kronen der Eichen und Buchen, wie ein Märchenland schreien rote und goldene Flammen aus dem sterbenden Laub, es ist eine Pracht ohne gleichen. Aber die roten und goldenen Blätter fallen. Und wenn die Menschen auch gern den tröstlichen Gedanken denken, dass in der Natur das Blühen und Verwelken ein ewiges Auf und Ab, ein Bild unerschöpflicher Jugend ist, wenn auch die Erde alles Schöne, das sie geboren hat, nur darum zu sich hernieder holt, um es zu neuer Herrlichkeit im Frühling wieder erstehen zu lassen, – ein wehmütiger Gedanke lässt uns in der Melancholie des Herbstes nicht los: die Natur ist ewig, nach Winterkleid und Wintersterben leben alle Blumen und alle Freuden wieder auf, bloß der Mensch muss gehen und kommt nicht wieder. -

Aber misstönendes Hineinklingen von Abschiedsstimmung und Wehmut darf den Tag nicht kränken. Aus ungemischter Freude heraus soll, der jungen grünen Stadt zu Dank und Preis, erklingen: Dass bis zu fernen Tagen deine Eigenart bestehe, deine Schönheit bleibe, Heimattreue, Arbeitsfreude und Wohlfahrt deiner Bürgerschaft wachse und blühe, – dazu glückauf, du liebes schönes Ludwigslust! *(1927)*

Carl Hauptmann

Eine entzückende Kleinstadt

Hier sitze ich und lebe noch – was man so Leben nennt. Einsamkeit innen – ein bissl sehr verlassen! Eine entzückende Kleinstadt mit niedrigen, roten, weinlaubenumsponnenen Häuserreihen unter den Schatten der alten Linden auf Straßen und Plätzen. Dazu einen alten Königspark voll alter Baumriesen von Jahrhunderten oder Jahrtausenden, Wasserkünsten, die einsam spielen, weiten Wiesen, Tempeln, weißen Vasen unter Trauerbirken, inmitten stiller, schilfig umwachsener Weiher, Brücken mit Figuren – zerfallen, Kanälen, lang wie Fernröhre, dahinter die blaue Ferne – und ich der arme, einsame König drin. *(1907)*

Theodor Heuss

Auszug aus: Herbstreise durch Mecklenburg

Das achtzehnte Jahrhundert in seinem Aufleben der fürstlichen Baulust hat allerhand Nachbarresidenzen in Deutschland geschaffen: Potsdam, Ludwigsburg, Bruchsal usw. Diese Schweriner Schöpfung ist darunter wohl die späteste und auch bescheidenste, aber ihr Ton, die entschiedene Hinneigung zum Klassizismus, ist so rein, daß er sich deutlich genug in dem großen Orchester durchsetzt. Der Kunsthistoriker, der sich um den protestantischen Kirchenbau kümmert, fährt hierher, weil er von der frühen Seltsamkeit der „axialen" Stellung von Kanzel und Altar auf dem breiten Podest hinter der Kanzel steht, die ausgesprochene Betonung des Predigtcharakters; er kennt auch den etwas peinlichen Einfall, die Orgel hinter einem Riesengebäude von Wolken und musizierenden Engeln zu verstecken (das ist fast zu viel himmlischer Sphärengesang zwischen der groben, schweren dorischen Säulenordnung des einfachen Raumes), aber die Überraschung ist das Städtchen, ist diese musterhafte einheitliche und im spielerischen doch muntere Anlage, die Kavaliersgebäude um das Bassin, in zarter Schwingung, die Schloßstraße mit den guten Profilen der Häuser und den gefälligen Ausbuchtungen – Klassizismus in Backstein, Biedermeier ohne Verputz. In Berliner Vororten trifft man auf Häuser mit ähnlichem Wesen und weiß dann, daß sie von dem Architekten Mebes stammen, nett, freundlich und doch eigenen Charakters. Hier, in Ludwigslust, entdeckt man ihre Heimat. *(1920)*

Fritz Mielert

Eine buntgemischte Welt

Keine andere Zeit war dem Aufblühen fürstlicher Lustschlösser günstiger als das galante, heiterem Lebensgenuß huldigende 18. Jahrhundert. Man liebte es, sich aufs Land zurückzuziehen und sich hier, dem verzärtelten Empfinden der Zeit entsprechend, eine Welt schöner Sorglosigkeit zu schaffen. So entstanden all die reizenden Solitüden in der Nähe der großen Residenzen. Philipp V. schuf sich im Guadarramagebirge bei Madrid sein La Granja, Paris hatte sein Versailles und Trianon, Stuttgart zauberte das entzückende Ludwigsburg hervor und Friedrich der Große ließ trotz der schlesischen Kriege das prachtumschlossene Sanssouci erstehen. Und all die kleineren Staaten ahmten mit mehr oder weniger großem Geschick und – Geldbeutel das Beispiel der Großen nach. So erhielt auch Mecklenburg-Schwerin sein Buen Retiro: Ludwigslust!

Die Umgebung hat nicht die Romantik thüringischer und süddeutscher Fürstensitze, nicht einmal die sanften Reize der Lustgartenpoesie von Sanssouci kann es aufweisen. Ja, sogar Fürst Pückler von Muskau hat seinen berühmten Schloßpark in einer Heidelandschaft erstehen lassen können, die wenigstens anmutiges Gehügel besitzt. Davon ist in Ludwigslust nichts zu spüren. Es war und ist auch heut noch zum großen Teil eine Heide mit Kiefernforsten und magerem Ackerboden, so daß man mit Recht Ludwigslust eine aus dürftiger Wüstenei entsprossene Oase nennen kann.

Um so bezaubernder ist es, wenn man vom Bahnhof, an dem noch nichts die Eigenart des Ortes verrät, in den letzteren wandert. Es gibt keine deutsche Stadt, deren Straßen ein ähnliches Gepräge wie jene von Ludwigslust haben. Sie sind sehr breit und nur zum Teil gepflastert, und zwei, oft vier Reihen alter Linden werfen ihre Schatten auf die Bürgersteige, die mit Ziegeln oder Steinplatten belegt und geräumig wie Promenadenwege sind.

An der ins Herz der Stadt ziehenden Straße führt ein Wassergraben dicht neben dem Bürgersteige hin. An beiden Ufern herrscht strotzendes Pflanzenleben. Über große Blattpflanzen und Farne neigen sich Fichtenbäume und Linden, Rosen und Sonnenblumen und umschließen die Gartenzäune und Laubentempelchen, hinter denen in erquickender Frische und Sauberkeit die anheimelndsten Villen stehen. Geländerlose Fußsteige leiten über den Kanal zu den Gärten und Wohnungen, zwischen die eines der hübschesten Lichtspielhäuser, die ich je in deutschen Landen sah, zwanglos gesellt ist. Das Häuschen, halb Villa, halb Theater, ist ein mehr wundersames als wunderliches Bauwerk, das durch seine elektrischen Flämmchen und umschmeichelndes Blumengerank eigenartig verschönt ist. Alle Häuser und ihre Fenster und Türen sind von Weinlaub und mehrere Monate hindurch blühenden Rosenstöcken umrankt. Sogar die Firmenschilder werden von diesen weichen Blumenarmen umschlossen, und roter und weißer Rosenflor wächst auch von den Balkonen auf, wodurch die Straßen etwas ungewöhnlich Lustiges, Festliches erhalten. Dem Schlosse ist ein ungeheurer Plan vorgelagert, hinter dem ein großer, freier Anger sich weitet. Neben allem, rundum angrenzend, kleine lauschige Plätzchen und Winkel, an die sich, kaum daß man sie unter den dichten Bäumen zu sehen vermag, die kleinen roten Häuslein der Anwohner mit den weißen Tür- und Fenstereinfassungen, den grünen Fensterläden und den sauberen kiesbeschütteten Plätzchen vor den Türen reihen. Eine buntgemischte Welt, und doch eine einheitliche, weil über allem der einigende Zug der Weiträumigkeit und unbedingter Friedlichkeit liegt.

Von grünem Wiesenplan umrahmt, sieht man vor dem Schlosse eine Wasserkunst mit Tritonen und Seejungfern, zu deren Füßen das Wasser in einer imposanten Breite von nahezu neunzig Metern einen donnernden Fünfmetersprung in ein steinernes Riesenbecken macht, um dann spurlos zu verschwinden und in zwei stillen Seitenarmen von seiner plötzlichen Aufwallung sich zu beruhigen. Leider habe ich dieses gewaltige Wasserspiel nicht bewundern können; das Becken war leer und die Götter saßen auf dem Trocknen. Aber der schöne kreisrunde Teich hinter der Kunst glänzte wie sonst, und in seinem leise von Sommerlüften überhauchten Element malten sich der porzellanweiße Schloßbau und die herrlichen Baumgestalten zu beiden Seiten in leicht verwischten, grünlich überdunkelten Formen wider. Reckenhafte Gestalt hat das Alter den Bäumen verliehen; ihre kompakten Laubmassen gewinnen im Wasser fast noch heroischeres Aussehen als in der Luft und rufen in ihrer schwarzgrünen schattenreichen Massigkeit Böcklinsche Gemälde in das Bewußtsein.

Das Schloß kann man nicht anders als schön bezeichnen. Eine von vier Säulen getragene Halle am erhöhten Mittelteil, saubere Gliederung, viele und lichtreiche Fenster und das freundliche Weiß heben sich aus dem wohltuenden Grün des Schloßparks wenn auch nicht feenhaft, so doch sehr gefallend heraus. Ein bei aller Vornehmheit der Form nicht kaltherziger Bau.

Die Besichtigung der Schloßräume weckt Staunen; denn sehr groß ist die Zahl der hohen prachterfüllten Zimmer und Säle, in denen Prunkmöbel mit den kostbarsten Einlegearbeiten, berückend schöne Porzellane, herrliche Kronleuchter und eine reiche Auswahl guter Gemälde die Aufmerksamkeit beschäftigen.

Vom Schlosse aus sieht man über die erwähnte Wasserkunst und den runden Teich hinweg auf einen von hohen Bäumen umfaßten antiken Tempelbau, auf dessen Giebel ein riesengroßes goldenes Christusmonogramm blitzt. Es ist die ungefähr zu gleicher Zeit mit dem Schlosse errichtete Kirche, ein eigenartiges Baudokument des 18. Jahrhunderts. Sechs ungeheure Säulen im dorisch-toskanischen Stil tragen ein schweres griechisches Tempelgebälk und bilden eine Vorhalle, wie sie in ihrer Wucht in ganz Mecklenburg beispiellos dasteht und besonders von der Seite gesehen an die gigantischen Bauten Roms und Griechenlands gemahnt. Freilich sind es nur überkalkte Backsteinsäulen, und die Seiten- und Rückansicht der Kirche ist so kahl und nüchtern wie die Hinterwand einer Kulisse, so daß man sich lebhaft wünscht, daß der außerordentliche Eindruck der Vorderfront auch auf die übrigen Seiten ausgedehnt worden wäre.

Das Innere ähnelt einem Theatersaal und bildet einen hohen, strahlend hellen Raum, der von einem Tonnengewölbe überspannt und durch mächtige Wandsäulen gegliedert wird. Der Chorraum schließt sich zur halbrunden Apsis und ist in seiner ganzen Höhe und Breite von einer Art Kulissenmalerei ausgefüllt, die, aus zwei Teilen bestehend, ein einziges Altargemälde vortäuscht. Es behandelt die Verkündigung der Geburt Christi an die Hirten und ist in der sehr gezierten Art des 18. Jahrhunderts gehalten und von keinem besonderen Wert. An der gedunkelten Riesenleinwand erkennt man inmitten einer reichen Baumlandschaft Rinder und Schafe mit ihren Hirten, alles in nächtlicher Stimmung gedacht und durch den Lichtglanz, der den Verkündigungsengel umgibt, nur stückweise aufgehellt. Den oberen Teil füllen zwischen Wolken schwebende Engel. Eine gewisse Verwandtschaft mit Corregios „Heiliger Nacht" ist nicht zu verkennen.

Ludwigslust hat auch eine katholische Kirche, die sich einer selten anmutigen Lage erfreut. Von prachtvollen Baumgruppen umschirmt, spiegelt sie sich in einem reglos zwischen smaragdhellem Blättergeperl träumenden Weiher des Parks. Das St. Helenen geweihte Kirchlein, hochgotischen Stils, ist eine dankenswerte Schöpfung des beginnenden 19. Jahrhunderts. Efeu hüllt die Strebepfeiler am Chor ein, und in tiefem Baumschatten und über eine leichte Bogenbrücke hin gelangt man, vom kühlen Hauch der Bäume umfrischt, zu dem Eingang des Kirchleins, dessen Inneres durch ein altgotisches Altarwerk, das aus der Doberaner Kirche stammt und drei miteinander verbundene gotische Türme darstellt, Wert erhält. Zwischen Bäumen ganz versteckt ist auch der kleine, abseits stehende Kirchturm. Wenn das dünne Stimmlein seiner Glocke erschallt, glaubt man sich in einen romantischen Winkel Schottlands versetzt, von so holder Schönheit ist diese Park-Ecke, in der alles Blühen und Glänzen, alles Sehnen und Raunen der Bäume und Blütengesträuch einzig dem Kirchlein zu gelten scheint.

Der Schloßpark ist der herrlichste Mecklenburgs. Großzügig angelegt, führen seine gewundenen Wege bald über weite, sonnenglänzende Wiesenflächen und Lichtungen, bald im Dämmer ausnehmend schöner Buchen, Eichen und Linden hin, unter denen weiße Bänke zur Rast einladen und leicht verwitterte, antikisierende Götterfiguren von vergangenen galanten Zeiten erzählen. Zuweilen wölben sich die Buchen und Linden zu kirchenhohen Bogengängen, oder man kommt an eines der reizenden Kanalwasser, die sich hier und da teichartig erweitern, Kaskaden und kleine Wasserfälle und an einer Stelle, aus 23 Springbrunnen schwach aufquellend, milchweiße Glocken bilden.

Irgendwo in der Mitte des großen Parks finden wir uns ganz unerwartet vor einer Burgruine, die aber allzusehr die gekünstelte Art dartut, mit der man zur Zeit des Rokoko solche Werke als Parkzierden aufzurichten liebte. Die anmutigste Überraschung erfährt man jedoch, wenn man den Saum des Parks erreicht und aus der schattigen Kühle des Weges hinaus in die grünen Weiten schaut, die Luwigslust umgeben. *(1920)*

Wilhelm Behn

Das Schauspielhaus in Ludwigslust

Es wird wenig kleine Städte geben, die ein eigenes Schauspielhaus besitzen. Ludwigslust hat es schon seit fast 100 Jahren. Das Gebäude liegt Wand an Wand mit der alten Sozietät, mitten im Grünen. Es zeigt sich dem Besucher äußerlich als ein nüchterner viereckiger Bau aus Eichenholz-Fachwerk mit Ziegeldach und einigen Anbauten auf beiden Seiten. Der Zuschauerraum enthält etwa 300 Sitzplätze. Die Galerie gewährt Raum für etwa 60 Zuschauer. Ein Wandelgang, früher Foyer genannt, ist vorhanden, auch die nötigen Räume für die Künstler und für die Requisiten. Für das Orchester ist unmittelbar vor der Bühne ein Platz geschaffen. Besonders günstig ist, dass die Bühne verhältnismäßig sehr groß ist. Daher können auch größere Aufführungen, an welchen viele Mitwirkende teilnehmen, ohne Schwierigkeiten veranstaltet werden. Dekorationen und Requisiten sind reichlich vorhanden und können bequem untergebracht werden. Das Gebäude sieht von außen nichts weniger als schön aus, und man versteht es, dass Hans von Bülow, der in Ludwigslust ein Klavier-Konzert geben wollte, entsetzt ausrief, als er vor dem Schauspielhaus stand: „In diesem Stall spiele ich nicht!" Aber Hans von Bülow hat doch gespielt und ist noch mehrmals wiedergekommen. Ein Zeichen dafür, dass das kleine Schauspielhaus doch behaglich war und dass die Ludwigsluster seine Künstlerschaft dankbar anerkannten. Für musikalische Aufführungen ist das Schauspielhaus sehr beliebt, weil der Raum eine sehr gute Akustik hat.

Wer das Schauspielhaus jetzt sieht, nachdem es in den letzten Jahren wieder instand gesetzt, mit neuen Dekorationen und Requisiten versehen und mit erhöhten Stuhlreihen eingerichtet worden ist, der wird sich kaum vorstellen können, welche Schwierigkeiten es gemacht hat, dies kleine Theater seinem Zweck zu erhalten. Das Schauspielhaus in Ludwigslust hat wechselvolle Schicksale gehabt.

Die alte „Klubgesellschaft Sozietät" hat das Gebäude errichtet. Die Sozietät wurde am 24. Juni 1795 unter Teilnahme des damaligen Herzogs Friedrich Franz I. von einer aus 12 Herren bestehenden Gesellschaft gegründet und zwar ursprünglich als Kegelgesellschaft mit dem Zweck: „Erholung von Geschäften und anständiger Genuß erlaubter Vergnügungen". Schon im Jahre 1801 konnte die Sozietät sich mit Hilfe des Herzogs ein eigenes Haus bauen. Die Gesellschaft wuchs schnell, erfreute sich eines großen Ansehens und war viele Jahrzehnte hindurch der Mittelpunkt des geselligen Lebens der Stadt Ludwigslust. Bis heute hat sie sich diese Stellung bewahrt.

Das Aufblühen der Sozietät gab den Mitgliedern Veranlassung, im Jahre 1826 zu beschließen, einen Speise- oder Konzertsaal zu erbauen. Man wandte sich am 24. April 1826 an den Großherzog Friedrich Franz I. mit der Bitte, der Gesellschaft das nötige Baugelände zu überlassen und zwar einen Teil des Großherzoglichen Holzhofes, der an das Sozietätsgrundstück grenzte. Der Großherzog schenkte der Gesellschaft das erbetene Stück Land.

Im Jahre 1833 reichte die Sozietät das Gesuch um Bauerlaubnis ein. Im selben Jahre wurde dann durch den Landbaumeister Groß das jetzige Schauspielhaus unter der Bezeichnung „Das neue Saalgebäude“ erbaut und zwar in unmittelbarer Verbindung mit den Baulichkeiten der Sozietät. Die Baukosten wurden aufgebracht durch Ausgabe von Aktien, welche die Sozietätsmitglieder und Gönner der Gesellschaft übernahmen. Es wurden 100 Aktien à 25 Taler ausgegeben. Der Bau kostete also 2500 Taler. Der neue Saal erwies sich als außerordentlich geeignet für Theateraufführungen, und bald entschloss man sich, ihn regelmäßig dazu zu benutzen. Zu diesem Zwecke musste er besonders hergerichtet und eingerichtet werden. Hierfür fehlte der Sozietät die Mittel. Der Großherzog griff helfend ein. Im Dezember 1833 stellte der Landbaumeister Groß einen Plan auf: „Zur Errichtung eines Schauspielhauses im Sozietätsgebäude zu Ludwigslust, durch Anlegung von Eingängen und Herrichtung von Wegen zu demselben“. Der Großherzog bewilligte die Kosten im Betrage von 430 Talern. Der Bau wurde noch im selben Jahre ausgeführt und am 2. Februar 1834 durch Konzert und Ball eingeweiht. Damit war das jetzige Schauspielhaus in Ludwigslust geschaffen.

Das Theater gehörte also ursprünglich der Sozietät. Der Großherzog hielt sich damals auch in Ludwigslust eine eigene Theatertruppe und ließ durch diese Vorstellungen in dem neuen Theater geben. Dadurch traten auch die Künstler in engere Beziehung zur Sozietät und wurden Mitglieder derselben. Im Jahre 1835 wurde der Hofschauspieldirektor Krampe und im selben Jahre noch 10 Hofschauspieler zwar nicht als ordentliche Mitglieder, aber als Ehrenmitglieder aufgenommen. Bei zwei Mitgliedern der Truppe hatte man aber Bedenken, denn das vorgenommene „Ballot“, Abstimmung durch Kugeln, entschied, dass beide nicht aufgenommen werden sollten.

Die Sozietät wollte gerne die Einrichtung und das Theater-Inventar verbessern. Weil das Geld dazu fehlte, half der Großherzog weiter. Es wurden alljährlich in den nächsten Jahren Baumaterialien und auch Geld bewilligt. Der Fürst traf selber die Entscheidungen über solche Gesuche und ordnete alles persönlich an. Friedrich Franz I. war ein sparsamer und sorgsamer Haushalter. Er schrieb eigenhändig auf eins der an ihn gerichteten Gesuche, dass ihm die Forderungen allmählich zu weit gingen, aber er wolle doch „das Behufige bewilligen“, um das Theater zu verbessern. Am 6. März 1835 berichtete der Landbaumeister Groß, dass im letzten Winter vom Großherzoglichen Bauhofe Holzmaterialien zum Gebrauch für das Theater in vorausgesetzter Allerhöchster Genehmigung verabfolgt seien. Der Großherzog genehmigte dies nachträglich, fügte indessen eigenhändig eine Bemerkung hinzu, dass der Landbaumeister Groß sich nicht unterstehen sollte, weitere Baumaterialien für das Schauspielhaus ohne vorherige Bewilligung verabfolgen zu lassen. Im selben Jahre wurden noch vom Großherzoglichen Bauhofe Rüstbäume und Rüstbretter hergeliehen, um den Plafond des Zuschauerraumes ausmalen zu lassen. Das Großherzogliche Gericht in Ludwigslust beantragte im Jahre 1837 beim Großherzoge die Gewährung von 106 Talern als Kosten für die Aufstellung einer Spritze beim Schauspielhause und für Beleuchtung vor dem Schauspielhause. Der Großherzog entschied: „Die Spritze muß wohl bezahlt werden, die Erleuchtung ist aber Pflicht der Kämmerei."

Das damals neu gegründete Hoftheater in Schwerin veranstaltete regelmäßig Vorstellungen im Schauspielhause, die sich großer Beliebtheit erfreuten. Auf Antrag der Intendantur des Hoftheaters wurden wiederholt, wie es heißt – zur Bequemlichkeit der Künstler und des schaulustigen Publikums – Verbesserungen im Schauspielhause durch die Großherzogliche Verwaltung ausgeführt.

Mit dem Tode des Großherzogs Friedrich Franz I., am 1. Februar 1837, war die Glanzzeit von Ludwigslust zu Ende. Die Hofhaltung wurde nach Schwerin verlegt. Allmählich wanderten eine große Anzahl Familien, welche durch den Hof nach Ludwigslust gezogen waren, aus und siedelten zum Teil nach Schwerin über. Die Sozietätsgesellschaft verlor viele Mitglieder, geriet in Schulden und war dem Zusammenbruche nahe. Sie konnte das Theater nicht mehr in Betrieb halten. Der Großherzog Paul Friedrich hatte aber, trotzdem er nicht mehr in Ludwigslust wohnte, der Stadt Ludwigslust und besonders dem Schauspielhause sein Wohlwollen bewahrt, wie es sein Großvater Friedrich Franz I. in seiner mehr als 50jährigen Regierungszeit getan hatte. Die Sozietätsgesellschaft wandte sich an ihn in ihrer Not. Um aus den Geldsorgen herauszukommen, entschloss man sich dazu, dem Großherzog das Schauspielhaus zum Kaufe anzubieten. Der Großherzog genehmigte das Gesuch und kaufte am 30. August 1837 der Klubgesellschaft Sozietät das neue Saalgebäude für 8500 Taler ab. Mitverkauft wurden sämtliche Gegenstände, welche zum Betriebe des Theaters verwandt wurden, insbesondere die Möbel und Dekorationsstücke. Die Sozietätsgesellschaft beschloss auf ihrer Generalversammlung am 31. August 1837 beim Großherzoge den Dank für die durch diesen Ankauf bewiesene Hilfe darzubringen.

Das Schauspielhaus wurde nun als „Großherzogliches Schauspielhaus" weiter betrieben und zwar bis zum Jahre 1877. Es unterstand dem Großherzoglichen Hofmarschallamte und wurde von diesem verwaltet. Bei Trennung zwischen Hausgut des Großherzoglichen Hauses und Staatsgut, welche im Jahre 1850 vorgenommen wurde, ist das Schauspielhaus in Ludwigslust nicht der Hausgutsverwaltung überwiesen worden. Es war, wie alle anderen ähnlichen Gebäude infolge der Ereignisse des Jahres 1848 in die Verwaltung des Finanzministeriums gelangt und verblieb nun in der Verwaltung dieses Ministeriums. Der Grund, warum das Schauspielhaus nicht dem Hausgute einverleibt wurde, ist mit Sicherheit nicht festzustellen. Nach den Akten liegt die Vermutung nahe, dass man seiner Zeit bei der Errichtung des Großherzoglichen Hausgutes an das Gebäude nicht gedacht hat. Die Intendantur des Hoftheaters, welche zum Ressort des Finanzministeriums gehörte, verwaltete auch das Großherzogliche Schauspielhaus in Ludwigslust.

Das Hoftheater aus Schwerin veranstaltete regelmäßig Vorstellungen. Aber auch für andere Aufführungen wurde das Theater freigegeben, wenn darum gebeten wurde. Solche Anträge wurden meist an den Großherzog unmittelbar gerichtet. Die Genehmigung wurde von ihm persönlich erteilt. So hatte der Stabstrompeter Davids zu Ludwigslust häufig die Genehmigung erbeten, ein Konzert mit dem Trompeterkorps geben zu dürfen. Der Großherzog verfügte „Fiat" und erteilte dann schriftlich die Genehmigung mit eigenhändiger Unterschrift. Im Jahre 1859 erbat und erhielt der Musiklehrer Ohm aus Hannover die Erlaubnis, mit seiner 12-jährigen Tochter Alwine, „welche Klavier spielt und ein anerkanntes musikalisches Talent ist", ein Konzert veranstalten zu dürfen. Dem Ballettmeister Charles Weikopf aus Hannover wurde im Jahre 1863 die Erlaubnis erteilt, zu drei von ihm unter Mitwirkung seiner Familie zu veranstaltenden Ballettvorstellungen das Schauspielhaus benutzen zu dürfen. Im Jahre 1864 wurde Theodor Burghardt als Geschäftsführer des „Salle de F. J. Basch" die Erlaubnis erteilt, 2 – 3 physikalische Soirees veranstalten zu dürfen. – Auch ein Liebhabertheater bestand viele Jahre hindurch in Ludwigslust und veranstaltete Vorstellungen im Schauspielhause. Der Großherzog hat mehrfach dieses Liebhabertheater unterstützt durch Zeichnung von Beiträgen. Einmal hat er 35 Taler als Beitrag zu besonderen Kosten gespendet.

Seltsamerweise hat die Sozietätsgesellschaft am 12. Dezember 1877 das Schauspielhaus wieder vom Großherzog Friedrich Franz II. zurückgekauft, und das kam so: Das Hoftheater in Schwerin hatte kein Interesse mehr an Vorstellungen in Ludwigslust. Das Theater wurde wenig benutzt. Die Unterhaltung brachte allmählich erhebliche Kosten und das Großherzogliche Finanzministerium wollte daher das Schauspielhaus verkaufen. Die Sozietätsgesellschaft fürchtete, dass im Schauspielhaus von dem Käufer ein Saalbetrieb mit Gastwirtschaft eingerichtet werden würde. Das wäre eine schlimme Konkurrenz für den Wirt der Sozietät gewesen. Daher entschloss sich die Gesellschaft, das Schauspielhaus wieder zu erwerben. Es wurde am 7. August 1877 für 9000 Mark angekauft. Die Sozietät bemühte sich, wieder Theatervorstellungen im Schauspielhaus ins Leben zu rufen. Sie ging daran, das Gebäude zu verbessern und ließ im Jahre 1878 einen neuen Anbau ausführen, der noch heute als solcher kenntlich ist; gegenüber dem von Flotowschen Garten. Dieser Anbau enthält jetzt den Wandelgang und die Kleiderablage. Lange aber konnte die Sozietät das Schauspielhaus nicht halten, weil sie wieder in finanzielle Schwierigkeiten geriet. In mehrfachen Generalversammlungen zerbrach man sich den Kopf darüber, was mit dem Schauspielhaus geschehen sollte. Schließlich war man sich darüber einig, dass nichts anderes übrig bleibe, als es auf Abbruch zu verkaufen.

In der Bürgerschaft erkannte man aber den Wert, den das Theater für die Stadt hatte, und man wollte es gerne erhalten. Zu diesem Zwecke wurde eine Schauspielhaus-Aktiengesellschaft gegründet, welche am 12. September 1879 das Gebäude mit allem Inventar für 8000 Mark von der Sozietät käuflich erwarb. Im Vertrage war ausdrücklich vorgesehen, dass auf dem Schauspielhausgrundstück ohne Einwilligung der Sozietät oder des Rechtsnachfolgers niemals eine Gast- oder Schankwirtschaft betrieben werden dürfe. Theaterrestaurationen oder ähnliche vorübergehende Arten des laufenden Betriebes wurden aber von diesem Verbote nicht betroffen.

Die Schauspielhaus-Aktiengesellschaft hat sich viele Mühe gegeben, das Schauspielhaus seinem Zweck nutzbar zu machen. Im Jahre 1880 beantragte sie bei der Gewerbekommission die Genehmigung zum Betriebe eines ständigen Theaterunternehmens. Diese wurde auch erteilt. Die Gesellschaft konnte aber aus eigenen Kräften das Theater nicht am Leben erhalten und wandte sich an die Stadt mit der Bitte um Hilfe. Zunächst wurde ein im Jahre 1888 gestellter Antrag abgelehnt, auch ein im nächsten Jahre gestelltes Gesuch hatte keinen Erfolg. Am 16. Januar 1890 wurde schließlich in der gemeinschaftlichen Sitzung des Magistrats und Bürgerausschusses beschlossen: „Zur Förderung des Unternehmens, betr. Vorstellungen des Schweriner Hoftheaters im hiesigen Schauspielhause, werden für die erste Einrichtung, insbesondere für Anschaffung von Dekorationsstücken 1000 Mark aus der Stadtkasse bewilligt. Ferner wird für die in Aussicht genommenen vier Vorstellungen dieses Winters ein Zuschuß von je 60 Mark aus der Stadtkasse bewilligt." Auch im nächsten Winter wurde ein Zuschuss von 600 Mark seitens der Stadt gewährt unter der Bedingung, dass wenigstens sechs Vorstellungen des Schweriner Hoftheaterpersonals in Ludwigslust stattfinden sollten. In den folgenden Jahren stieß dann die Bewilligung weiterer Zuschüsse auf große Schwierigkeiten, und im Jahre 1892 berichtete der Vorstand der Schauspielhaus-Aktiengesellschaft an den Magistrat, dass die Gesellschaft nicht weiter zu halten sei, vielmehr liquidieren müsse, wenn ihr nicht eine jährliche Subvention von 300 Mark bewilligt würde. Die Subvention wurde dann auch bewilligt. Die Vorstellungen des Großherzoglichen Hoftheaters aus Schwerin konnten auf die Dauer mit Erfolg nicht durchgeführt werden. Daher musste häufig an einzelne Theaterdirektoren mit kleinen Trupps die Genehmigung für Vorstellungen im Schauspielhause erteilt werden. Die meisten „Theaterdirektionen" hatten kein Glück und fristeten ein kümmerliches Dasein. Die Stadt musste mehrfach an mittellose Schauspieler Unterstützungen zahlen, wenn das Unternehmen zusammengebrochen war.

Am 19. Januar 1914 musste die Generalversammlung der Schauspielhaus-Aktiengesellschaft beschließen, sich aufzulösen und das Grundstück zu verkaufen. Sie konnte trotz aller Mühe die Mittel nicht aufbringen, um das Theater weiter zu betreiben. Bevor aber das Grundstück öffentlich zum Verkauf gestellt wurde, bot die Gesellschaft es der Stadt zum Kaufe an. Man war bereit, das Schauspielhaus mit dem gesamten Inventar der Stadt gegen Übernahme der Schulden und sämtlicher Kosten zu verkaufen, so dass der Kaufpreis nur 6 000 Mark betragen würde. Der Versicherungswert des Gebäudes und des Inventars betrug rund 34 000 Mark. Der Magistrat befürwortete den Ankauf dringend, und am 13. Februar 1914 erteilte der Bürgerausschuss seine Zustimmung zum Ankauf. Das Gebäude war aber so verfallen, und die Einrichtung war so schlecht geworden, dass ohne gründliche Erneuerung nicht mehr darin gespielt werden konnte. Man plante daher gleich eine größere Instandsetzung. Der Bauausschuss prüfte den baulichen Zustand und schätzte die erforderlichen Kosten auf 4 756 Mark.

Der Magistrat schlug die Bewilligung dieser Kosten vor. Der Bürgerausschuss verhandelte in der Sitzung am 31. Juli 1914 über den Antrag des Magistrats, konnte aber zu einem Entschluss nicht kommen. Es wurde vielmehr beschlossen, durch eine hierzu gewählte Kommission noch einmal den Umfang der nötigen Arbeiten feststellen zu lassen.

Der Ausbruch des Krieges machte weiteren Plänen ein Ende. Das Schauspielhaus wurde für die Zwecke der Lebensmittelversorgung als Vorratsraum benutzt und verfiel mehr und mehr.

Im Jahre 1921 richtete der damals neu gegründete Kunstverein an den Rat den Antrag, das Schauspielhaus seinem ursprünglichen Zweck wiederzugeben. Die nötigen Mittel wurden in den folgenden Jahren allmählich bewilligt, soweit die Finanzlage der Stadt es zuließ, und heute ist das alte Schauspielhaus in Ludwigslust wieder einfach und würdig hergestellt worden, die Dekorationen und Requisiten sind erneuert und vor allen Dingen ist der Zuschauerraum nach hinten erhöht worden und mit bequemen Stuhlreihen versehen. Ebenso wie einst werden vom jetzigen Landestheater wieder regelmäßige Vorstellungen veranstaltet.

Was das frühere Liebhaber-Theater durchführte, nämlich Konzerte und kleine Theateraufführungen einzurichten, wird heute vom Kunstverein geleistet. – Es ist zu hoffen, dass das kleine Theater jetzt weiterbestehen wird, nachdem es in allen Einzelheiten erneuert und modernisiert wurde, soweit die Mittel der Stadt ausreichten.

Die Ludwigsluster verdanken ihr Schauspielhaus der alten Sozietätsgesellschaft, die heute noch nach 131 Jahren im Sinne ihrer Gründer weiterbesteht, und dem Wohlwollen des Mecklenburger Fürstenhauses. *(1926)*

Albrecht Wilhelm Sellin

An Ludwigslust

Mein Ludwigslust mit deinen Schattenlauben,
Mit deinem Blumenduft,
Geheiligt mir durch meiner Kindheit Glauben,
Durch meines Vaters Gruft.

Geheiligt mir durch meiner Mutter Liebe,
Durch meiner Lehrer Wort,
Du lebst, wenn mir auch sonst kein Trost mehr bliebe,
In der Erinnerung fort.

Der Kirchplatz mit seinen ernsten Linden,
Das Häuschen epheugrün,
Wo meine Lieben sich zusammenfinden,
Wo meine Rosen blühn.

Der schöne Park, die friedlich stillen Straßen
Und Menschen lieb und wert,
Selbst wenn sie den auch lange schon vergaßen,
Der sie von Herzen ehrt.

Und die Fontainen, Schleusen, Wasserfälle,
Von Buchen überdacht,
Wenn dort, bestrahlt von morgenlicher Helle,
Die Maienlust erwacht.

All' das ist mir ein Heiligtum auf Erden,
Ein schöner Seelentraum;
Wenn sie mich einst zur Ruh bestatten werden,
Dort wär' mein liebster Raum.

Doch nein, das Leben rühret seine Schwingen
Und treibt mich rastlos fort,
Es wird wohl niemals mehr zurück mich bringen
An meinen Heimatort.

Der Geist allein strebt frei vom Lebenszwange
Nach dir, mein Ort, zurück,
Sieht dich und seufzt in klagendem Gesange
Um sein verlor'nes Glück! *(1878)*

Adolf Reuter

Man ist benommen von so viel Grünweißrot

Die Großherzöge Friedrich Franz II. und Friedrich Franz III. pflegten alljährlich nach der sommerlichen Erholungsreise einige Wochen in Ludwigslust zu verleben, und der vierte dieses Namens, der letzte regierende Fürst, wählte den Ort zu dauerndem Wohnsitz. In stiller Zurückgezogenheit lebt hier die großherzogliche Familie, verehrt und herzlich geliebt von der treu anhänglichen Bevölkerung.

Und nun ist es noch stiller hier geworden. Still, aber nicht stumm. Überall, aus Bäumen, Steinen, den Werken sinnender, schaffender Künstler spricht zu uns eine bedeutungsvolle Vergangenheit, zumal wenn der hochsommerliche Mittagsstunden-Märchenzauber auf den leeren Bänken liegt und in den breiten lindenschattigen nach der Schnur rechtwinklig angelegten Straßen mit ihren auf fürstlichen Befehl in Reih und Glied hingestellten Einerleihäusern und -häuschen. In der träumenden Kanalstraße gleitet still, träge die schwarze Flut dahin. Ein Wasserrosenblatt, ein paar welke Blumen, Grashalme, ein ertrunkener Schmetterling schweben leise unmerklich abwärts ins große Meer der Vergessenheit.

Wir spüren die gleitende Zeit. Vergangenheit umfängt uns. Leer liegt der weite Schloßplatz, nur Sonne und das einschläfernde Rauschen der große Kaskade. Der Fürst verreist, alle Schloßfenster verhängt. Großartig das Schloß in seiner stolzen, stummen Trauer. Wo sind sie hin, die Tage, als in rauschender Festzeit der Herrscher mit glänzendem Gefolge vom hochragenden Balkon sich der ehrfurchtsvoll harrenden Menge zeigte, als von hier herab Trompetenruf und Paukenschlag aus den Kavalierhäusern die adlige Hofgesellschaft zur täglich offenen Tafel rief? Leer das Dragonerwachthaus. Schilderhaus, Waffenständer, alles harrt noch wie verzaubert im Dornröschenschlaf und wartet auf Entzauberung. Inmitten die Kirche, ein feierlicher Griechentempel, drum herum ein Viereck kleinster, in peinlich-ängstlicher Gleichmäßigkeit erbauter Bürgerhäuschen.

Die Sonne wandert, schon fängt sie an, in die Schloßstraße mit den stattlichen Häusern der „besseren" Bürger und der Künstler und Hofbeamten ihr buntes Farbenspiel hineinzuwerfen. Hier ist alles gut bürgerlich, gediegen, die Häuser, die Architektur so schlicht behaglich, ohne Putz und Prunk, wie der mecklenburgische Volkscharakter. Schon beginnt man für die nachmittägliche Kaffeestunde Tische und Stühle zurechtzustellen. Eine heute unerhörte Raumverschwendung macht diese Straße zu einer großen Gartenanlage.

Das Ziegelmauerwerk in Ton und Farbe so frisch, als hätte es gestern die Hand des Fürsten auf diesen Platz gestellt. Die Farbenwirkung steigert sich, wenn die sinkende Sonne voll hineinscheint in dies einzigartige Straßenbild. Dann leuchten in den roten Wandflächen zwischen Efeu, wildem Wein und Lindengrün die rein weißen Fensterrahmen. Man ist benommen von so viel Grünweißrot! Überall nachbarliche Plauderei, auf den Bänken fleißige Hausfrauen, zwischen den Linden weiße wandelnde Mädchengestalten. Nichts Lautes, kein Mißton, ein Bild voller Schönheit und Frieden, freilich, die blauen Lanzenreiter fehlen!

Im Park hinter dem Schlosse herrscht noch das verhaltene Schweigen des hochsommerlichen Waldes. Einsam, in großartiger Schönheit regt auf der steinernen Kanalbrücke die girlandenumkränzte Urne, einst ein Sinnbild des schwärmerischen, mit Rokoko versetzten Klassizismus, heute ein Aschekrug, ein wehmütiges Totenmal. Alle die mythologischen Statuen und Statuetten sind der Zeit und dem wechselnden Geschmack zum Opfer gefallen, die spielerischen Hügel, Pyramiden, Wälle und Wällchen, die zierlichen Erdstufen überwachsen, überwuchert, zeitumsponnen, alle Formen gerundet und längst wieder zu Natur geworden. Die Wassersprünge noch wie damals, und die Kaskadenstufen des Kanals weithin, seltsam hallend wie durch einen Märchenwald. Alles belebt sich wieder mit den Damen und Kavalieren der Findorffschen Zeichnungen. Noch stehen an murmelnden, waldüberschatteten Wasserläufen die steingemeißelten Bänke, auf denen damals empfindsame Damen des Hofes mit dem neuesten Strickmuster oder dem neuesten Almanach dem Murmeln des leise rinnenden

Wassers lauschten. Der Schatten der Erbprinzessin Helene Paulowna schwebt durch den Waldesdämmer, die, kaum fünfzehnjährig, der Erbprinz Friedrich Ludwig, selber fast ein Knabe noch, mitten im nordischen Winter von dem unbehaglichen Petersburger Hof als Gattin heimführte in das friedliche Ludwigslust, die mit ihrem Liebreiz schnell aller Herzen gewann. Sie schenkte dem Lande eine Prinzessin und einen tüchtigen Regenten, den späteren Großherzog Paul Friedrich. Aber ihre Kraft ist erschöpft. Die Königin Luise sendet wiederholt ihren besten Arzt an das Sterbelager der „innig geliebten Base“. Ihr neunzehnjähriges Leben erlischt wie ein Frühlingstraum. Noch lange hat sie in verklärter Gestalt unter den Ludwigslustern gelebt.

Der Kanal verliert sich zwischen Bruch, Hochwald, Wiesen, Ackerflur in die schöne mecklenburgische Landschaft, in die Jagdgründe der alten Nimrode Christian Ludwig und Friedrich Franz. Diesem lag das Glück der Erde am Herzen der Frauen, auf dem Rücken der Pferde. In Parchim trabte er daher an der Spitze der nur mühsam beritten gemachten, noch ganz mittelalterlich eingerichteten Dreißiger-Gilde. Der Schalk spornt ihn, er gibt dem edlen Renner die Zügel frei, um zu sehen, wo die Gildenreiter bleiben. Ein einziger, der Kaufmann Saul, hält sich in des Fürsten Nähe. Dieser, sich umschauend, spricht: „Saule, was verfolgst du mich?“ Wir stehen jetzt vor der Grabstätte seines Lieblingspferdes, die durch folgende Widmung bezeichnet ist:

Hier liegt das beste Pferd begraben,
Das viele Tugenden in sich vereint.
Könnt' man ein Pferd zum Freunde haben,
So läge hier mein Freund.

O blitzende Lebenslust, o Reiterfreude! Hoch in den Lüften klingt es wie Fanfarenruf. Ausritt zur Jagd: „Im Wald und auf der Heide ...“ Abseits demütig staunende und verbissene Leibeigene, Wendenblut, das einst hier auf der Scholle „slawte“.

Zurück zum Park, vorbei an künstlichen Ruinen und Felspartien. Längst verklungen auch diese von Ritterromantik, von monddurchglänzten Zaubernächten schwärmende Zeit, die solche seltsamen Gebilde schuf.

Die sanfte Schwermut des Herzog-Friedrich-Denkmals umfängt uns. Ein Werk Kaplungers. Eine weibliche Figur mit gen Himmel gehobenem Blick streut aus einem Füllhorn Rosen und Lilien auf die mit dem Bildnis des Herzogs gezierte Urne, auf deren Kehrseite ein ruhender Genius mit gesenkter Fackel trauert.

Ein schöner Abend sinkt herab auf die mecklenburgische Heide- und Waldlandschaft, auf die stolze, vornehme Hofdamenallee, auf das Schweizerhaus, wo die schwärmende Herzogin Luise, die Gemahlin des Herzogs Friedrich Franz, so gern der Natur sich nahe fühlte. Nebel geistert durch den Wald, überspinnt die Wiesenflächen, verdichtet sich zu wallenden, schwebenden, tanzenden Gestalten. Auf der Teichinsel trauert, vom verklärenden Abendrot umwoben, unter Hängebirken eine Urne, voll Empfindsamkeit gewidmet der Erinnerung an die Erbprinzessin Helene Paulowna und die Erbprinzessin von Sachsen-Gotha. Warum stirbt das Schöne? Die stummen steinernen Sphinxgestalten im Giebelfeld der Grabkapelle der Herzogin Luise geben keine Antwort. Schweigend, schon nächtlich dunkel umstehen die Riesenbäume, die länger leben als der flüchtige Mensch, den Totentempel, der die sterblichen Überreste birgt der schönen Zarentochter Helene Paulowna.

In Nacht versunken liegt der weite, leere Schloßplatz, fest, ehern steht vor der stummen breiten Schloßfront auf granitnem Sockel vierundfünfzig Jahre schon die Gestalt des Herrschers, der zweiundfünfzig Jahre lang das Geschick dieses Landes in Händen hielt. – Das letzte Licht aus Nordwesten liegt auf dem Gotteshaus. *(1924)*

Ostwind is ümmer kolt

Johannes Gillhoff ließ sich 1924 in Ludwigslust nieder. Er bezog Wohnung im Obergeschoss der Schlossstraße 51. In diesem Haus befand sich seit 1835 die Hinstorffsche Buch-, seit

1836 Hofbuchhandlung. Gemeinsam mit dem damaligen Inhaber des Verlages Otto Kärst begründete Johannes Gillhoff hier die „Mecklenburgischen Monatshefte".

Gillhoff hatte sein Leben nach dem unerwartet großen Erfolg von „Jürnjakob Swehn der Amerikafahrer" nicht geändert. Er blieb der bescheidene, zurückhaltende Mann, der sich höchst ungern fotografieren ließ, alle literarischen Ehrungen ablehnte, sich nicht am Vereinsleben der Kleinstadt beteiligte und nicht zum Honoratiorenstammtisch ging. Für ihn war höchste Erfüllung des Lebens zu arbeiten. Sein Arbeitstag währte von morgens 5.00 bis abends 23.00 Uhr.

Zum Mittagessen ging der Junggeselle gewöhnlich in das Hotel „Stadt Hamburg". Dann sah man den kleinen Mann mit Spazierstock aus „Timbuktu" in der Hand und „Kohlblatt", so nannte er seine Reisemütze, auf dem Kopf langsam und etwas gebückt durch die Stadt gehen, für jedermann ein freundliches Wort übrighabend.

Vor dem Hotel stand eine Handpumpe. Johannes Gillhoff beobachtete durch das offene Fenster während des Mittagsmahls, wie zwei Frauen mit Wassereimern, die eine von links, die andere von rechts, zu der Pumpe gingen. Dort angelangt, pumpten sie ihre Eimer mit Wasser voll und fingen an zu schladdern. Sie schladderten und schladderten. Genüsslich beobachtete Gillhoff den Tratsch. Nach der langen Unterhaltung nahmen die beiden Damen ihre Wassereimer auf. Die eine ging nach links, die andere nach rechts. Plötzlich war zu hören: „Ach, Fru Möller, wat ick noch vergeten heww …" – Beide trafen sich wieder an der Pumpe, und das Schladdern und Vertellen ging von vorn los. Die Zeit verstrich, und Gillhoff war längst mit dem Essen fertig. Die beiden Hausfrauen hatten sich immer noch viel zu erzählen. Da rief Johannes Gillhoff den Kellner und sagte: „Herr Ober, hier hemm Sei ne Mark, sein' S doch so gaud un bringen' S de beiden Dam's dor buten man je einen Stauhl."

Nach dem Mittagessen gönnte sich Gillhoff eine Stunde des Spazierengehens. Es war Oktober. Ein Angler stand am Kanal und versuchte sein Glück. Gillhoff sah einen Augenblick zu. Als der Angler den Schriftsteller erkannte, schlug er den Mantelkragen hoch und sagte: „Koll'n Ostwind hüt, ne Herr Gillhoff?" – „Ja, Ostwind is ümmer kolt", entgegnete dieser, „egal ut wecker Richtung hei kümmt!" *(1986)*

Jürgen Borchert

Die Mecklenburgischen Monatshefte

Der Erfolg (des Romans „Jürnjakob Swehn der Amerikafahrer") ist überwältigend, fast ungeheuerlich: 350 000 Exemplare erscheinen seit 1917 in schneller Auflagenfolge, der kleine, graubärtige Mann mit der flachen Mütze sieht sich plötzlich als Bestsellerautor.

Nein, er hat sich kein Sommerhaus am Schwielowsee gekauft und auch keine Grunewaldvilla, er hat nicht an der Börse spekuliert, kein Auto erworben, nichts dergleichen. Er tritt 1924 in den Ruhestand, wählt Ludwigslust zu seinem Wohnsitz, kehrt also nach Mecklenburg zurück und beginnt hier mit einer neuen Arbeit, vielleicht der wichtigsten seines Lebens, jedenfalls der wichtigsten seines Herzens; er wird Herausgeber der „Mecklenburgischen Monatshefte".

1925 erscheint der erste Jahrgang. Ein Verlag mit Hinstorffs Namen macht also wieder eine Zeitung in Ludwigslust. Auch wenn D. C., der risikofreudige Unternehmer, längst zu seinen Vätern versammelt ist, scheint doch sein Geist hier noch einmal aufzuleuchten.

Die acht Jahrgänge bis 1932, von denen Gillhoff die ersten fünf mit eigener Hand redigiert hat, zählen zum Besten, was bürgerliche Presse in den zwanziger Jahren in Mecklenburg hervorgebracht hat. Johannes Gillhoffs Denkungsart und Kenntnis spricht aus jedem Heft; nur die besten Mitarbeiter sollen es sein, Richard Wossidlo, Hermann Teuchert, Friedrich Schult, Wilhelm Schmidt zum Beispiel, Künstler wie Ernst Barlach, Erich Venzmer, Fritz Koch-Gotha; die Zeitschrift soll das geistige und künstlerische Mecklenburg repräsentieren, bei aller Wissenschaftlichkeit der Beiträge soll sie populär, bei aller Popularität nie oberflächlich sein. Erstklassiges Papier, geschmackvolle Typografie, vorzügliche Bildwiedergabe, bei Kunstbeilagen, wenn es nötig ist, auf besonderem Papier: rundum eine Augenweide. Vom Inhalt verlangt Gillhoff Vielseitigkeit, also natürlich Volkskundliches, literarische Beiträge in Prosa und Lyrik, Historisches, biografische Mitteilungen, Forschungs- und Reiseberichte, Theater- und Musikleben, Anekdoten, Bücherschau, Kunstgeschichte, auch Kunstkritik: Bildung in bestem Sinne soll vermittelt werden.

Die Zeitschrift hat sich sehr schnell ausgebreitet. Für den Verlag war der Redakteur in Ludwigslust nicht immer ein bequemer Partner. Kein Heft verließ die Druckerei, ehe es nicht vor seinem prüfenden Blick bestanden hatte.

Der „alte Schreibersmann" – so hat er sich selbst bezeichnet – ist nach längerem Siechtum am 16. Januar 1930 im Parchimer Krankenhaus gestorben. Weder in Ludwigslust geboren noch dort zu Tode gekommen, ist er schließlich aber doch hier begraben. Betritt man den Friedhof durch die wunderlichen ägyptischen Tortürme, die Baumeister Busch aus Raseneisenstein errichten ließ, so führt einen die pittoresk-malerische Allee aus Straucheichen, die auf eine verblüffende Weise gleichmäßig gewachsen sind und aussehen wie ein Bild von Edvard Munch, zu Gillhoffs Grab. Es liegt auf etwa halber Strecke zur Linken in einem Seitenweg, ein schwarzes Marmorkreuz auf einem Efeuhügel in einer Einfassung aus Lebensbaum. „Seminaroberlehrer Johannes Gilhoff". Das Grab ist gepflegt, irgend jemand stellt immer ein paar Blumen hin.

Keiner soll mich einen Zyniker nennen, wenn ich jetzt sage: Eigentlich gut, dass er 1930 gestorben ist. So hat er wenigstens nicht erleben müssen, was die Nazis aus seinen „Mecklenburgischen Monatsheften" gemacht haben. Es genügt vollkommen, wenn man sich bis zum Jahrgang 1935 durch die Hefte quält; was danach kommt, ist schließlich völlig ungenießbar. Wie ein Symbol des Abschieds: im Januar-Heft 1933, dessen Redaktionsschluss wohl vor Weihnachten 1932 gelegen haben muss, im letzten Heft also, das vor dem Hitler-Staat gemacht worden ist, bringt die Redaktion auch die letzte Abbildung eines Barlach-Werkes. „Die Frau im Wind“, ein Terrakotta-Bildwerk für die Lübecker Katharinenkirche – damit zieht sich Barlach aus den Monatsheften zurück. *(1985)*

Reinhold Rugenstein

Seine fleißige Feder wurde außer Dienst gestellt

Nun ist Johannes Gillhoff von uns gegangen! Wer ihn kannte, wem er etwas war, wer weiß, was er zu geben imstande war, der kann sich schwer darein finden, dass er nun nicht mehr unter uns ist. Wir meinen, er hätte unserem Volke noch viel zu sagen gehabt. Das wollte er auch. Er hatte noch große Pläne. Er wollte seinem Buch „Jürnjakob Swehn der Amerikafahrer“ noch eine Fortsetzung folgen lassen. Er hatte das Material schon zusammen, ihm fehlte nur noch ein Charakterkopf, wie er sagte, nach dessen Modell er suchte. Er hoffte, dass seine Arbeit an den „Mecklenburgischen Monatsheften“, die seine Kraft und seine Zeit bis in die Nächte hinein ganz in Anspruch nahmen, ihm noch einmal soviel Muße lassen würde, seine Pläne zu verwirklichen. Aber Gott hat es anders gefügt. Seine fleißige Feder wurde außer Dienst gestellt, er musste auf das Krankenlager, in die Stille des Krankenzimmers, monatelang. Da war es mit seinen Plänen aus, da musste er dem Plan nachdenken, den sein Gott mit ihm hatte. Da hat er, der alles ernst zu nehmen gewohnt war, sich gefragt: „Was hat mein Gott mit mir vor?“ Er, der bibelfeste Mann, wird Gottes Antwort gehört haben: „Ich weiß wohl, was ich für Gedanken über euch habe, nämlich Gedanken des Friedens und nicht des Leides, daß ich euch gebe das Ende, dessen ihr wartet …“

Das Wort: „Sie gehen hin und weinen und tragen edlen Samen; und kommen mit Freuden und bringen ihre Garben“, passt auf den Entschlafenen. Er ging einsam seinen Weg, er trug tiefes Leid, sein prächtiger Humor konnte nicht darüber hinwegtäuschen, er trug Leid um unser Volk. Seine Tränen hat niemand gesehen, Mannestränen fließen nach innen. Seine Sorge um unser Volk, seine Heimatliebe, seine Gottesfurcht – das war der Boden, auf dem eine gute Saat wuchs, die reiche Garben brachte. Sie sind zusammengebunden in seinem Buche, ein ganzes Fuder voll: schwere Garben! … Er hat noch andere Garben gebracht. Was er von dem Helden seines Buches sagt, gilt auch von ihm: Er trug sein Lebenlang die Heimaterde an seinen Stiefeln, und wir fügen hinzu, er trug das Erbe seines frommen Vaterhauses im Herzen. Was der Held seines Buches geworden ist, das ist er geworden als Spross seiner mecklenburgischen Heimat und als Schüler des Vaters Gillhoff, einer Patriarchengestalt unter dem alten Lehrergeschlecht unseres Landes. Der Sohn hat mehr vom Vater mitbekommen als der Schüler. Die Saat aus Gottes Wort, die der Vater in das Herz der Jugend gestreut, hat reiche Frucht in dem Sohn getragen. Der Wolken Luft und Winden gibt Wege Lauf und Bahn, der gibt nicht nur das Wetter für das Gedeihen der Saaten auf den Feldern, der gibt auch das Wetter für die Gottessaaten in den Menschenherzen. Die Sommerhitze lässt das Korn da draußen reifen, in der Trübsalshitze reift die Saat in den Herzen, deren Heiland Christus geworden ist. Wenn der Roggen im Sommer reif ist, dann ist abends die Luft erfüllt von dem Duft reifenden Korns, wir vom Lande kennen das. Der Arzt, der unseren Johannes Gillhoff in seiner letzten Krankheit behandelt hat, schreibt von ihm: „Er war schon lange nicht mehr von dieser Erde." Als ich das las, spürte meine Seele den Duft reifer Garben, auf welche die offenen Tore der himmlischen Scheunen warten. Ja, er gehört zu denen, von denen es heißt: „Sie kommen mit Freuden und bringen ihre Garben!"

Was sterblich ist an ihm, seinen Leib, der ihm schließlich zu so schwerer Lebenshemmung wurde, betten wir in die Heimaterde auf unserem Friedhof, wo der Sand sich so sacht auf die Särge legt. (…) *(1930)*

Rudolf Ziel

Das Haus in der Mauerstraße

Eigentlich aufgegangen, was Otto Kaysel war, ist mir erst, als ich in sein Haus in Ludwigslust und in die Luft dieser damals so reizvollen kleinen mecklenburgischen Stadt kam. Otto Kaysel ist in seiner einmaligen Erscheinung nur auf diesem Hintergrund zu denken. Hier erstmalig wurde – auch mir selbst nicht sofort deutlich – jener Unterschied wesenhaft zwischen dem nur ethisch und intellektuell bestimmten Charakter der Umgebung, in der ich aufgewachsen war, und der ästhetisch und künstlerisch durchfluteten Luft des Elternhauses der Frau, die ich mir zur Lebensgefährtin erwählt hatte. Es war nicht Vorbedacht und Absicht, sondern das Auftreffen auf eine kongeniale Ader in mir, daß diese Art zu leben für mein eigenes Haus bestimmend geworden ist und die Entwicklung meiner Kinder wie auch mein ferneres Wesen und Sein maßgeblich beeinflußt hat. Otto Kaysel und Otty Kaysel – das ist in vielem eins und verschmilzt in meinem Empfinden immer mehr in eins, je älter ich werde.

Das Haus in der Mauerstraße – welche Fülle von kleinen lieblichen Bildern drängt sich in der Erinnerung daran auf! Von der alten Standuhr im Flur angefangen, vom Saal, in dem wir als das „verlobte Paar" in Positur saßen, um den aus Schottland heimkehrenden Bruder Paul zu überraschen und in dem nachher unsere Marianne ihr erstes Verschen unter dem Weihnachtsbaum aufsagte, von dem kleinen verträumten Garten mit dem „Pavillon", dem Kakteenhaus und den bunten Floxstauden, die der Hausherr so liebte, bis zu seiner eigenen Stube mit den tausend Hübschigkeiten und Sonderbarkeiten, mit ihren Bildern, Plastiken, Schnitzereien, Blumen und Pflanzen, mit ihrem Kuckfenster zum „Vogelhaus", in dem die Wellensittiche, Meisen und Kernbeißer ihr Wesen trieben. Die sonderbarste Amtsstube eines Rechtsanwalts und Notars, die es in ganz Deutschland geben mochte, einprägsam dennoch für jeden, der sie mit aufnahmebereitem Sinn betrat, und sogleich das Wesen des Mannes kündend, der in ihr wirkte.

Wunderliche, märchenhafte, aus Kunst und Schnurrigkeit zusammengesetzte Stube! Welch schöne harmonische, hoch über das Geschwätz des Alltags hinaushebende Plauderstunden habe ich darin mit dem behaglich in seinem Schaukelstuhl den Rauch aus seiner Pfeife blasenden Sammler all dieser Dinge verbracht! Wie oft habe ich mir dort erzählen lassen vom Werden und Wachsen dieser fast ebenso märchenhaft verträumten Stadt Ludwigslust, der geliebten und sorglich stadtväterlich betreuten Wahlheimat dieses Mannes Otto Kaysel! Jedes Ding in dieser Stube hatte seine Geschichte – die alte schnarrende Röbelsche Uhr, die er einst für zehn Mark bei einem Trödler erstanden, die holzgeschnitzte Figur Peter Vischers, die er sich aus Nürnberg mitgebracht, das Bild des Herzogs Friedrich von Matthieu und die Zeichnungen von Georg Ludwig Meyn, die Bronze-Aschenschale und der gemalte Porzellankopf der langen Pfeife mit dem Arnim'schen Wappen. Es war nicht alles Kunst und Kunsthandwerk in dieser Stube, es gab auch Kitsch und Trödel darunter, aber das Ganze war ein Museum, das zu erhalten wohl gelohnt hätte als ein Bild bürgerlicher Kultur jener Zeit zwischen dem Bismarckschen und dem Wilhelminischen Krieg.

Es war nicht alles groß an der Person Otto Kaysels. Manches Menschlich-Allzumenschliche lief mit unter. Er hätte sich heftig dagegen gewehrt, heroisiert oder heilig gesprochen zu werden. Aber das gerade machte ihn so liebenswert und so unvergeßlich, daß dieser alte Weise auch ein unverwüstlich fröhlicher Frühlingsgott war, daß dieser Kunstsammler und Kunstkenner auch an wertlosen Erinnerungsstücken sich freuen konnte. „Tief unter ihm in wesenlosem Scheine lag, was uns alle bändigt, das Gemeine.“ Aber der Mantel der Erhabenheit wallte nicht um seine Schultern. Der bürgerliche Rock ließ ihn wie die andern scheinen. Und er war doch nicht wie die andern. (…)

Was war es doch nett, mit Otto Kaysel durch den Schloßgarten zu spazieren zum Hofgärtner oder zum alten Beltz mit seinen hundert verschiedenen Dahlien! Wie konnte Otto Kaysel doch kenntnisreich und empfindsam erzählen zwischen den Bildern, Pendülen, blitzenden Mahagonikommoden des „Museums“ im Schloß! Wie behaglich saß es sich in der Anakreon-Nische bei Kahl zum Frühschoppen! Wie verehrend strahlten die Gesichter von „Gevatter Schneider und Handschuhmacher", wenn der „alte Kaysel" vorüberging! Wie lustig knallten die Peitschen der Landleute vor „Stadt Hamburg" oder „Fürst Blücher"! Der Großherzog – „Großherzog" im Munde und im Herzen der Bürger auch, als er es schon nicht mehr war – schickte Blumen zum 7. Oktober, der Herzog von Cumberland ließ den „Herrn Senater" zu einer Plauderstunde ins Schloß einladen, am Sonntag-Morgen kam der Onkel Theodor, der weißhaarige Commissionsrat Josephy, der wie ein Consistorialrat aussah, und als am 90. Geburtstag das erschrockene Justizministerium in Schwerin den Generalstaatsanwalt als Gratulanten schickte, zu sehen, ob dieser uralte Notar nicht lauter dummes Zeug machte, da konnte der berichten: den laßt man, der macht es besser als die jungen. Der alte Demokrat Otto Kaysel, der sich Robert Blum so gut in seine Stube hing wie das Bild der großherzoglichen Familie mit handschriftlicher Widmung, genoß die Achtung und die Liebe aller, von rechts bis links, weil er echt war, ein Mann des Volkes in allen seinen Schichten. Und selbst der nationalsozialistische „Kreisleiter" mußte sich am 7. Oktober 1933 bequemen, das „jüdisch versippte" Haus in der Mauerstraße zu betreten, um dem Neunzigjährigen zu gratulieren. *(1948)*

Hans-Jürgen Soldin

Lehrjahre sind keine Herrenjahre

Meine Mutter hatte mir bei der Firma, in der ich während meiner Schulzeit bereits als Laufjunge tätig war, eine Lehrstelle als Buchbinderlehrling besorgt. Am 2. Januar 1936 trat ich dann meine Lehre an.

Dieser Lebensabschnitt machte mich um einiges reicher. Nicht umsonst heißt es ja, Lehrjahre sind keine Herrenjahre. Bei uns in der Firma wurde dieser Spruch oftmals noch abgewandelt. „Was der Meister macht, ist wohlgetan, was der Geselle macht, das geht noch an, aber was der Lehrling macht, geht gar nicht an!" Einen jüdischen Mischling als Lehrling zu haben, brachte den Meister auf immer tollere Ideen, mich auszubeuten. Aber ihn nicht alleine, denn ich war einem Seniorchef, einem Juniorchef, einer Seniorchefin und zudem noch einem Schweizer Degen namens Georg Seidel und einem Gesellen unterstellt.

Aber, und das war ein Trost für mich, eine solide Ausbildung erhielt ich. So wurde ich nicht nur alleine im Buchbinderhandwerk, sondern auch im Absetzen und Einrichten der Maschinen, im Buchdruck und Linieren ausgebildet. Das ständige Hin und Her zwischen den vielen Chefs hatte auch sein Gutes für mich. Ich kann mich noch entsinnen, dass wir damals von der Stadt den Auftrag erhielten, das Stadtwappen original nachzubilden. Unserem Schweizer Degen gelang es aber einfach nicht, den genauen Farbton zu bekommen. Ich hatte ihm schon lange auf die Finger geschaut und mit den „Augen gestohlen". Also machte ich mich ans Werk – und siehe – kurz vor Mitternacht hatte ich das gewünschte Resultat erreicht.

Die Stunde erhielt ich 0,25 RM. Ein beachtliches Entgeld für meine Arbeit! Um mir noch etwas hinzuzuverdienen, führte ich Linolschnitte für Werbezwecke aus. Dies musste ich aber in meinen knapp bemessenen Nachtstunden tun.

Da wir eine recht spargelreiche Landschaft waren, wurden einmal im Jahr Formulare für die Sammelstellen gedruckt, Aufkleber für die Kisten oder Bestellscheine. Die Firma hatte hier Hochkonjunktur. Da gab es für uns zwar wieder etwas hinzuzuverdienen, aber auch keinen Feierabend. Vierundzwanzig Stunden lief die Schnellpresse, und vierundzwanzig Stunden legte ich an. Ich hätte damals Invalide werden können, denn vor Übermüdung geriet ich fast in die Presse. Doch wen störte das schon, zumal ich ja bloß ein kleiner jüdischer Mischling war. Hauptsache das Geschäft lief.

Als die Zeit gekommen war, dass ich mich zur Gesellenprüfung vorbereiten konnte, wurde mir dies von unserem Meister mit den Worten: „Juden werden in unserem deutschen Staat zu solch einer ehrenhaften Prüfung nicht zugelassen", verwehrt.

In Berlin bestand zur damaligen Zeit eine Organisation nichtarischer Christen. Der Leiter hieß Markus. Um meine Lehrjahre nicht vertan zu haben, wandte ich mich an ihn. In einem langen und ausführlichen Gespräch klärte mich Markus auf: Um Mitglied dieser Organisation zu werden, hätte ich monatlich einen Beitrag von 2 RM zu zahlen und, was meine Gesellenprüfung beträfe, gäbe es gar keine Hindernisse, denn die Zulassung von Mischlingen könne gar nicht abgelehnt werden.

Ach, wie blank und hohl waren alle Gesetze und Theorien der damaligen Zeit. Als ich nämlich wieder zu Hause angekommen war und ich meinem Juniorchef von unserem Gespräch Mitteilung machte, lachte er mich bloß aus. Sein lakonischer Kommentar dazu: „Was gehen mich eure Judengesetze und Bestimmungen an." Wütend und aufgebracht nahm ich einen Stuhl und ging auf ihn los wie ein weidwundes Tier. Das Resultat: Ich wurde nicht zur Gesellenprüfung zugelassen und musste weiterhin als angelernter Hilfsarbeiter für 25 Pfennige in der Stunde arbeiten. *(1987)*

Anne Hermann

Ihr könnt ‚du' zu mir sagen

Es nahm seinen Anfang 1932 in der Bürgerschule in der Schweriner Straße bei Fräulein Schult. Da erschien nicht unsere Lehrerin zur letzten Stunde vor den Ferien, sondern eine wesentlich jüngere Frauensperson mit forscher Miene, die blonden Haare streng nach hinten gekämmt und dort zu einem Knoten zusammengesteckt.

Fräulein Schult kannten wir nur in ihrer ewig grauen Robe. Dieses Fräulein war völlig anders gekleidet; geschnürte schwarze Halbschuhe, schwarzer, eng anliegender, halblanger Rock, weiße Bluse mit grüner Hängeschnur an der linken Brusttasche, vorn am Hals zwei schmale schwarze Tuchzipfel, die durch einen geflochtenen Lederknoten gezogen worden waren und nun wie ein Schlips herunterhingen. Mit knappen Worten und ein paar Handzeichen forderte uns die Unbekannte auf, die Schulbänke eng aneinander zu schieben. Dann sollten wir uns auf die Tischplatten setzen und die Beine ganz locker herunterbaumeln lassen. Und genauso saß sie selbst auf einer Schulbank, uns gegenüber, und sagte nun endlich auch etwas zu uns, kurz und knapp: „Ich heiße Grete Lübz, und ihr könnt ‚du' zu mir sagen!"

Furchtsames Schweigen bei allen zweiundfünfzig Schülerinnen. Niemand von uns war in diesem Moment fähig zu sprechen. So etwas hatte es noch nie gegeben. Eine Fremde sprach zu uns, als sei sie eine alte Bekannte. Wo war Mutter Schulten, wie die älteren Schülerinnen sie nannten, an die wir uns jetzt gern gewandt hätten?

Was die Unbekannte in dieser Stunde sonst noch alles zu uns gesagt hat, weiß ich nicht mehr. Ich hörte nicht mehr hin; nach diesem Auftakt wollte es sich meinem Viertklässlerhirn nicht mehr einprägen.

Aber zwei Schuljahre später, auf der Höheren Mädchenschule beim Dragonerdenkmal, kam das Angebot erneut, diesmal aus dem Mund unserer geliebten, plötzlich in Uniform einherschreitenden Deutschlehrerin, wiederum kurz und knapp: „Ihr könnt ‚du' zu mir sagen!" Und dann erzählte sie uns, dass es Zeit wäre, in die Hitlerjugend einzutreten.

Ich war die Vorletzte in meiner Klasse, die der Jungmädelschaft, dem JM, beitrat. Für meine ältere Schwester war es Pflicht, dem Bund deutscher Mädel, BdM, anzugehören (halbstarke Jungs lästerten: „Bubi drück Mich"). An ihrem Gymnasium unterrichteten nun auch einige Lehrer in der braunen Parteiuniform der NSDAP. Der fette Lateinlehrer sah darin komisch aus; dem schlanken Physiklehrer stand die Uniform. Seine beiden Jungs ließ der Vater von fünf Kindern sogar in Uniform konfirmieren, was vielen Ludwigslustern reichlich übertrieben schien. Aber wer so einherschritt, musste wohl auf Seiten der Gewinner stehen …

Ab dem zehnten Lebensjahr hatte man die Pflicht, jedes Wochenende Dienst zu tun für Führer, Volk und Vaterland, wie es später hieß. Wir trafen uns auf der Bleiche zwischen Wäscherei Voß und dem Feuerwehrturm in vorschriftsmäßiger JM-Kleidung. Die aber war sehr teuer.

Weiße Bluse? Die erbte ich von meiner Schwester. Schwarzer Rock? Mein dunkelblauer Matrosenfaltenrock musste genügen. Die richtigen Schuhe? „Nix da", sagte meine Mutter. Lediglich das vorgeschriebene schwarze Dreiecktuch und den dazugehörigen geflochtenen Lederknoten musste Mutter neu kaufen, und zwar im Uniformgeschäft Grube in der Seminarstraße. Die Anschaffung einer Kletterweste, einer hellbraunen, samtweichen, sportlich geschnittenen Jacke mit zusätzlichen Brusttaschen kam nicht in Frage. Zum Winter aber erhielt ich immerhin die zugelassene Strickjacke in den Farben Grün, Rot und Schwarz geschenkt, die berühmte Echt Berchtesgadener Trachtenjacke.

Ich gehörte zu einer Jungmädelschaft von fünfzehn bis zwanzig Mädchen, die von zwei Schaftführerinnen, kenntlich an der rotweißen Schnur an der Bluse, betreut wurde. Wir Neuen wurden hart rangenommen, schon vom ersten Tag an.

Auf der Bleiche lernten wir mit Trillergepfeife das Antreten und Stehen in Reih und Glied, ebenso wurden wir mit der Kommandosprache vertraut gemacht und lernten das Marschieren im Gleichschritt mit Gesang. Ein Lied begann mit den Worten „Vorwärts, vorwärts!" und endete mit „Ja die Fahne ist mehr als der Tod!"

Unsere Geländespiele, Schnitzeljagd und Räuber und Gendarm, führten uns weit durch den Schlossgarten. Oft gingen wir zur Wiese am Schweizerhaus. Dort bekamen wir vorgelesen, Geschichten von eifrigen Hitlerjungen und tapferen Soldaten, von Wettkämpfen und Siegen und von Treue zum Führer. Wir lernten Lieder aus dem neuen Liederbuch „Wir Mädel singen", machten Wettspiele und führten sogar Märchen auf. Neben dem Schweizerhaus war unser JM-Heim, ein ehemaliger Pavillon des Café-Besitzers Mellmann aus der Schlossstraße, den die NSDAP für ihre Zwecke kassiert hatte, eine Bleibe bei schlechtem Wetter.

Einmal im Jahr trafen wir uns mit Pimpfen und Hitlerjungen am Heldenhain zur Sonnenwendfeier. Es begann mit einem Abendmarsch, den zuletzt Fackelträger begleiteten. Nie zuvor hatte ich so viele uniformierte Jugendliche gesehen. Vorbei an Waisenhaus und Wasserturm ging es Richtung Exerzierplatz und weiter zu einem kleinen Wäldchen. Hier, auf einem freien Platz, endete der Marsch in Schweigen und banger Finsternis. Für das Sonnenwendfeuer hatte man lange Holzstangen wie ein Zelt aufgestellt und kürzere Holzstücke ins Innere gesteckt. Mehrere Männer gingen die Feuerstelle ab und überprüften den Aufbau. Dann schritten die Fackelträger zur Mitte. Nach wenigen Minuten loderte ein gewaltiges Feuer mit berstendem Geknister gen Himmel. Alles schaute gebannt zu, schier überwältigt vor Begeisterung. „Flamme empor!" sangen die Großen. Mit erhobenem rechten Arm wurde ein Lied für Adolf Hitler, den „Führer der Deutschen Jugend", gesungen: „Heilig Vaterland ..." Es war für mich eine heilige Handlung und ein Erlebnis, das mich lange Zeit gefangen hielt.

Nein, gegen die Sonnenwendfeier kam nicht einmal das alljährliche Erntedankfest an. Bisher waren wir immer mit Mutter in der Kirche gewesen und viele andere Familien auch. Der Altar war immer so wunderschön geschmückt und mit dem ganzen Reichtum der Natur bestückt. Da hätte ich Maler sein mögen ...

Jetzt mischte die Partei mit.

Und auch der 1. Mai, dick gedruckt im Kalender, der „Nationale Feiertag des Deutschen Volkes", konnte meine Meinung nicht ändern. Es war der Tag der Aufmärsche und Kundgebungen, an dem Braunhemden und Fahnen die Stadt einfärbten. Schließlich gab es aber doch noch am Nachmittag erfreuliche Unterhaltung für Groß und Klein, und zwar auf dem freien Platz vor der Kirche. Ein mit viel Grün und etlichen bunten Bändern geschmückter Maibaum stand auf der großen Rasenfläche und überragte mit seiner Länge alle und alles. Und oben, ganz oben am Baum hingen an Querstäben viele schöne Geschenke für die mutigsten und geschicktesten Kletterkünstler, gestiftet von Geschäftsleuten unserer Stadt. Wesentlich niedriger waren Würstchen zum Wegbeißen aufgehängt worden für die jüngsten Kletterer, gespendet von der Fleischkonservenfabrik Gebr. Schulze & Söhne, Seminarstraße. Alles gut und schön, aber trotzdem: Die Sonnenwendfeier war für mich zu dieser Zeit das Eindrucksvollste aller Erlebnisse. Und so wollte ich mir nun auch endlich den Hitlergruß angewöhnen. Ich suchte mir dafür den lieben Bäcker Dahnke aus, wo ich Stammkunde war für den Kauf von Feinbrot und von Marlenchen, seinen leckeren gerippten Küchlein aus Rührteig. Weil zum Glück gerade niemand in seinem Laden war, stellte ich mich vor der Ladentheke auf, hob den gestreckten Arm zum Hitlergruß und sagte zu dem Meister, so schneidig we ich nur konnte: „Heil Hitler! Ich möchte zwei Marlenchen!" Dahnke aber sah mich nur gutmütig an und antwortete mit ruhiger Stimme: „Nu nimm dien hoche Hand mal wedder rünner, mien Deern. Du kreegst ock so dat, wat du wüllst, von mi." *(2000)*

Gerd Lüpke

Kronen

Dat wier an einen wunnerschönen Vörsommerdag in de dörtiger Johren. Wi stünnen mit 'n Masse Lüüd up den Vörplatz von dat Slott in Lurwigslust. De VDA harr upraupen, un ut ganz Meckelborg wieren Schäuler un jung Lüüd tausamenkamen. De „Verein für das Deutschtum im Ausland" harr ja väle Maaten dunn, un so wullen ok allerhand nobel Gäst mitmaken. Ick wier woll so dörteihn, vierteihn Johr olt – un näben mi stünn Odding, mien Fründ un Klassenkamerad von de Ribnitzer Oberschaul.

De gäle Sünn schiente mit alle Macht von einen blagen Häben dal – un ick dacht, nu fählt blot noch wat Rodes, denn hebben wi de Meckelborger Farben tausamen. Öwer dunn geew dat ja noch nix Rodes in Lurwigslust.

De Sünn spälte mit ehren hellen Schien öwer de Fassaden von dat Slott, dat vörbugt Portal un den Middeltorm. Se strakelte de Bööm un de Hüüs näben dat Slott – un achter uns smeet se dusend Brilljanten up dat Wader von den Kanal un de Waderkünsten. Dat schönst öwer wier, woans de Sünn üm de Steinfiguren up dat Dack von dat Slott streek. Se läd sülwrig Parlen up Arm un Hännen, sett'te de ein orrer anner Figur gor ein Strahlenkron up den Kopp –, un de Steinfiguren baben up dat Slott würden meist lebennig.

Dortau makte ein Kapell in bunte Uneformen allerhand Musik: den „Fridericus-Marsch" un „Geheimnisse der Etsch" – un mi harr dat nich wunnert, wenn de Slottfiguren anfungen harren, dorna tau danzen.

Man dor reeten Träd mi ut mien Sinnieren. Vier, fief Herren keemen up den Slottplatz un bleeben ganz dicht bi Odding un mi stahn. Ein wier sünnerlich hoch upwussen, un de bleew miehr för sick allein. Ick keek em nipp an – un dor wier dat de oll Grotherzog! De miehrsten Lüüd in 't Land müchten em ümmer noch giern, ofschonst he ja all lang nich miehr regieren deed. He harr de Hännen up den Puckel tausamenleggt un keek langtiet na dat Slott röwer.

Dor stöt'te Odding mi in de Siet un frög: „Du, Gerd, sall nich de Grotherzog ok kamen?" Ick läd einen Finger up den Mund un flusterte: „Sachten, Odding! Hier vör uns steiht he ja." Dorbi wieste ick mit den Finger na em hen.

För Odding brök woll ein Welt tausamen! He keek mit wiet upräten Ogen den Mann vör uns in 't Krüz, un dat brök recht ut em rut: „Wat denn?! De Lange mit de Glatz sall de Grotherzog sien?"

Man de „Lange mit de Glatz" dreihte sick üm un smustergriente: „Doch, mien Jung, de is dat." Un denn sett'te he noch tau: „Öwer de Kron heff ick afsett't." Dorbi tuckte dat son bäten üm sienen Mund, un he wend'te sick fix wedder af. Denn güng he poor Träd na vörn, bleew stahn un keek wedder langtiet, ahn sick tau rögen, na dat Slott röwer.

De Sünn spälte dunn ok üm den Grotherzog un öwer sienen blanken Kopp – un as de oll Herr dor so stünn, harr ick tau giern wüsst, wat he jüst nu woll denken deed. *(2000)*

Herzog Friedrich Franz

Begegnung im Schloß

In den letzten Tagen des Monats April 1945 befand ich mich in dem kleinen Ort Stolpe unweit Ludwigslust. General Steiner, in dessen Einheit ich den Rußlandfeldzug mitgemacht hatte, war bei Hitler in Ungnade gefallen. Die Befehlsgewalt über seine Truppe wurde ihm entzogen. Er war gewissermaßen ein freier Mann. Ein Adjutant und zwei Ordonnanzoffiziere wurden ihm gnädigst überlassen, einer davon war ich.

Der Krieg ging in Riesenschritten dem Ende entgegen, und Steiner hatte nur ein Ziel, nämlich zu erreichen, daß im Raum nördlich von Berlin kurz vor Torschluß sie sich auf das Gebiet der Westmächte begeben konnten, um auf keinen Fall auf der russischen Seite zu bleiben.

Wie das am besten zu machen sei, wurde in hundert Gesprächen erörtert, aber die Durchführung schien stets ungewiß. Die Entscheidung kam dann schneller als gedacht. In unserem Quartier in Stolpe hörten wir in der Nacht zum 1. Mai die Nachricht vom Tode Hitlers in Berlin. Der Weg zum schnellen Entschluß ergab sich schon am nächsten Morgen: Es kam ein Anruf von der Kommandantur in Ludwigslust, der plötzlich mit den Worten endete: Ich muß jetzt aufhören, die Amerikaner kommen herein. Darauf Steiner zu mir: So – also, jetzt müssen Sie ran. Wie ich die Leute kenne, wird der Kommandierende, gleich ob Ami oder Tommy, in Ihrem Schloß Quartier nehmen, da müssen Sie hin.

Außer mir wurden zwei Offiziere hingeschickt. Am Eingang zur Stadt Ludwigslust waren zu beiden Seiten der Straße übergroße, weiße Zeichen aufgebaut, weiße Tücher, quadratisch gespannt. Dort mußten wir anhalten, Koppel und Pistole wurden abgenommen, und nach kurzem Gespräch wurden wir in einen Jeep verfrachtet, und zwei Cowboy-ähnliche Gestalten fuhren uns in die Stadt. Mitten in der Stadt, nahe dem Hotel „Fürst Blücher", sah man einen einsamen amerikanischen Soldaten im abgetragenen Tarnanzug, ohne Abzeichen, auf der Straße. „That's the general", wurden wir belehrt, woraufhin dieser in einen anderen Jeep stieg und rief: „Follow me to the Schloß."

Die Ankunft beim Schloß war eindrucksvoll und unvergeßlich, denn es standen wie zufällig der Haushofmeister und andere Angestellte des Hauses in der Tür, wie sonst so oft zum Empfang meiner Eltern.

Man ging hinauf in ein Zimmer im ersten Stock, in dem man sich für gewöhnlich mit Gästen vor dem Essen versammelte.

Das Gespräch konnte beginnen. Aber die ersten Worte, auf unserer Seite in Englisch vorgebracht, wurden sofort hart unterbrochen: „Sie sprechen deutsch, nicht englisch, der Dolmetscher übersetzt."

Die ungleichen Gesprächspartner waren also: auf der einen Seite drei mehr oder weniger kleine deutsche Offiziere – und gegenüber der Sieger, General James M. Gavin, Commander der 82nd Airborne Division im Heeresabschnitt Montgomery.

Es wurde nun versucht, dem General verständlich zu machen, was wir eigentlich wollten. Das Ziel war ein Gespräch des Kommandeurs der 21. Armee, General von Tippelskirch, mit General Gavin über die „Einbringung" der deutschen Truppen hinter die amerikanischen Linien. Dabei sollte natürlich klar werden: eine Kapitulation wenn nötig ja, aber wenn möglich nicht gleichzeitig vor den Russen.

Gavin war zunächst reichlich frostig und bestand befehlsmäßig auf dem „unconditional surrender", was uns natürlich bekannt war. Aber es gelang doch allmählich, seine absolute Zustimmung zu dem Treffen mit Tippelskirch zu erreichen. Insofern waren wir tatsächlich erfolgreich.

Als das dienstliche Gespräch beendet war, faßte ich noch einmal Mut und fing auf englisch an zu sprechen. Es ergab sich dann das folgende Gespräch, das im Gedächtnis ohne Mogelzettel aufgespeichert wurde: „Darf ich einige Worte sagen, mein Herr. Dieses Schloß gehört dem Großherzog von Mecklenburg, meinem Vater, und ich bin sein ältester Sohn. Ich würde sehr froh sein, wenn Sie diesem Haus eine anständige Behandlung zuteil werden ließen." – „Wissen Sie, wie die Deutschen sich sehr sorglich um Coventry gekümmert haben?" – „Nein, das besonders nicht, aber haben Sie die Häuser in Köln oder in Berlin gesehen?" – „Natürlich, ich weiß das, aber ich denke, ich kann Ihnen versichern, daß wir diesem Hause eine, wie Sie es nennen, anständige Behandlung geben werden."

Damit war das erledigt. Aber dann fragte ich ihn, ob ich die Nacht im Schloß bleiben könnte. Und darauf kam die Antwort nein, denn wenn ich bliebe, müßte er mich zum POW machen.

Das Interessanteste dabei war, daß die ganze Begegnung ihn beeindruckt haben muß. Denn er bestand in keiner Weise darauf, uns oder unsere Kommandeure zu Gefangenen zu machen. Im Gegenteil, wenn wir kommen wollten, doch sicher in den nächsten Tagen, dann: „My officers will show you, where to go". Die ganze Verhandlung fand statt unter einem Bild meiner russischen Großmutter Anastasia, und beim Herausgehen zögerte ich nicht, ihr leise zuzuwinken.

Die Begegnung mit von Tippelskirch hat wenige Tage später stattgefunden. Das Ergebnis wird in den deutschen Kriegstagebüchern stehen. Nach amerikanischen Angaben war es eine Kapitulation für eine ganze Armee von 150 000 Mann.

Viele Jahre später, Anfang der sechziger Jahre, wurde Gavin amerikanischer Botschafter in Paris. Ich schrieb ihm und brachte diese Geschichte über die Begegnung im Schloß ins Gedächtnis. Er erinnerte sich gut, und es entwickelte sich eine Korrespondenz über mehrere Jahre. *(1987)*

Leonard Linton

Von unserer Einheit war ich der Erste in Ludwigslust

(Tonbandaufzeichnung)

Wir hatten Köln besetzt und jede Nacht Razzien über den Rhein gemacht, denn wir wollten nicht, dass die Wehrmacht nach dem Westen ausbrach. Kurze Zeit später kam plötzlich der Befehl, die ganze Division sollte sofort nach Bleckede kommen, die Elbe überqueren und soweit wie möglich Richtung Berlin rücken, und das so schnell wie möglich … Da mein Jeep in einem äußerst guten Zustand war – dafür sorgte ich auch – war ich ungefähr der Zwanzigste in Bleckede. Die anderen waren von einer besonderen Einheit – der Division-Recons – der Spähtruppe der Division. Das waren die Allerverrücktesten aus der Division, die dorthin versetzt wurden.

Eine Ponton-Brücke (wurde) über die Elbe gebaut. Uferseitig, an der Stelle, wo wir uns befanden, begannen wir. Als die Boote fertig waren, wurde losgelassen, und, entsprechend der Fließrichtung schwenkte die ganze Brücke ans andere Ufer und wurde festgesetzt. Ich fuhr als Zweiter mit dem Jeep hinüber in Richtung Berlin, aber ich kam nur bis Ludwigslust.

Vor Neuhaus gab es einen kleinen Vorfall. Ich befuhr eine enge Dorfstraße, und da kam eine T-Kreuzung. Ich entschied mich, nach rechts abzubiegen, denn Berlin schien mir in dieser Richtung zu sein. Ich fuhr sehr langsam, und da, wo die Straße abbog, war ein riesiger Busch. Ich schaute auf den Busch und sah ein kleines schwarzes Loch in der Mitte. Plötzlich merkte ich, dass ich in ein 8,8-Geschütz hineinschaute. Noch im selben Moment öffnete sich die Tarnung, und da war die 8,8 mit Kanonieren und einem Feldwebel. Der Feldwebel brüllte seiner Mannschaft zu: „Schießt!“ – Ich reagierte sehr schnell stieg mit meinem Karabiner aus dem Jeep und rief den Soldaten auf deutsch zu: „Seid nicht doof, wir sind Tausende!“

Die waren so verblüfft, dass sie gar nicht zum Zuge kamen. Ich ging immer weiter vorwärts, ohne daran zu denken, dass das Geschütz mich hätte verpulvern können. Ich sah nur, dass dieser Feldwebel eine LUGA-Pistole hatte. Für einen Fallschirmjäger war die LUGA-Pistole das beste, was er im Krieg erbeuten konnte. Ich ging an den Feldwebel heran; inzwischen nahmen seine Kanoniere die Gewehre, und er brüllte wieder: „Schießt, schießt!“ –

Aber es war zu spät, ich berührte mit meinem Karabiner seinen Bauch, und alle wussten, wenn er losknallt, schieße ich auch. Ich öffnete seinen Gürtel, meine linke Hand war auf der Pistole. Ich hab den Gürtel rausgezogen, und die Pistole war meine. Alle wurden entwaffnet, und ich fuhr weiter bis nach Ludwigslust.

30. April 1945. – Von unserer Einheit war ich der Erste in Ludwigslust. Ich fuhr am Schloss vorbei und registrierte, dies wäre ein gutes Hauptquartier für meinen General. Dann kam ich zum Rathaus. Mit meinem Karabiner gab ich einen Stoß gegen die Doppeltür, die Tür öffnete sich. Dies tat ich auch mit der zweiten Tür, und ich störte bei einer großen Sitzung. Ich knallte den Karabiner hin und fragte: „Was ist das für eine Sitzung?" – Die Leute waren erschreckt, besonders der Bürgermeister. Er zitterte und konnte kein Wort sagen ... Zum Glück stand ein junger Polizeileutnant auf und sagte: „Wir beraten darüber, was getan werden soll, wenn die Amerikaner eintreffen." – „Wir sind jetzt da, die Sitzung ist beendet", sagte ich und erläuterte das neue Militärgesetz.

Als ich wieder herankam, sah ich plötzlich einen russischen Offizier in einem kleinen Panzerspähwagen. Der Offizier hatte einen riesigen Schnurrbart. Da ich fließend russisch sprach, trat ich zu ihm und fragte ihn, ob ich ihm helfen könnte. Er hatte eine Karte von Deutschland. Ich schaute mir die Karte an, es war eine sehr gut gemachte Karte mit russischer Schrift, also keine erbeutete Karte.

Er sagte: „Wir sind hier, die Deutschen sind dort", und machte einen großen Kreis. „Und wo sind Sie?" – Ich erwiderte: „Ich bin hier neben Ihnen, genau an demselben Platz." Er sagte mir, dass er eine Demarkationslinie zwischen der Roten Armee und der amerikanischen Armee mache. Er nahm einen dicken kurzen Bleistift hinter seinem Ohr vor, guckte auf die Karte und zog einen großen dicken Strich – die Demarkationsline.

Ich sagte: „Hören Sie mal zu, die Kreisgrenze von Ludwigslust verläuft am Kanal, entlang der Bahn. Wäre es nicht besser, die deutsche Grenze des Kreises anzunehmen? Dadurch würde es zwischen unseren Armeen weniger Meinungsverschiedenheiten geben, und wir müssten sogar mehr Fläche abgeben als Sie. Jedoch ein Kilometer Abstand zwischen den zwei Armeen sollte eingehalten werden." Er schaute mich an und sagte: „In der Roten Armee kann ein gerader Strich keine Streitigkeiten hervorrufen. Wie kann das in Eurer Armee nur der Fall sein?“ Es wunderte ihn auch, dass ich mit ihm russisch sprach: „Wer bist du eigentlich, ein Deserteur der Roten Armee und trägst eine fremde Uniform?“ – Ich habe ihm nicht mehr geantwortet, denn ich fuhr weiter.

Zwei Tage später kam der Generalstab der 21. deutschen Armee, geleitet von General Kurt von Tippelskirch. In unserem Generalhauptquartier wurde eine Petition verfasst und auf einer kleinen Schreibmaschine ein deutscher und ein englischer Text geschrieben. Wir wussten natürlich nicht, dass General von Tippelskirch nicht die Vollmacht hatte, für seine Armee eine Generalkapitulation zu unterschreiben. Deshalb schrieb er mit Tinte dazu, dass diese Kapitulation nur für die 21. Armee gelte, die die amerikanische Linie passierte. Als ich das las, wusste ich, dass dieses keine bedingungslose Kapitulation war. Auch unser General hatte nicht das Recht, diese Generalkapitulation zu unterzeichnen.

Ich kam zum Stabschef Oberst Winiki und wollte mit ihm gerade darüber sprechen, aber da war schon jemand am Telefon, aus einem Hauptquartier, und man sprach über diese Klausel. Nach dem Telefonat hat General Garvin unterschrieben. Nun war endlich alles zu Ende.

Ich kam herunter, dort brüllte mich ein Wehrmachtshauptmann an, warum unsere Soldaten so undiszipliniert seien und nicht einmal höheren Offizieren des Stabes der 21. deutschen Armee einen Gruß erwiesen. Er war empört darüber, dass man sich auf der Naziflagge, die vor der großen Tür des Schlosses lag, die Füße reinigte. Nur General von Tippelskirch machte einen langen Schritt, um nicht auf die deutsche Flagge zu treten. Er verwies uns darauf: „… das tut man doch nicht, schließlich ist das die deutsche Flagge!“

Ich erwiderte: „Man macht vieles nicht, was die Wehrmacht machte! Meine Kameraden und ich werden Ihnen keinen Gruß erweisen, denn wir haben keinen Respekt vor Ihnen.“ *(1998)*

James M. Gavin

Wir konnten das Wöbbeliner KZ riechen

Bei Sonnenuntergang am nächsten Tag erfuhr ich, dass der Bürgermeister von Ludwigslust, seine Frau und Tochter Selbstmord begangen hatten. Ich war schockiert und verwirrt, ich konnte mir keinen Grund für den Selbstmord denken. Von dem Tage an, an dem wir die deutsche Grenze überschritten, waren wir bemüht, dass unsere Truppenangehörigen sich richtig korrekt zu der Zivilbevölkerung verhalten. Es war schwer für uns zu verstehen, warum diese drei Selbstmord begangen hatten, als der Krieg für sie beendet war.

Zwei Tage später sollten wir den Grund dafür entdecken.

Wir konnten das Wöbbeliner KZ riechen, bevor wir es sehen konnten. Und es zu sehen, war mehr, als ein menschliches Wesen ertragen konnte. Sogar nach drei Jahren Krieg trieb es mir die Tränen in die Augen. Überall lebende Skelette, die Toten waren nur von den Lebenden zu unterscheiden durch die blau-schwarze Farbe ihrer Haut. Es gab Hunderte von Toten auf dem Erdboden und in den Baracken. In der Ecke des Lattenzaungebietes befand sich ein verlassener Steinbruch, in dem die täglichen Leichenstapel mit dem Bulldozer eingescharrt wurden.

Wöbbelin war ein Durchgangslager gewesen, schnell eingerichtet, um die Tausenden von politischen Gefangenen aufzunehmen, die vor der heranrollenden russischen Armee nach Westen bewegt werden mussten. Es hatte keine Verbrennungsöfen und ähnliches wie Auschwitz und Buchenwald. Jedoch in einer eigenen, unverfälschten Weise offenbarte es seine Greuel. Ich hatte schnell in den ersten Maitagen gelernt, dass jede kleine deutsche Stadt ihre eigenen Lebensmittellager besaß für knappe Waren wie Mehl, Korn und Büchsenfleisch. Sie wurden unter Verschluss gehalten und befanden sich unter der Kontrolle des Bürgermeisters. Wenn eine deutsche Stadt erobert wurde, war die erste Frage der Behörden, was mit der Kontrolle über die Lebensmittel werden würde. Ludwigslust war da keine Ausnahme. Offenbar jedoch hatte der Bürgermeister es zugelassen, dass die Insassen von Wöbbelin verhungerten, anstatt seine Lebensmittelvorräte mit ihnen zu teilen.

Das Lager enthielt Gefangene jeden Alters. Eine der ersten mit Dachpappe bedeckten Baracken, die wir betraten, war nur von Juden besetzt. Ein jüdischer Junge namens Paul kam aus Budapest. Er wurde mit zehn Jahren ins KZ geworfen, und viermal kam er zu den Gaskammern, und viermal wurde er im letzten Moment nicht in den Tod geschickt. Ein anderer war Peter G. Martin, ein 67-jähriger Pariser Fabrikmanager, der zwei Jahre zuvor den Fehler gemacht hatte, die Nazipolitik anzuzweifeln. Wir fanden auch einen holländischen Jungen, der kurz nach unserer Landung in Holland Ende 1944 aufgegriffen wurde, weil er mit der deutschen Besatzungspolizei nicht einverstanden war.

Wir machten zuerst den Fehler, Schwarzbrot und Büchsenfleisch aus dem Lager zu holen und es direkt an das Camp auszuliefern. Die Insassen erstürmten und erkletterten die Wagen und traten aufeinander, als sie um das Essen kämpften. Ein geschwächter Mann stand auf von seiner Schlafstelle, dem Stroh, auf dem sie lagen, rannte einige Meter und fiel in Krämpfen tot nieder. Wir stellten die Verteilung von fester Nahrung ein, organisierten, so schnell wir konnten, Hunderte von Feldbetten und stellten sie in einem Hangar auf dem nahegelegenen Flugplatz auf. Ärzte wurden geholt und intravenöse Ernährung begann. Es war ein trauriger Anblick, und es dauerte Tage, bis die Menschen für feste Nahrung und Bewegung bereit waren.

Die Toten wurden im Park vor dem Schloss begraben, wo wir den leitenden deutschen Bürgern befahlen, Gräber zu schaufeln und die Toten hineinzulegen. Die übrige Bevölkerung der Stadt erhielt die Aufforderung, dem Begräbnis beizuwohnen. *(1978)*

Bruno Theek

Wie wir in Ludwigslust begannen

Eigentlich hatte ich den Wunsch, mich von den jahrelangen Strapazen etwas zu erholen, als ich im April 1945 aus dem Konzentrationslager Dachau heimkehrte. Aber es kam ganz anders!

Der damalige, erzreaktionäre Bürgermeister von Ludwigslust, Dr. Behn, holte mich nach Einmarsch der Besatzungstruppen, die zuerst vier Wochen lang amerikanische Soldaten waren, gewissermaßen als „antifaschistisches Aushängeschild" ins Rathaus und machte mich, den Pfarrer, zum Stadtrat für das Wohlfahrtswesen. Auch das vor den Toren der Stadt gelegene Konzentrationslager Wöbbelin war von den amerikanischen Truppen befreit worden, und die ehemaligen Häftlinge strömten nun in die Stadt. Außerdem trafen ständig Flüchtlinge aus allen Gegenden ein. Mit diesen Problemen mußten wir fertig werden. Ich stand mit einem Male vor großen Aufgaben: Unterbringung, Nahrung und Kleidung für viele tausend Menschen beschaffen und Arbeitsmöglichkeiten für die gesamte Bevölkerung finden.

Nach vier Wochen zogen die amerikanischen Truppen wieder ab und überließen die Stadt den Engländern, die nach weiteren vier Wochen ebenfalls die Stadt wieder räumten. Sowjetische Voraustruppen besetzten Ende Juni 1945 das Gebiet, und zwar endgültig. Der sowjetische Kommandant, Oberstleutnant Tokarenko, machte mich noch am Tage seines Einzugs zum Bürgermeister der Kreisstadt Ludwigslust und zum Bezirksbürgermeister weiterer 22 Gemeinden. Die bis dahin noch immer bestehende Stadtverordnetenversammlung und der Stadtrat, die sich beide fast ausschließlich aus Faschisten zusammensetzten, wurden sofort aufgelöst und die Mitglieder aus ihren Ämtern entlassen.

Über meine umfangreichen Pflichten will ich hier kein Wort verlieren. Ohne die Hilfe tatkräftiger Antifaschisten und ehrlicher Demokraten wären die Aufgaben nicht zu bewältigen gewesen. Mir wurde bald klar, daß der Wille zur Mitarbeit geweckt, eine weit verbreitete Mutlosigkeit überwunden werden mußte. Es ging darum, die gegenwärtigen Aufgaben zu meistern und auch die Köpfe und Herzen für eine neue Zukunft zu gewinnen. Die Kultur, die Kunst, so dachte ich, können da helfen, Wege weisen. Mir war aufgefallen, daß sich unter den Flüchtlingen ungewöhnlich viele Künstler befanden: Schauspieler, Regisseure, Tänzerinnen, Musiker, Maler und Grafiker. Ludwigslust besaß ein eigenes Theatergebäude. Es war zwar äußerlich nicht gerade repräsentabel, sah eher nach einer größeren Fachwerkscheune aus, hatte aber bisher seinen Zweck erfüllt. Bis zum Ausbruch des Krieges hatten regelmäßig Aufführungen des Schweriner Staatstheaters, Orchesterveranstaltungen, Ballettabende, Matineen und Rezitationsabende stattgefunden. Jetzt waren alle Räume, auch der Theatersaal, mit Flüchtlingen belegt.

Zunächst ließ ich das Gebäude von allen Flüchtlingen räumen. Sie wurden ordnungsgemäß anderweitig untergebracht. Das ganze Haus wurde gründlich gesäubert und vom Keller bis zum Boden überholt, der Fundus, soweit noch vorhanden, zusammengesucht, repariert und ergänzt. Danach lud ich alle sich in der Stadt aufhaltenden Künstler zu einer Aussprache ein. Es galt die Frage zu erörtern, ob ein Theaterbetrieb wieder in Gang gebracht werden könne. Das würde die wirtschaftliche Lage der Beteiligten verbessern, auch den Theaterschaffenden und der Bevölkerung Mut zu neuem Leben und Hoffnung auf eine bessere Zukunft machen.

Nach langer, zum Teil mit großer Leidenschaft geführter Debatte fand mein Plan die Zustimmung der Mehrzahl der Theaterleute. Er wurde auch bald in die Tat umgesetzt.

Schauspieler wie Irmgard und Fred Düren, Christel und Edy Thomalla, Stefan Burschewski, Leni Schultz, Hans-Albert Pederzani, P. A. Stiller, der später die Regie übernahm, sowie ein ausgezeichneter Klavierspieler beteiligten sich mit besonderem Eifer an der Durchführung. Es gelang auch, ein Ballett zu gründen, dem zeitweise bis zu dreißig Mitglieder angehörten. Nun ging tagsüber in dem alten Theatergebäude ein munteres und fröhliches Treiben los, so daß wir schon zum Jahresende das erste Stück aufführen konnten. Es war „Die Brücke", ein Zeitstück, das schon durch seinen Titel andeutete, was es zeigen wollte: den Übergang von der Vergangenheit in die Gegenwart.

Bedauerlicherweise brannte nach etwa anderthalbjähriger Spielzeit das Theatergebäude bis auf die Grundmauern ab. Wir ließen uns aber dadurch keineswegs entmutigen. Für die Fortsetzung der Aufführungen stellte ich die Turnhalle einer Schule zur Verfügung. Sie wurde behelfsmäßig zu einem Theatersaal umgewandelt, mit einer kleinen, aber ausreichenden Bühne versehen, und hier spielten wir trotz mancher Unzulänglichkeiten mit ungebrochenem Eifer weiter.

Inzwischen hatte sich das Ensemble am 26. Oktober 1946 in „Städtebund-Theater Ludwigslust“ umbenannt. In einem Programmheft hieß es in einer Übersicht über die Spielzeit 1946/47, daß das Städtebund-Theater elf Monate ununterbrochen auf Gastspielfahrt war, um seinen kulturellen Auftrag durchzuführen. Unter teilweise schwersten Anstrengungen, bei Kälte, Fußmärschen und einer durchschnittlichen Arbeitszeit von 14 bis 16 Stunden täglich, spielte das Ensemble in 37 Orten des westlichen Mecklenburg. Es gab Gastspiele am Staatstheater und 19 Vorstellungen am Kleinen Theater in Schwerin. Das Ensemble trat unter anderem in Lübtheen, Grabow, Dömitz, Boizenburg, Neustadt, Hagenow, Bad Kleinen, Gadebusch, Zarrentin, Wittenburg und Parchim auf. Der Spielplan enthielt sechs Schauspiele und Zeitstücke, fünf Lustspiele und Komödien, drei Operetten und zwei Märchen. Darunter waren solche Stücke wie „Katharina Knie“ von Zuckmayer, „Clavigo“ von Goethe und „Professor Mamlock“ von Friedrich Wolf. Sogar an „Faust. I. Teil“ wagte man sich heran, und noch heute reden die älteren Einwohner unserer Stadt gerade von dieser Aufführung, in der Fred Düren einen bewundernswerten Mephisto spielte, in den höchsten Tönen des Lobes.

Der Aufruf zur Gründung von Ortsgruppen des Kulturbundes zur demokratischen Erneuerung Deutschlands, der im August 1945 erschienen war, hatte auch in Ludwigslust ein lebhaftes Echo gefunden. Hier bildete sich eine der ersten Ortsgruppen im Lande Mecklenburg-Vorpommern. Die Mitglieder kamen aus sehr unterschiedlichen Kreisen der Bevölkerung. Arbeiter waren anfangs verhältnismäßig wenig vertreten, dafür Angestellte aller Art. Die Mehrheit der Mitglieder waren selbständige Geschäftsleute und Handwerker. Künstler, Ärzte und andere Intellektuelle traten ebenfalls bei.

Die Künstlergruppe war besonders aktiv. Herbert Bartholomäus gestaltete zum Beispiel den ersten Mitgliederausweis des neuen Bundes. Alle unsere Veranstaltungen waren stark besucht. Sie fanden meist in den Räumen des ehemaligen Offizierskasinos statt, das zum Kulturbundhaus erklärt und hergerichtet worden war. Später wurde es das Haus der Jungen Pioniere.

Auch Hausveranstaltungen fanden gelegentlich statt. So spielte ein Duett, Klavier und Geige, häufig in der Wohnung der Klavierlehrerin Elisabeth Hadler. Das Publikum mußte zum Teil auf dem Fußboden sitzen, weil nicht genug Stühle herbeigeschafft werden konnten. Die Veranstaltungen, die, wenn möglich, ein geselliges Beisammensein beschloß, wurden von allen Schichten der Bevölkerung besucht und geschätzt.

Auch anscheinend ungewöhnliche Themen kamen damals dem Bedürfnis nach Kontakten entgegen. Ein Mitglied trat eines Tages mit der Bitte an den Vorstand heran, einmal einen Vortrag mit Lichtbildern und Anschauungsmaterial über die Forellenfischerei halten zu dürfen. Wir hatten zuerst Bedenken, weil das Thema zu wenig in unsere Planung paßte. Aber da ich selbst leidenschaftlicher Angler bin, kam die Veranstaltung doch zustande. Der Saal war besetzt, mehr als hundert Zuhörer waren erschienen, darunter sogar Frauen. Nach dem Vortrag entwickelte sich eine lebhafte Aussprache bis nach Mitternacht.

Wir waren sofort dazu übergegangen, Fachzirkel zu bilden, damit möglichst auch die Sonderinteressen einzelner Mitglieder zu ihrem Recht kamen. So gab es die Sparte Bildende Kunst, die Gruppen Handwerk, Gesundheitswesen, die plattdeutsche Arbeitsgemeinschaft und den Zirkel Magie.

Der Magische Zirkel mit seinen etwa zehn Mitgliedern hatte eine besondere Anziehungskraft. Mit ihm gingen wir sogar auf die Dörfer in unserer Umgebung. Doch achteten wir sehr darauf, daß sich diese Zirkel nicht allzu selbständig machten, sondern sich in den Rahmen der Gesamtorganisation einfügten.

Im Warteraum eines Zahnarztes entdeckte ich eines Tages ein großes, gerahmtes Bild, einen fürchterlich buntscheckigen „Schinken“. Das Bild zeigte eine junge Frau in weißem Kleid auf einer Ottomane. Diesen bunten Druck hatte ich auch gelegentlich schon in anderen Wohnungen gesehen. Da kam mir der Gedanke, einmal eine Veranstaltung mit dem Thema „Kitsch und Kunst“ durchzuführen. Mein Freund, der Maler und Grafiker Herbert Bartholomäus, war sofort Feuer und Flamme für diesen Plan und erklärte sich bereit, die Ansage zu übernehmen. Nachdem ich den Zahnarzt gewonnen hatte, uns das Bild für diesen Vortragsabend zu überlassen, starteten wir die Vorstellung im großen Saal des Park-Hotels. Auch der Grafiker Günther Karbow beteiligte sich an der Veranstaltung. Wir hatten uns nicht verrechnet: Der Saal war gedrängt voll! Den beiden Künstlern fiel es nicht schwer, am Beispiel eigener Grafiken den Begriff Kunst zu erläutern. Den bunten „Schinken“ benutzten sie, um zu erklären, was Kitsch ist. Die Wirkung lag in der Gegenüberstellung; die Erläuterungen waren sachkundig, witzig und überzeugend. Natürlich haben wir nicht verraten, wer der Eigentümer des „Kunstwerkes“ war. Der Zahnarzt weigerte sich nach Schluß der Veranstaltung, seinen Zimmerschmuck wieder mit nach Hause zu nehmen.

Im Saale des Park-Hotels veranstalteten wir etwas später einen anregenden Abend unter der zunächst geheimnisvoll anmutenden Bezeichnung „KB – was ist das?“ In einer Art Podiumsgespräch sprachen Bartholomäus, ein Architekt und ich über die Bedeutung der beiden Buchstaben K und B. Zunächst erklärten wir sie als Abkürzung von Kulturbund, dann von Kleinschmidt – Bredel, die damals die beiden Landesvorsitzenden waren; dann kam die Bezeichnung Kommunal-Beamter zur Sprache und schließlich noch eine ganze Reihe anderer Auslegungen. Bei jeder Erläuterung ergab sich eine neue Gelegenheit zu angeregter Unterhaltung über Gegenwartsprobleme.

Unsere vielseitigen Aktivitäten und vielleicht auch solche originellen Veranstaltungen wirkten offenbar weit über die Stadtgrenzen hinaus, denn hin und wieder bekamen wir unangemeldet Besuch. Es kam nicht nur der Schauspieler Eduard von Winterstein, es kam eines Tages auch Oberst Tulpanow aus Berlin-Karlshorst in Begleitung von Anna Seghers. Solche Besuche bedeuteten für uns natürlich besondere Ehrung und Freude.

Auf der Landestagung des Kulturbundes am 24. August 1946 wurden Herbert Bartholomäus und ich in die Landesleitung des Bundes gewählt. Damit wurden sicher unsere Aktivitäten in Ludwigslust gewürdigt. Wir erhielten aber auch zusätzliche, interessante Aufgaben, die uns in den kommenden Jahren beschäftigten. *(1980)*

Joachim Löper
Tulpanow

Ich weiß nicht mehr, wo das war, aber ich musste mit einem Panjewagen zum Hauptverbandplatz fahren. Dabei soll ein russischer Gefangener mit mir gefahren sein. Stellt euch vor, diesen habe ich im Jahre 1948 auf der Fahrt nach Leipzig bei einer Zwischenstation in Ludwigslust wieder getroffen. Ein Offizier ging am Zug entlang und sah mich aus einem Abteilfenster schauen. Er sprach mich in gutem Deutsch an und sagte: „Sie waren deutscher Soldat in der Sowjetunion, und ich kenne Sie. Ich fuhr mit Ihnen auf einem Pferdewagen zum Hauptverbandsplatz der deutschen 137. Division. Darf ich in Ihr Abteil kommen?“

Ich war sehr ängstlich, denn ich hatte in dieser Zeit eine kleine 6.35 Pistole und damit Schweine und Hühner geschossen. Aber was ich dann erfuhr, war für mich unfassbar: Er erzählte, dass er von uns aus den Partisanenkampf geführt hatte. Er hieß Oberstleutnant Tulpanow, er war der höchste Kultur-Offizier in der Sowjetischen-Militär-Administration (SMA) in Karlshorst bei Berlin und wollte wie ich nach Leipzig zum Lehrerkongress, um dort eine Rede über das sowjetische Schulwesen zu halten. Da auch ich einen Vortrag über deutsche Zentralschulen in den Dörfern des Kreises Güstrow halten sollte, haben wir uns interessant unterhalten. Er besuchte mich einige Wochen später in meinem Dorf, in Roggow. *(1992)*

Jürgen Borchert

Mecklenburg-Briefmarken

Nur ein paar Schritte aufs Schloss zu, wenn man die Eisdiele hinter Gillhoffs Fenster verlassen und die Post und die Apotheke passiert hat, trifft man auf das Gebäude Wilhelm-Pieck-(Schloss-)Straße 19. Es unterscheidet sich nicht wesentlich von seinen Nachbarn und Visavis: zweigeschossig, aus klarem, rotem Ziegelmauerwerk, zierlich und behäbig. Hier befindet sich eine Druckerei, hier befand sich 1945 die Druckerei Paul Niemann, zeitweise ein Konkurrenzbetrieb der Hinstorffschen Hofbuchdruckerei, ein Vorläufer der späteren Volksdruckerei, heute ein Betrieb der Schweriner Volkszeitung, bekannt für qualitätsvolle, teilweise sogar extravagante Drucke.

Der Geruch im Hausflur schon: Papier, Druckfarbe, Öl, ein sattes und wohlschmeckendes Luftgemisch für jeden Büchermenschen, und ein Hauch von Handwerk, und das Geräusch aus den Tiefen des Hauses, das Schmatzen und Zischen und leise Rumpeln der Tiegelpressen und das Klappern der Setzmaschine. Und ein geschichtsträchtiger Ort. Hier sind in den ersten Monaten nach dem Ende des Zweiten Weltkrieges die auf heutige, verwöhnte Philatelistengemüter etwas grobschlächtig wirkenden Mecklenburg-Briefmarken gedruckt worden. Nein, jene Mittel, die die Markenländchen Liechtenstein oder Monaco heute anzuwenden wissen, um den Sammlern sozusagen die Lupe zu trüben, solche Mittel standen dem Drucker nicht zur Verfügung, als dieser einmalige Auftrag ihn überraschte. Er musste ja froh sein, dass überhaupt hin und wieder einmal Strom da war, um die Maschinen anzutreiben, dass sich noch ein paar Tröpfchen Farbe fanden, die Walzen einzufärben, und ein paar Reste Papier. Und außerdem hatte man hier noch niemals zuvor Briefmarken gedruckt.

Insgesamt sind es vier Serien, die zwischen Oktober 1945 und Januar 1946 die Druckerei verließen. Die Entwürfe stammten von dem aus Berlin nach Ludwigslust verschlagenen Grafiker Herbert Bartholomäus, der übrigens später neben vielen anderen Büchern auch Willi Bredels „Vitalienbrüder" illustriert hat: eines der Bucherlebnisse, die ich nicht vergessen kann.

„Bartho" – so wurde er von seinen Freunden genannt, die Bezeichnung wird auch von Bredel stammen –, „Bartho" also war ein äußerst vielseitiger, gründlich ausgebildeter Grafiker. Er hatte bei Hadank an der Berliner Kunstakademie studiert und begriff sich zuerst und mit Leidenschaft als Gebrauchsgrafiker. Bis heute sind seine Spuren in Ludwigslust zu sehen; seine Spannweite reichte vom Entwurf des Stadtplanes am Bahnhof bis zur Gestaltung des VVN-Ehrenmals, eines mächtigen Sandsteinblocks zwischen Bassin und Kirchenplatz. Mit Bredel war er gleich in den ersten Wochen nach der Befreiung bekannt geworden und hatte den Umschlag für die Novelle „Das Vermächtnis des Frontsoldaten" gezeichnet, die Paul Niemann dann als erste Nachkriegsarbeit Bredels in Ludwigslust druckte.

Bartholomäus schien also der richtige Mann für eine solche Aufgabe zu sein, die Druckerei befand sich an seinem Wohnort, Grafiker und Drucker kannten einander und kannten wechselseitig ihre Möglichkeiten. Heute erscheint es uns nicht nur fast undenkbar, dass ein Gebrauchsgrafiker und ein Buchdrucker in einer x-beliebigen Kleinstadt anfangen, Briefmarken zu drucken – noch unwahrscheinlicher kommt uns das Tempo einer solchen Arbeit vor. Die Zeitschrift „Sammler-Express", deren Redaktion sich übrigens zum Zeitpunkt des Erscheinens des zitierten Artikels noch in Westberlin befand, berichtet in ihrem 2. Februar-Heft 1949 unter der Überschrift „Der Schöpfer der Antifa-Serie – Mecklenburg-Briefmarken in drei Tagen":

„Nach zwei vorangegangenen und abgelehnten Entwürfen erhielt der Künstler am Donnerstag, dem 18. 10. 1945, den

Auftrag, die drei Köpfe (Thälmann, Breitscheid und Clausener) für die Markenbilder einer Sonderserie für die Opfer des Faschismus zu verwenden. Der Tag verging mit dem Suchen nach geeigneten Unterlagen, was bei Clausener besonders schwierig war.

Der folgende Freitag wurde mit dem Übertragen auf Bleiplatten, einem seitenverkehrten Schneiden der Motive, zugebracht. Am Sonnabend, dem 20. 10., konnte nach vorherigem Anfertigen der Maternplatten (und nachdem der benötigte Strom gekommen war!) mit dem Druck begonnen werden. Am Sonntagnachmittag begann der Verkauf, der am Montag nach dem restlosen Absetzen aller Wertzeichen schon wieder beendet werden musste …"

Dem „Antifa"-Satz folgen wenig später ein Kinderhilfssatz und zwei Dauerserien. Schade, dass ein geplanter Kulturbundsatz nicht ausgeführt wurde; so haben zwei öffentliche Gebäude mit großer Tradition in Schwerin, nämlich das Haus des Kulturbundes, früher „Stern's Hotel", und das Mecklenburgische Staatstheater auf die Ehre verzichten müssen, auf Briefmarken abgebildet zu werden.

Dass die Bodenreform-Marken, die das Land Mecklenburg-Vorpommern bei Bartholomäus bestellte und bei Niemann drucken ließ, in der gleichen Straße entstanden, in der exakt hundert Jahre zuvor in Raabes Jahrbuch „Mecklenburg" Ludwig Reinhards Satire „Drei Briefe über den Pietismus" die Pressen verließ, ist zwar ein Zufall, dem jedoch historische Folgerichtigkeit nicht abzusprechen ist. „Alsdann ist es der Mühe wert, den Pietisten zu beobachten, wie er mit der Geschicklichkeit eines indischen Jongleurs die schwersten Lasten des Lebens von seinen Schultern weg auf den respektiven Rücken seines lieben Mitmenschen zu translokieren weiß. Denn in seiner Demut will er nichts vor anderen voraushaben. Und wozu, denkt er, wozu sind überhaupt Mitmenschen da? Und wozu haben sie einen Rücken?"

Die Bodenreform, der Meister Barthos Briefmarken gewidmet waren, fegte die letzten Reste der eingeübten pietistischen Weltbetrachtung gleich mit weg und nahm die von Reinhard zitierten „schwersten Lasten des Lebens" von den Bauernrücken. Statt dessen legte sie die Last der Verantwortung auf die Schultern dieser neuen Herren des Bodens. Diese Last war sicher keine geringere, aber eine menschenwürdigere, und darauf kommt es schließlich an.

Die Philatelisten unserer Tage, wenn sie die Bartho-Bodenreformmarken betrachten, richten die forschende Lupe vor allem auf die winzige Inschriftenzeile der grünen 6-Pfennig-Marke. Haben sie Glück, so steht dort statt wie auf den 99 anderen Marken eines Bogens JUNKERLAND IN BAUERNHAND vielleicht JUNKRELAND …, welcher Druckfehler beim Schneiden der Bleiplatten partout diese eine Marke traf. Nach Willi Bredels Urteil war Meister Bartho voller „strahlender Lebensfreude und Heiterkeit" und hatte „lausbübisch-freche Augen und ein munteres, unverwüstliches Mundwerk". Deshalb bin ich fast geneigt zu glauben, er habe, da er die Begehrlichkeiten der Sammler kannte, so ganz „aus Versehen" das Fehlerchen auf die Platte praktiziert, um den Philatelisten eine Freude zu machen. Wie dem auch sei: hier in Ludwigslust sind die ersten eigenständigen antifaschistischen Briefmarken gedruckt worden, die in den deutschen Ländern nach der Beseitigung des Hitlerfaschismus erschienen sind. Und es war zugleich das allererste Mal, dass das Bildnis Thälmanns in einem deutschen Markenviereck erschien. Eine entsprechende Gedenktafel? Nein, die gibt es noch nicht. *(1985)*

Willi Bredel

Meister Bartho

Im Exil, zur Zeit der Hitlerherrschaft, habe ich niemals daran gezweifelt, eines Tages nach Deutschland zurückzukehren, aber wahrhaftig nicht vorausgesehen, daß ich anstatt in Hamburg, in Mecklenburg leben und arbeiten sollte. Ich habe aber die vier Nachkriegsjahre im Lande des Ochsenkopfs nie zu bereuen gehabt, denn sie haben mein Blickfeld erweitert, und ich habe eine Anzahl neuer, wertvoller Menschen kennengelernt, unter denen heute noch etliche meine liebsten Freunde und Weggefährten sind. Einer von ihnen ist der Grafiker Herbert Bartholomäus aus Ludwigslust, von uns kurz Meister Bartho genannt, – einen Titel, den er wahrlich verdient, er, der wie viele andere, mit Auszeichnungen und öffentlichen Lobsprüchen nicht gerade verwöhnt wurde.

Meister Bartho, der äußerlich so ganz und gar nicht nach einem Künstler aussieht – er hat weder lange Haare, noch einen dämonischen Blick, von einem Existentialisten-Bartgeflecht ganz zu schweigen –; er hat vielmehr ein jugendhaft-frisches, in den letzten Jahren freilich etwas rundlich gewordenes Gesicht, lausbübisch-freche Augen und ein munteres, unverwüstliches Mundwerk, dazu eine angeborene Heiterkeit, die ansteckend wirkt. Ach, die törichten Menschen, die da glauben, nur die allzeit ernsten, womöglich noch finsteren Zeitgenossen seien die Ernstzunehmenden und die allein Fleißigen und Schöpferischen; – im Gegenteil, ihr lieben Mitbrüder, ganz im Gegenteil: Meister Bartho ist dafür der lebende Beweis. In den schlimmen Jahren, als man noch bereit war, sich um einige Kartoffeln zu raufen, als neidvolle Blicke die Tabakpflanzen des Nachbarn zählten, als ein Stück Räucheraal wie eine Gottesgabe angestaunt wurde, da hat bereits Meister Bartho in strahlender Heiterkeit und Lebensfreude als einer der ersten Künstleraktivisten Plakate entworfen und grafische Vorlagen für Briefmarken, Veranstaltungen „kulturell umrahmt" und ist auch oft genug selber als optimistischer Menschenfreund und als plaudernder Kunsterzieher aufgetreten. Da dies indessen nichts einbrachte, denn dergleichen wurde damals und wird vielfach auch heute noch merkwürdigerweise nur als gesellschaftliche Tätigkeit gewertet, die Familie aber leben mußte, genierte sich Meister Bartho durchaus nicht, „nebenbei" auch noch Gebrauchsgrafik anzufertigen: Etiketten für Likör- und Schnapsflaschen, Reklamezeichnungen für Wurstkonserven und Zigarettensorten. Das war nahrhafter. Meister Bartho aber entwischte diesem „Schaffen" immer wieder und blieb der Kunst treu, wenngleich es dabei oft genug im Haushalt hinten und vorne fehlte. Buchausstattung und Buchillustrationen sind sein liebstes Metier. Er hat auf diesem Gebiet Vortreffliches geleistet. Ich bin stolz, daß es nach 1945 meine kleine Novelle „Das Vermächtnis des Frontsoldaten“ war, für die er als erste Nachkriegsarbeit den Umschlag zeichnete. Das war der Anfang. In seiner Künstlerwerkstatt steht heute eine stattliche Reihe Bücher, die ihr äußerliches Gewand ihm verdanken, und die er zu einem großen Teil auch illustriert hat. Hier seien nur einige aufgezählt: Die Sagen von Troja, Tien Chüns „Das erwachende Dorf“, ein Band schwedischer und ein Band finnischer Märchen, „Die Vitalienbrüder“, Benno Völkners Roman „Die Tage werden heller“, Robert Jordans Daumier-Roman „Modelle, Masken, Menschen“, Wossidlos „Kreuzbube Knud“, Charles de Costers „Hochzeitsreise“, Hans Schönrocks „Peter Fust, der Bildschnitzer“, Arnold Zweigs „De Vriendt kehrt heim“ und noch viele, viele andere. Immens fleißig ist Meister Bartho, der heute mit seinen 46 Jahren auf der Höhe seines künstlerischen Schaffens steht und von dem wir noch viel erwarten dürfen.

Allen verlockenden Möglichkeiten, nach Berlin zu übersiedeln, hat er widerstanden; er blieb in seinem geliebten Ludwigslust, in dem dortigen kleinen, aber rührigen Kreis gleichgesinnter Künstler. In seinem künstlerischen Schaffen ist er freilich über das „mecklenburgische Versailles“ hinausgewachsen. Er arbeitet heute hauptsächlich für einige der großen Berliner Verlage. Bei meinem letzten Besuch in Hamburg, im Frühjahr dieses Jahres, hörte ich mit besonderer Freude von Hamburger Künstlern anerkennende Worte über das Wirken des Künstlerkreises in Ludwigslust, besonders auch über die Buchillustrationen von Herbert Bartholomäus.

Wer aber etwa glaubt, Künstler wie ihm fliege alles nur so zu, so einer schaffe nahezu mühelos aus einem angeborenen Talent heraus, der irrt gründlich. Begabung vorausgesetzt, gehören viel Fleiß, Selbstkritik und große Energie dazu, um wirklich Wertvolles zu schaffen. Bartho macht es sich nicht leicht; er studiert, experimentiert, verwirft, beginnt wieder von vorn, bis es Gnade vor seinen unbestechlich-kritischen Augen gefunden hat. Bevor er an die Illustration eines Buches herangeht, vertieft er sich nicht nur gründlich in das betreffende Werk, sondern studiert auch alle erreichbaren Quellen. Erst wenn er die Materie derartig beherrscht, daß er – wie er gewöhnlich sagt – „darin zu Hause ist", dann beginnt er mit der eigentlichen Arbeit. Und so sehr er auch von seiner künstlerischen Aufgabe besessen ist, er lebt nicht nur in seiner Werkstatt, sondern nimmt regen Anteil an den großen Umwälzungen und an dem Neuaufbau in unserem Arbeiter-und-Bauern-Staat, ist Propagandist, ist Aufklärer, ist Erzieher, ist allen Gutgesinnten ein Helfer.

Es tut wohl und macht stark und froh, Menschen wie ihn zu kennen oder ihn gar, wie ich, zum Freund zu haben. *(1965)*

Herbert Bartholomäus

Der Kunstmaler Hermann Schepler

Von einem Maler älterer Schule aus Stollberg am Harz hörte ich einmal ein wunderschönes Wort, als er – fast ein wenig geringschätzig – gefragt wurde, weshalb er immer nur in seiner engeren Heimat male und nicht nach Italien führe wie so viele andere Künstler. Der Maler entgegnete, dass er trotz jahrzehntelangen Schaffens in seiner engeren Heimat eben noch nicht fertig sei, ihre Schönheit und ihre Tiefe auszuschöpfen.

Das erinnert mich an unseren Hermann Schepler in seinem Verhältnis Landschaft zum Künstler. Er ist als Kind der sogenannten Griesen Gegend Bauer und Künstler zugleich. Aus der Wechselwirkung beider Tätigkeiten erwächst ihm seine künstlerische Aussage und Kraft. Er hat den Atem seiner mecklenburgischen Heimat tief in sich eingesogen und lebt aus ihr. Für manchen Außenstehenden erscheint die norddeutsche Landschaft oft reizlos, da sie in ihrer Bescheidenheit nicht konkurrieren kann (wenn man sie oberflächlich betrachtet) mit der italienischen Staffage und Prominenz berühmter Landschaften.

Wir aber, die wir in diese herbe Landschaft „dazu"-gekommen sind, haben erkannt, dass sie zu besonderer Erkenntnistiefe verpflichtet, dass sie höhere Ansprüche stellt an das „Sichaufschließen" für sie und dass sie in ihrer Einfachheit schön, sehr schön ist. Nehmen wir nicht oft genug den Begriff des Schönen sehr leichtfertig? – Ist denn nur die mondän-gepflegte Hand einer eleganten Frau schön – und wie steht es mit dem Inhalt und der Form einer verrunzelten, zerarbeiteten Hand einer alten Frau? Ist diese Hand nicht im Letzten eine höhere Schönheit? So ist es auch mit der Landschaft eines menschlichen Antlitzes und mit dem Antlitz einer Landschaft selbst.

Was birgt nun die Griese Gegend um Ludwigslust? Sie birgt tausendfache Mühe und ebenso viele Freuden ländlicher Arbeit um unser Brot. Das muss man einer Landschaft danken. Für den Menschen bietet auch sie ein Fest der Augen. Sie hat malerische Werte, die es aber einem Betrachter nicht allzu leicht machen, sie zu erkennen und sich durchaus nicht aufdrängen. Wundervolles Licht der Frühe und des Abends, das Dunkel der herben Wälder, Glanz der taufrischen Koppeln, das Windgewell des reifen Korns. Heide ist da und die alten Katen, die ihre Strohdächer wie schützende Wetterhüte über ihre Fensteraugen ziehen. Uralte Windbretter über den Uhlenlöchern. Geheimnisvolle Gespensterweiden an grünlichen Koppelzäunen, Nebel, der die Dinge um uns magisch vergrößert, und Sonnenschein, Sonnenflimmern und nicht zuletzt das Bild des Winters mit seiner außerordentlich fein modulierten pastellfarbenen Schönheit, wo man nicht weiß, ob ein Glanz das Schönste ist oder sein Abglanz.

Warum beschreibe ich, wenn ich einen Maler schildern will, so ausführlich die Landschaft. Weil sie das große „Atelier“ des Malers Hermann Schepler ist. Er ist kein Stubenhocker mit Bildern braunen Ateliertons. Er steht im Leben, er malt im Leben, er spricht insbesondere die Sprache seiner Heimat, des Lebens – plattdütsch –, behält immer „die Nase im Gesicht“ und ist begabt mit jener alten schlauen, bäuerlichen Schalkhaftigkeit, die ihn als einen Gevatter Till Uhlenspiegels ausweist, einer Veranlagung, die oft Menschen haben, die in der Natur leben, wie Schäfer, Fischer, Bauern, die in eigener derber Philosophie die Zusammenhänge sehen. So sieht man ihn auch im Winter mit dicken Filzstiefeln draußen in der Landschaft stehen und seine Ölskizzen oder gar Bilder vor der Natur selbst malen. Das Ziel des bäuerlichen Jahreslaufes ist die Ernte. Ernte aber kann nicht sein ohne die Mühe der Bestellung und des „Früh-auf-den-Beinen-Seins“. Geschenkt wird nichts, alles will erarbeitet sein. Das weiß Schepler und handelt auch in seiner Kunst danach. Viele Skizzen und Studien bereiten spätere größere Werke vor. Oft liegt in den Skizzen ein besonderer Reiz, die manche Ausführung in der Frische kaum erreicht. In den Skizzen liegt eben die Sprache des Ursprünglichen.

Auch die Ausbildung an der Dresdener Akademie ist nicht die Hauptsache des Erfolgs, sondern das tägliche Im-Leben-Sein mit Herz, Auge und Hand.

Er macht sich viele Gedanken zur Einordnung der Arbeit des Einzelnen in den neuen großen Anspruch geistiger Formung in aller Welt. So bedeuten Erlebnis, Wissen, Erweiterung der eigenen Sicht in vielen kollegialen Gesprächen unter uns, im gesamtdeutschen Rahmen, mit ausländischen Künstlern, die uns hier besuchen, um unsere Arbeit kennenzulernen, oder die wir auf großen Künstlerkongressen treffen, Hauptpunkte und Wesentliches zur Weiterentwicklung. Denn, wenn man Künstler ist, wird es notwendig, über die gewisse Enge bäuerlich-manueller Arbeit den Anschluss zu finden an den geistigen Atem der Welt. Wir haben gemeinsam mit bulgarischen Künstlern hier in Ludwigslust, mit bekannten mexikanischen Künstlern in Schwerin diskutiert und die Arbeiten des großen polnischen Kollegen Tadeusz Kulisiewicz in uns aufgenommen. In zentralen Ausstellungen, an denen auch Schepler vertreten ist, wurden viele Fäden besseren Verhältnisses unter den Künstlern aller Völker angeknüpft. Wir sprechen mit Hamburger Freunden, laden sie ein, veranstalten in guter Zusammenarbeit mit unseren Behörden Ausstellungen. Wir wiederum werden nach Hamburg eingeladen und zeigen dort, was wir können. Das alles ist nun nicht Selbstzweck oder nur Sache der künstlerischen Auseinandersetzung, sondern kommt der Bevölkerung zugute. Des Künstlers Amt ist doch, schöpferischen Ausgleich zu finden, zu verbinden, was getrennt war, zu verbinden durch die Sprache des Herzens. Auf einem chinesischen Plakat heißt es: „Einander helfen, einander lieben, ein schöneres Leben schaffen". Das muss des Künstlers Amt besonders sein! So hält es auch Hermann Schepler; er spricht zu Bildern vieler Ausstellungen, nicht nur zu seinen eigenen. Er vermittelt wertvolle Kunstbetrachtungen unseren einfachen Menschen auf dem Lande und in den Betrieben, er hilft der Jugend in den Schulen, lehrt und malt.

Durch seine bäuerliche Arbeit verliert er nie die Lebensnähe. Er kann seinem Wesen nach gar nicht in einem elfenbeinernen Turme sitzen, wie man so schön sagt. Dieser Turm würde bei seiner derben Art recht schnell lädiert werden. Er ist ein Mann der Mühe und der Ernte und nimmt es ernst, dass die Kunst Begreifen der Welt schlechthin ist, die menschliche Erfahrungen und Erlebnisse sichtbar macht, und – wenn sie am schönsten – bewusstes Dienen am Nächsten ist. *(1956)*

Edmund Schroeder

Ein städtebauliches Kunstwerk

Wir haben nun einmal unser Vergnügen daran, in unserem Lande und in seinen Städten das Verborgene, Versteckte, dem so oder so Zureisenden nicht gleich auf die Nase Prallende zu suchen, und so betreten wir die Stadt Ludwigslust nicht vom Bahnhof her, obwohl die von dort in die Stadt führende Straße sich vorteilhaft von den durchschnittlichen Bahnhofsstraßen unterscheidet, sondern durch eine Hintertür, von der Hamburger Landstraße her. Hintertüren und Hintertreppen gewähren mitunter interessante Einblicke …

Wir wissen, dass Ludwigslust eine Gründung des achtzehnten Jahrhunderts ist, und so sind wir einigermaßen überrascht, hier ein Stadttor zu finden, kein für Kriegs- und Verteidigungszwecke geeignetes Tor, nur zwei Tortürme, zwischen denen einst wohl ein Gittertor hing, aber doch ein richtiges Stadttor. Eine erstaunliche Sache, da uns bekannt ist, dass Ludwigslust zur Zeit der Erbauung des Tores, zwischen 1780 und 1790, gar kein Recht auf ein Tor hatte. Denn gemeinderechtlich war der Ort damals nichts anderes als Nachfolger des Dorfes Kleinow (oder Klenow), also ein Dorf. Marktflecken wurde er erst 1793 und Stadt erst 1876. Aber Ludwigslust – der Name wurde seit 1754 gebraucht – war nicht nur Dorf, es war auch – und in erster Linie – fürstliche Residenz. Schon im Anfang des Jahrhunderts hatte ein Landesfürst sich in der wald- und wildreichen, aber infolge des sandigen Bodens unfruchtbaren Landschaft ein kleines Jagdschloss erbaut. Die Residenz Schwerin, damals eine sich kümmerlich durchs Leben schlagende Stadt, und ihr zwar malerisches und geschichtsreiches, aber ungemütliches Schloß besaß für einen Fürsten wenig Reiz. Warum sollte man sich also nicht, wie andere Fürsten es auch taten, an erwünschtem Orte eine funkelnagelneue Residenz mit allem, was dazu gehörte, gründen? Man hatte bereits mit dem französischen Architekten Legeay Pläne entworfen, und als dieser muntere Herr den mecklenburgischen Dienst verließ, da wollte es das Glück, dass man in dem Baumeister Johann Joachim Busch einen Mann zur Hand hatte, der solchen großartigen Bauvorhaben gewachsen war, der nicht nur Bauten errichten, sondern auch vor allem eine ganze Stadt aus dem Nichts heraus schaffen konnte.

Das Hamburger Tor ist das kleinste und auch wohl das letzte Bauwerk, das Busch in seine Stadt gesetzt hat. Das eigentliche Ludwigslust war schon ganz stattlich herangewachsen, vor allem stand das Schloss schon als Mittelpunkt eines über die Verhältnisse eines kleinen und armen Landes beträchtlich hinausgehenden höfischen Treibens. Das Tor war das Tüpfelchen auf dem i: Serenissimus konnte nun seine aus Richtung Hamburg einpassierenden Gäste an einem großmächtigen Stadttor, hinter dem freilich keine Stadt, sondern nur ein Dorf lag, feierlich empfangen lassen. Und da der Baumeister so weitschauend gewesen war, dass er die Toröffnung so weit anlegte, dass auch die dicksten Mammutsgebilde von Lastkraftzügen unserer Tage Durchlass finden, haben die Tortürme, die eigentlich nur Torpfeiler sind, mittlerweile mehr als anderthalb Jahrhundert fröhlich überstanden, und man freut sich, wie diese Straßenwachtveteranen immer noch so wacker auf ihren zierlichen

Füßen stehen und mit ihren Zyklopenaugen (jeder Turm hat sein eigenes!) nach den knatternden Autos Ausschau halten wie einst nach den knarrenden Prunkkarossen und Pungenwagen des achtzehnten Jahrhunderts.

Das Tor hat wirklich die zarte Rücksichtnahme verdient, die man für es während seiner langen Lebenszeit gehabt hat. Obwohl es unter dem Einfluss italienischer Vorbilder steht, passt es sich trefflich den Backsteinhäusern der Alt-Ludwigsluster Straßen an. Sein besonderes Gesicht aber verleiht ihm die – liegt Absicht zugrunde oder nicht? – humoristisch wirkende Krönung der Pfeiler durch eine Aufeinanderstapelung von amüsanten Türmchen. Im übrigen ist das Tor jedoch ein durchaus ernst zu nehmendes Beispiel dafür, was durch handwerksgerechte Verwendung von schlichtem Backstein an Wirkung erreicht werden kann. Die lebendige Oberflächenmodellierung wird in einfachster Weise durch bloßes Versetzen der Steinlagen bewirkt, und welche aufgelockerte Farbwirkung allein durch die klare und saubere Fugung der warmroten Ziegel!

Man soll dieses kleine Werk eines großen Baumeisters nicht aus dem Gedächtnis verlieren, wenn man, ein paar Schritte weiter, im Herzen von Buschs großem Baugedanken steht, in dem weiten, in strenger Symmetrie gestalteten, feinfühlig abgewogenen Raum zwischen Schloss und Kirche, den die seine Längsseiten in bescheidener Zurückhaltung begleitenden Backstein- und Fachwerkhäuser zum wesentlichen Bestandteil des Ortes, die ausgedehnten Rasenflächen und die Wasserläufe mit Kaskade und Bassin, vor allem aber die das Gesamtbild umrahmenden Lindenalleen, gleichzeitig zur Parkanlage und zum Bindeglied zwischen der Stadt und dem hinter dem Schloss gelegenen Schlossgarten machen.

Bei dem Versuch, seine Eindrücke säuberlich zu rubizieren und zu klassifizieren, wird man etwas verlegen. Der Grundton des Gesamtplanes ist ohne Zweifel noch Barock. Das Schloss aber, dieser vornehme, durch die Risalite sowohl der Vorder- wie der Rückseite dem Licht aller Jahreszeiten die günstigsten Wirkungsmöglichkeiten bietende Bau, ist schon Klassizismus, enthält aber doch, vor allem auch im Innern, noch manche Elemente der Zopfzeit. Die Kirche aber ist reiner, scharf ausgeprägter Klassizismus: eine Fronthalle mit sechs gewaltigen Säulen verbirgt den in seinem Äußeren denkbar schlicht gehaltenen Bau des Kirchenschiffes. Wenn sich nicht auf dem das nach antikem Vorbild gestalteten Giebelfeld überragenden merkwürdigen Dachaufbau das riesengroße Christus-Monogramm erhöbe, möchte man das Bauwerk für allen möglichen, nur nicht kirchlichen Zwecken dienend halten. Ein griechischer Tempel in mecklenburgischer Landschaft – nun, es gibt ein mecklenburgisches Wort: „Wat de Buer nich kennt, dat fritt hei nich!" Es hat sehr lange gedauert, bis der geniale Wurf, der Busch mit diesem Kirchentempel gelang, volle Würdigung fand. Die Glocken der Kirche hängen in den Tortürmen des Friedhofes, die Busch in dem, was man ägyptischen Stil nannte, errichtete. Ihr Klang geht über das Grab von Johannes Gillhoff hin.

Das Innere der Kirche eine neue Überraschung: eine hohe, helle Halle mit kassettiertem Tonnengewölbe, Säulenreihen zu beiden Seiten und einem vielleicht einzigartigen Altarraum. Die Rückwand ist durch ein riesiges Gemälde gebildet, in das die Orgel hineinkomponiert ist, davor auf stark erhöhter Plattform der Altar und wiederum davor, am vordersten Rand der Plattform, die Kanzel.

Aber wie vieles ist auch hier Schein und Augenverblendung! Man klopfte nicht an die Säulen, denn sie klingen hohl, sind nichts als Holz und Gips. Und man sehe die scheinbar schweren silbernen Altarleuchter nicht zu genau an, denn sie sind Papiermaché, Erzeugnisse der Kartonfabrik, die eine im achtzehnten Jahrhundert beliebte, auf Augenverblendung berechnete Industrie in Ludwigslust vertrat. Es war ein hohles Jahrhundert, viel Glanz, viel Eleganz, viel Geschmack, aber hinter dem glänzenden Äußeren verbarg sich eine verrottete Welt.

Trotzdem oder um so mehr müssen wir die Kunstwerke bewundern, die diese Zeit hervorbrachte. Da arbeiteten zum Beispiel im kleinen Ludwigslust zwei Maler von Gnaden, Findorff und Matthieu, der erstere seinem Range und seinem Titel nach Kammerdiener und dabei Schöpfer des größeren Teiles des Ludwigsluster Altargemäldes und als geschickter Kupferstecher Verherrlicher des Schlossparkes, Matthieu dagegen einer der besten Porträtmaler seiner Zeit, dessen Charakterisierungskunst, Kunstfertigkeit und höfische Gewandtheit man heute in seinen in der Schweriner Gemäldegalerie hängenden Bildern bewundern kann. Da war der Bildhauer Kaplunger, der den Figurenschmuck des Schlosses schuf, da gab es hervorragende Kunsttischler und Kunstschmiede. Und da war natürlich in vorderster Linie der Baumeister Busch.

Es ist bezeichnend für den damaligen Herzog Friedrich den Frommen, dass als erstes der repräsentativen Gebäude die Kirche errichtet wurde und dass das Schloss als letztes entstand. Was soll man mehr bewundern, die Würde und zugleich Grazie des Baues oder die feine, zarte Farbwirkung, die ihm sein Mantel von silbergrauem Pirnaer Sandstein verleiht? Man wundert sich, dass ein solcher Aufwand in jener armen Zeit nach dem Siebenjährigen Kriege überhaupt möglich war. Stück für Stück wurden die Sandsteinplatten und -blöcke auf Elbkähnen nach Dömitz und von dort auf Lastwagen auf den Bauplatz gebracht. Einen Maßstab für die Kosten mag die vor dem Schloss sich erstreckende Kaskadenanlage Kaplungers abgeben. 80 000 Taler fraß sie allein auf. Das war für jene Zeit ein ungeheurer Betrag, aber bei weitem noch nicht alles. Denn das Wasser, das die Kaskaden und die Wasseranlagen des Parks speist, ist kein billiges Wasser. Es musste aus der Lewitz herangeführt und in die Rögnitz abgeleitet werden. Das erforderte einen Kanalbau von nicht nur einigen Kilometern Länge!

Die Mitte der Kaskade krönt ein fast noch barockes Prachtstück, ein von Flussgöttern gestütztes Wappenschild. Ja, man hatte auch seine Flussgötter, ebensogut wie die Wiener mit ihrem Mahlmarktsbrunnen. Allerdings so leicht gekleidete Damen, wie Raphael Donner sie auf den Rand seines Brunnens setzte, duldete der sittenstrenge Herzog nicht vor seinen Fenstern. Stör und Rögnitz wurden vielmehr durch zwei hagere Greise verkörpert, von denen der eine ebenso sauertöpfisch dreinblickt wie der fromme Herzog, während dem Störgott nicht ganz zu trauen ist. Er scheint es hinter den Ohren zu haben. Alter schützt vor Torheit nicht!

Im Jahre 1766 kam ein weitgereister Engländer, Thomas Nugent mit Namen, in Europens unbekanntestes Land, nach

Mecklenburg. In Neustrelitz hatte er eine frischgebackene, aber doch fertige Residenz im Stil der Zeit kennengelernt. In Ludwigslust machte er Bekanntschaft mit einer, die noch im Werden war. Das Schloss stand noch nicht. Man begnügte sich noch mit dem alten, zuletzt von Legeay ausgebauten Jagdschloss. Aber man hatte bereits den Park in Angriff genommen – der Schweriner Hofgärtner Gallas schuf die erste Anlagen, später haben auch Busch und nicht zuletzt, allerdings erst im neunzehnten Jahrhundert, der große Gartenkünstler Lenné ihr Wörtlein dabei mitgeredet –, und was der sonst stocksteife Engländer da sah, die Kanäle, die Bassins mit den Wassersprüngen, die köstlichen Brücken und vor allem die künstlich geschaffenen und doch natürlich wirkenden Durchblicke, die Prospekte, versetzten ihn in ekstatisches Entzücken. „Niemand als Homer könnte es unternehmen, einen solchen Park zu schildern. Wahrhaftig, weder Alkinoos noch irgendeiner der in den alten Sagen erwähnten Helden könnte das, was Kunst und Natur in diesem Teil der Welt geschaffen haben, übertreffen. Und wenn dieser Ort mir so bezaubernd und himmlisch in dieser Jahreszeit erschienen ist, in der die Sonne nur matt durch die Wolken lugt, was für einen Eindruck würde er in der Sommerzeit machen, wenn jeder Ast mit Blättern geziert ist und die heiteren Vögel von Zweig zu Zweig hüpfen und durch den Hain schwirren! Fürwahr:

Das Aug' und Ohr, sie schwelgen in Entzücken,
berauscht von Vogelsang und zauberhaften Blicken!
Oh, wenn der Himmel so viel Liebe hegte
und mir mein Los in eigne Hände legte,
ich würde all mein Sehnen hierher lenken
und flehen, dies Elysium mir zu schenken!"

Zu so einem poetischen Aufschwung sind wir leider (oder Gott sei Dank!) nicht fähig, aber wir haben unsere helle Freude an diesem Park, in dem tatsächlich Natur und Kunst einander die Hand reichen, und wir erfreuen uns an ihm um so mehr, als wir bemerken, dass verständige Leute mit warmem Herzen, klarem Kopf und liebevollen Händen zur rechten Zeit überlegt und kraftvoll zugegriffen haben, um diesen zu den schönsten seiner Art gehörenden Park vor der Verwilderung zu bewahren, Verfallendes zu retten und Verfallenes, wenn es das wert war, wiederherzustellen.

Einen kleinen Schatz, den der Park birgt, wollen wir nicht übersehen: die Katholische Kirche auf künstlicher Insel in künstlichem Teich zur Seite des Schlosses, baugeschichtlich beachtlich als erster neugotischer Bau des Landes aus dem Anfang des neunzehnten Jahrhunderts, als die Neugotik noch Gefühlsausdruck und noch nicht kalte Gelehrsamkeit war. In den Chorfenstern hinter dem Altar bemerken wir alte Glasmalereien. Sie stammen aus dem um die Bauzeit der kleinen Kirche abgebrochenen Hamburger Dom. Der Baumeister von Seydewitz erwarb sie für acht Taler. Die ganze Kirche kostete etwa achttausend. Die Kaskade vor dem Schloss aber hatte achtzigtausend verschlungen! Auch klipp und klare Rechnungen können einem Rätsel aufgeben …

Überlassen wir die Lösung dieses Rechenexempels anderen, und werfen wir lieber noch einen Blick in die von Busch aus frischer Wurzel geschaffene Wohnstadt Ludwigslust. Eine Brücke vermittelt uns den Zugang zu ihr. Eine Brücke ist auf jeden Fall ein Nutzbau. Diese Ludwigsluster Brücke, so bescheiden sie in ihren Abmessungen ist, ist darüber hinaus aber ein Kunstwerk erster Ordnung von unsagbarer Eleganz mit den vier sie zierenden steinernen Vasen und den beiden, auf die Mitte der Brüstungen gestellten Kandelabern bester Kunstschmiedearbeit. Es ist ein Vergnügen, sie, von welchem Standpunkt es auch sein mag, zu betrachten, es ist ein Vergnügen, sie zu überschreiten. Man geht nicht, man wird mit einem zärtlichen Schwung von einem Ufer des Kanals auf das andere versetzt und fühlt sich versucht, wieder umzukehren und das Vergnügen noch einmal zu genießen. Doch es zieht mit Gewalt in die alte Schlossstraße hinein. Was ist denn groß an ihr? Eine breite Straße mit Lindenreihen zu beiden Seiten und dahinter zwei Häuserreihen, Fronten und Dächer im satten Braunrot alter Ziegel, gleichartig, aber alles andere als gleichförmig, Rathaus und das alte Hotel Weimar, das einst zu den berühmten Gasthäusern Deutschlands zählte, etwas zurückgerückt, so dass vor ihnen kleine Plätze oder vielmehr Straßennischen liegen. Am Ende der Straße ein Rundplatz von vollendeter Harmonie, Durchmesser des Raumes und Höhe der den Platz umzirkenden Häuser in raffiniert ausgeklügeltem, wohltuendem Verhältnis. Dass das neunzehnte Jahrhundert ein kaltes und steifes Postamt in die gemütliche Wärme dieses Straßenkunstwerkes hineingestellt hat, soll vergeben und vergessen sein. Es verstand es nicht besser.

Von dem Rondellplatz aus fällt unser Blick in eine andere Welt: Ein hell abgeputzter, breiter Bau mit säulengeschmücktem Portal gebietet ihm Halt. Wir treten in die Welt von Buschs Nachfolger, dem Baumeister Barca, ein, in das erste Drittel des neunzehnten Jahrhunderts. Klassizismus ist noch da, aber Biedermeier winkt bereits aus der Ferne. Auch da ist noch Tüchtiges geschaffen worden. Barcas Häuser können sich neben denen des alten Busch durchaus sehen lassen. Vornehme, gelassene Ruhe geht von ihnen aus, um sie weht die Luft der ehemaligen Residenz, die im Jahre 1837 ihr Ende fand, als der Großherzog Paul Friedrich das ganze höfische Getriebe nach Schwerin verlegte. Zurück blieb eine kleine Stadt, die nur erwachte, wenn der Hof für kurze Sommerwochen oder -monate in das Schloss zurückkehrte. Was gebaut wurde, hatte keine einheitliche Linie mehr, aber man ließ wenigstens dem schönen Alt-Ludwigslust sein Leben und tastete es nicht an.

Neben dem alten und dem neuen Ludwigslust gibt es noch ein drittes, zeitloses. Es liegt an einer lauten Straße, aber es ist eine Stadt der Stille, in der man leise spricht, in der Männer und Frauen in weißen Kitteln auf leisen Sohlen dahingleiten, in dem aber auch scharfe Messer, Scheren und Zangen – auch sie leise – klirren. Das ist der große Gebäudekomplex des Stiftes Bethlehem in der Nähe des Bahnhofs. 1851 lag auf diesem Gelände, damals draußen vor der Stadt, ein kleines Haus. Eine einzelne Frau, Helene von Bülow, kaufte es, um in ihm kranke Kinder zu pflegen. Aus diesem kleinen Anfang ist das Stift zu seiner heutigen Größe herangewachsen. Es umfasst ein modernes, mit allen Heilmitteln ausgestattetes Krankenhaus, das auch als Kreiskrankenhaus dient, es bildet Schwestern für ihren schweren, aber schönen Beruf aus, es bietet seinen altgewordenen Schwestern ein Feierabendheim. Eine Welt für sich, aber keine abgeschiedene Welt: In weitem Umkreis wissen alle kranken Menschen, dass ihnen im Stift Hilfe und Heilung winken.

Nach dem Ersten Weltkrieg wurde es in Ludwigslust lebendiger als jemals in seiner Residenzzeit. Die Erhebung zur Kreisstadt und die Ansiedlung einer nicht unbedeutenden Industrie führte neues Blut zu, neue, moderne Straßenzüge schlossen sich an die alten an. Es gibt wenige Städte, in denen mit solchem Bedacht gebaut wurde wie in der Lindenstadt, und noch weniger, in denen das Erbe der Vergangenheit mit behutsameren Händen gehütet und gepflegt wurde und wird.

Wir erinnern uns übrigens mit nachkostendem Vergnügen daran, dass wir in stiller Andacht in einer Konditorei an der alten Schlossstraße Buschschen Angedenkens Ludwigsluster Baumkuchen aßen. Frisch vom Backspieß … *(1957)*

Uwe Kolbe

Ludwigslust

I Unter der Ankunft
die letzten Farben der Saison.
Das heiß ich einen Abendsonnenschein,
von Ahorn, Eiche, Linde analysiert.

II Morgens den Garten wiedererkannt.
Hängendes über liegendes Laub.
Matt noch blaue Blumen
und schwere Äpfel, aber nicht reif.
Hundegebell, weil ich zu Fuß geh
und langsam.
Hinten schwärzliche Flugenten,
ein sehr schmales Huhn.
Sogar meine Egge
wie immer in Rost,
lädt auf den niedrigen Sitz ein.

III Der russische Major
zu Füßen der Damen seit 1813.
Er nahm Lüneburg nicht.

Jenseits des Parklands
Raunen wie in einer Stadt,
sonst Krähen und Reste von Zwitschern.

Die Steinerne Brücke,
hie lärmender Schlund,
da lädt stilles Wasser dich ein.

IV Wo das Schloß in den Park ausschaut,
steht droben im Sturm der Engel Geschichte.
Meine Kunst daneben lächelt still. *(1998)*

Heinz Knobloch

Ludwigslust = Ludwigs Lust?

Ein freundlicher Name. Ludwigslust oder Lulu, wie die Einheimischen gern sagen, muss als absichtsvolle Gründung begriffen werden: ein verwandeltes Jagdhaus bei einem Dorf, eine aus dem Boden gestampfte Residenz, planmäßig gewachsen wie heutzutage Lütten Klein oder Berlin-Marzahn. Nur dass vor 200 Jahren das Vergnügen eines einzelnen ausschlaggebend war. Ludwigs Lust.

Der Herzog Friedrich, der 1756 an die Regierung kommt, mag das Jagdschloss, das an seinen Vater Christian Ludwig erinnert, so sehr, dass er die Hofhaltung von Schwerin hierher verlegt. Das Theater in Schwerin schafft er ab, denn „in einem so kleinen Staat wie Mecklenburg wird das Schauspiel nur eine Anreizung zum Luxus und zur Verschwendung sein" – jaja, und in Pirna bestellt er gleich Sandstein für den Bau eines Schlosses.

Die neue Hauptstraße, die zunächst nur auf dem Reißbrett steht, soll an Versailles erinnern. Also braucht sie Wasserspiele, Wasserkünste und Wasserfälle, dabei gibt es hier gar kein Wasser. Es wird herbeigegraben. Ein achtundzwanzig Kilometer langer Kanal, handgearbeitet. Das dauert vierzehn Jahre, aber er funktioniert noch heute; speist die Wassersprünge und gegenüber vom Schloss die Kaskade, deren hölzerner Unterbau seit damals hält.

Während man die Wasserstraße zu graben beginnt, wird andernorts Mozart geboren, flieht Casanova aus den Bleikammern, und der benachbarte König und preußische Namensvetter Friedrich veranstaltet seinen Siebenjährigen Krieg. Bei dieser Gelegenheit raubte er aus mecklenburgischem Gebiet Rekruten und Vieh, falls da ein Unterschied ist, und klopfte das Land – wie er sagte – wie einen Mehlsack aus. Ludwigslust blieb ungeschoren. Dort gab es nichts zu holen, und außerdem hatte Ulrike, des Herzogs Schwester, darum gebeten. So bot die Residenz zeitweilig den geplagten Bewohnern der Umgebung Zuflucht.

Der Herzog Friedrich war bis über die Ohren fromm. Daher konnten ihn die deutschen Geschichtsschreiber nicht „den Großen“ nennen, denn er war friedlich wie sein Name. Zwar blieb das Theaterspiel verboten; es würde „den Geist der Industrie verscheuchen“, der sich näherte, aber es gab genug andere Lustbarkeiten, die nachhaltig erfreuten.

Der Herzog sammelt Kunst. Der Hofmaler Dietrich Findorff muss auf den Bildern allen nackten Figuren Gewänder pinseln: Des Herzogs neue Kleider. Der Herrscher, der sich gern abgebildet sieht, darf nur tätig dargestellt werden. Ein Müßiggänger war er tatsächlich nicht. Er liebte Mechanismen. Er hat eine Sonnenuhr berechnet, die Wasseruhr auf den Kaskaden, eine Klappschleuse konstruiert. Der Geist der Industrie …

Nach einer alten Schlossbau-Theorie soll das Schlafzimmer eines Herrschers an der Ostseite liegen. Damit er sich, geweckt von der Morgensonne, beizeiten um die Geschäfte kümmern kann; er trägt sich in keine Anwesenheitsliste ein. Seine Dame hingegen soll nach Westen ruhen. Damit sie ausgeschlafen auftaucht, wenn sie gebraucht wird.

Herzog Friedrich der Fromme schlief am Ostfenster. Gleich zu Anfang seiner Regierung ließ er eine tempelartige Kirche bauen. Sie ist eine der eigenartigsten der Welt. Ihre beiden Glockentürme sind nach dem Vorbild altägyptischer Tempel (Luxor) geformt und stehen ein ganzes Stück von der Kirche entfernt als Monumentalpforten am Friedhof. In der Kirche ragt der Altar höher als die Kanzel, die Orgel ist nur gemalt, die silbernen Standleuchter sind aus Pappmaché – vom Geist dieser Industrie hören wir noch –, und das Altargemälde hat Löcher, die den Sternenhimmel vortäuschen, wenn dahinter Kerzen angezündet werden. Auf diesem 875 Quadratmeter großen Gemälde, dessen Fertigstellung Jahrzehnte gedauert hat, sitzt unten in der Ecke eine Maus. Die sprichwörtliche, sonst nie gemalte arme Kirchenmaus. Bruno Theek hat sie mir gezeigt.

Er ist jetzt, wir schreiben Juni 1982, 91 Jahre alt. Pfeife paffend holt er Bücher herbei und aus dem Gedächtnis Anregungen. Der weit über Stadt und Bezirk bekannte Theologe, Antifaschist und Dachau-Häftling Bruno Theek, mit dem man sich wunderbar über Gott und die Welt unterhalten kann, vor allem ihm zuhören, seine Urteilsschärfe auskostend.

Im Sommer 1945, Theek war gerade als Bürgermeister eingesetzt worden, entdeckte er unter den Flüchtlingen in Ludwigslust ungewöhnlich viele Künstler. Da gründete er ein Theater. Es spielte im Herbst. Den Grafiker Herbert Bartholomäus regte er an, Briefmarken zu entwerfen. So kam es, dass im Oktober 1945 die ersten Sondermarken eines deutschen Landes nach dem Krieg in Ludwigslust erschienen sind. Man muss es weitersagen, denn am Hauptpostamt steht es nicht.

In Ludwigslust ist alles ein bisschen anders als erwartet. Diese Stadt, die so viel zeigen kann, hat kein Museum. Schläft da jemand am Ostfenster?

Ludwigslust ist vor allem das Werk, das Lebenswerk des mecklenburgischen Baukünstlers Johann Joachim Busch. Außer Schloss, Stadtkirche und Glockentürmchen hat er die meisten Backsteinhäuser ihrer Umgebung entworfen. Geht man neben dem Wasserlauf die Kanalstraße entlang; kleine Häuser aus rotem Backstein, ein Feierabendheim mit schönen Ornamenten an der Fassade. Johann Georg Barca, von dem sie stammen, hat auch den Marstall gebaut, an dem man vorbeikommt, wenn man vom Schloss in den Park spazierengeht.

Der große Platz vor dem Schloss ist mit Kopfsteinen gepflastert und für gestolperte Paraden haltbar. Wir sollen langsam gehen, immer wieder stehenbleiben und uns umsehen. Vor dem Gebäude steht Großherzog Friedrich Franz I. als Denkmal aus Oderberger Granit. Dieser Mann hat 1804 das erste Denkmalschutzgesetz erlassen. Das allererste für ein deutsches Land. Hätten Sie's gewußt?

Die Leibeigenschaft bestand länger. Ludwigs Last. Der Sandstein aus Pirna für das Schloss kam auf dem Wasserweg bis Dömitz und wurde von dort mindestens zwölfspännig herbeigezogen. Das Gebäude besteht aus gewöhnlichem Backstein, aber die Haut ist echt Sandstein wie die Figuren auf dem Dach. Es sind vierzig, und man kann sie schlecht erkennen. Rudolf Kaplunger hat sie geschaffen, ein böhmischer Bildhauer, der in Potsdam am Neuen Palais mitgearbeitet hat und hier oben sein Hauptwerk schuf, diese Figuren, die Wissenschaften und Künste versinnbildlichen, aber auch Technik und Tugenden, wie das den Grundgedanken der Aufklärung und den Absichten des Herzogs Friedrich entsprach. Ein bärtiger Mann mit Kapuze stellt die „Kräuterkunst" dar, einer im Brustpanzer die „Festungskunst". Daneben in Schrittstellung und etwas erschrocken eine junge Frau mit Zündschnur, die „Artillerie". Wir ahnen die „Chemie" und den „Ackerbau", der „Überfluss" steht nicht in der Nähe der „Perspektive". Ludwigslust ist der einzige Platz der Welt, wo die „Hydrostatik", die „Trigonometrie" und vier weitere Lehren ihre allegorische Figur haben.

Es gab noch mehr Figuren. Um 1770 war eine Fabrik gegründet worden, die Zierleisten und Säulenkapitelle aus Pappmaché herstellte, aber auch Nachbildungen von Kunstwerken. Die Gunst der Entwicklung verband einen geldknappen Herzog, der international mithalten wollte, mit einem ebenso ehrgeizigen wie unfreien Unternehmer, Johann Georg Bachmann, der die bereits bekannte Abgusstechnik vervollkommnete zum „Ludwigsluster Carton".

Damals wollte der gebildete Bürger, wenn schon nicht Originale, so doch exakte Nachbildungen, getreue Kopien in sein Zimmer stellen. Ein normales Gefühl, entstanden und befördert durch Aufklärung und Französische Revolution. Nun bot die Ludwigsluster Manufaktur im Versand 42 Figuren an. Man konnte die „Hoffnung" kaufen und ein „Baumstück mit einem liegenden Hirsch". Eine zeitgenössische Radierung zeigt die ehemalige Büstengalerie im Schlosspark. Sechzehn römische Kaiserköpfe, dazu die Postamente in Säulenform. Aus Pappmaché.

Die Direktion der Herzoglichen Cartonfabrik bot an: lackierte, marmorierte, bronzierte und farbig gefasste antike Vasen mit mattgoldenen Verzierungen; Uhrengehäuse, Wandleuchter, Flachreliefs, Konsolen, Postamente, Tafelaufsätze und Büsten. Von Cicero (Bestellnummer 1) bis Luther (Nr. 80), dazwischen kunterbunt gereiht Lessing, Diogenes, Napoleon, Moses Mendelssohn. Nr. 27: Herzog von Braunschweig, Nr. 28: Christus, Nr. 29: Kaiser Joseph II. Es klingt verlockend, denn Pappmaché ist preiswert. Der erste Kunststoff, der Marmor vortäuscht und Terrakotta und Gips, nur billiger ist er, haltbarer, wetterfest.

Und nicht nur Büsten gab es. Ganze Figuren. La Frileuse, die Fröstelnde, von Houdon. Wie Böttgersteinzeug getönt, das Badetuch überm Kopf. Die Venus Medici, deren „Hände mit etwas koketter Schamgebärde Brüste und Schoß verbergen“. Falls die Maße stimmen, ist die Ludwigsluster zwei Zentimeter größer als ihr Original in Florenz, das auch eine Kopie ist, römisch, nach einer griechischen Statue. Immer wieder in Bronze nachgegossen. Jeder wollte eine: Paris, Petersburg, Berlin, New York. Eines Tages kam sie preisgünstig aus Ludwigslust ins Haus.

Leider kann man heute kein Ludwigsluster Pappmaché mehr machen. Die Fabrik – sie war in dem Gebäude, das als Rathaus dient – ging ein am Desinteresse des nächsten Herzogs und daran, dass sie mehreren Leitern zugleich unterstellt war. Der Absatz ließ nach, weil ein Biedermeier-Publikum einen neuen Geschmack hatte. Der müde gewordene Erfinder nahm sein Produktionsgeheimnis mit ins Grab. Manche Leute haben einen merkwürdigen Eigentumsbegriff.

Wie lange ist's her, keine dreißig Jahre, dass der Backkünstler Mellmann, der in der „Schlosskonditorei“ sagenhafte Baumkuchen komponierte, sein Rezept mit unter die Erde nahm. Und wozu? Zur vollendeten Kunst gehört die des Weitergebens.

Die „Schlosskonditorei“ ist umbenannt in „Lindenkonditorei“. Das Schloss ist nicht umbenannt. Warum auch? Es war schon lange keine Residenz mehr. Erst 1876 wurde Ludwigslust eine Stadt und bekam ein Wappen: zur Hälfte der mecklenburgische Stierkopf, in der anderen ein blühender Rosenstock und eine goldene Adlerkralle aus dem Wappen von Klenow und ein Johanniterkreuz, um an das Krankenhaus Stift Bethlehem zu erinnern. Seit 1952 ist Lulu Kreisstadt.

Eine breite Allee führt vom Bahnhof am Stift Bethlehem vorbei zum Platz des Friedens. Dort beginnt die Letzte Straße, mit der die Stadt anfängt. Wer sich umsieht, bemerkt Mauern aus Raseneisenstein. Das ist selten. Über Dächern taucht eine schwarze Inschrift auf, große alte Buchstaben „Hotel Stadt Hamburg“. Das ist ein Ding für sich.

Ein altes Hotel. Über hundert Jahre. Aufenthalt, Zwischenstation. Gobelins und Truhen in den Fluren. Die Fenster sind nach außen zu öffnen. Im Frühstückszimmer wird das Frühstück (3 Semmeln, 1 Ei, Butter, Marmelade) noch auf Tellern serviert, die Lulus Wappen zeigen, und „Stadt Hamburg“ steht auf dem Messergriff. An der Wand alte Stiche, italienische Veduten. Leuchter mit elektrischen Kerzen. Ein Museumsstück das Ganze. Dazu muss man wissen, dass es ganz früher einmal in diesem Frühstückszimmer am Abend ein kaltes Büffet gab, von dem man gegen eine Pauschale so viel essen konnte, wie man konnte.

Und wenn wir nun schon bei Mitteilungen sind, die nicht allgemein bekannt werden: neben dem Forsthaus am Rande des Schlossparks steht ein Pferdegrab. Rundgemauert, eine Hütte, ein Stall aus Backstein. Als ob das Pferd, das alle Tugenden eines Freundes in sich vereinte, wie ein Vers meint, hier drinnen stehend beigesetzt worden ist. Vorn schaut sein steinern nachgebildeter Kopf heraus. Mehr habe ich wegen der Mücken nicht feststellen können.

Ludwigslust ist ein Verkehrsknotenpunkt. Jahrelang durch die Fernstraße Nummer 5, man kann schon sagen: überfahren. Das mildert nun die neue Autobahn. Doch auch die F 191 (Parchim) und die F 106 (Schwerin) treffen sich hier.

Die Eisenbahn hatte beizeiten die günstige Verkehrslage erkannt: 1846 nach Berlin und Hamburg, 1880 nach Parchim, 1889 nach Schwerin, 1890 nach Dömitz.

Man muss sich die Hofhaltung um die Mitte des 18. Jahrhunderts vorstellen. Weder Kaufläden noch Bäcker, noch Fleischer am Ort. Die Lebensmittel werden aus Grabow herangeschafft. Wie gesagt, es war und ist immer ein wenig anders als anderswo.

Die Ludwigsluster Gemälde hängen in Schwerin im Museum. Und weil man dort an den wunderbaren Niederländern und ihren Genreszenen vorbei muss, unbedingt, sei ein Gedanke nicht vergessen. Von diesen Geldausgaben früherer Herrscher haben wir noch etwas.

Wilhelm Schadow hat 1825 die Großherzogin Alexandrine gemalt. Die vornehmste Kreuzung in Ludwigslust, der Karl-Marx-Platz, hieß Alexandrinenplatz. Als Alexanderplatz hätte er seinen Namen behalten.

Prinzessin Charlotte Sophie von Mecklenburg-Schwerin hat 1769 das rote Spitzenkleid angezogen, als der Maler kam. Die Aufgabe des Hofporträtmalers Georg David Matthieu bestand darin, all das unterzubringen, was gezeigt werden musste. Die Laute in den Händen wegen der Kunst, aber die Ringe müssen gut zu sehen sein und der Orden am blauen Band. Hofporträtmaler. Als Matthieu eine Weile so tätig war, schrieb ihm sein Zeitgenosse Johann Friedrich Löwen ein Epigramm:

An Herrn Matthieu
Dein Tuch bezaubert, und dein Pinsel spricht;
Doch könntest du zu Falten im Gesicht,
Des Herzens Falten malen;
Dann junger Künstler! wärst du nicht
Mit Millionen zu bezahlen!
Doch riet ich's deinem Pinsel nicht;
Kein Prinz, kein Hofmann ließ sich malen!

Im Hintergrund des Charlottenporträts hat Matthieu die 24 Wassersprünge des Schlossparks gemalt, die Springbrunnen und den Hügel. Das alles ist heute noch da. Ein Naherholungsgebiet, gepflegte Wege, sogar gefegte, mitten im Wald.

Matthieu hat auch den Baumeister Busch porträtiert, der Bildhauer und Architekt war. Ein überzeugendes Bild. Wie eine Momentaufnahme. Mit Plänen in der Hand steht Busch da, beim Betrachten unterbrochen.

Der „Frühstückstisch" des zwanzigjährigen Jacob Jacobson darf nicht übersehen werden. Er wurde 1818 in Ludwigslust geboren. Ein Mecklenburger malt ein Mecklenburger Frühstück. Mit harter Blutwurst, Brot und Käse (auf dem die unvermeidliche Fliege sitzt, die mir auf allen Stillleben den Appetit nimmt; Jacobson hat sie den Niederländern abgeguckt). Rotwein steht bereit, 2 $^1/_2$ Eier, die Butter ist in einer Model geformt worden. So gestärkt fährt man aus dem Schweriner Museum nach Ludwigslust zurück. Dort ist ein Fleischkombinat, und berühmte Dauerwurst wird hergestellt. Weil das fleischverarbeitende Werk aber mitten in der Stadt liegt, gibt es ringsum in den Häusern und Läden die scheußlichen blauen Fliegen, wie sie sonst nur in Massen auf dem Lande umherbrummen. Da fällt mir Ockens ein, der Fleischerladen an der lärmvollen

F 5. Dort bekam man noch vor einigen Jahren, als die Schweine große Blasen hatten, eine ganz besondere, überaus köstliche Wurst. Mit einer Naht an der Seite und etwa wie ein Rugbyball von Angesicht. In der Farbe charakteristisch wie die roten Backsteinhäuser ihrer nahen Umgebung, geriet diese Mettwurst leider nicht wie sie unter den Schutz der Zentralen Denkmalsliste, von dem in der Altstadt etliche blauweiße Markierungen künden.

Trost auf dem Bahnhof. Wer aussteigt, dem fällt schon der Kiosk auf dem Bahnsteig auf durch Sauberkeit und Angebot. Wer die Speisekarte der Mitropa liest, erinnert sich, ganz andere zu kennen und zu meiden. Es geht also, wenn sich jemand kümmert. Ludwigs List?

Einer der Herzöge stufte die Ausgrabungen im Katalog seiner Sammlungen ein in „Gerät zu Nutz, Putz und Schutz". Wie soll unsereiner die Beobachtungen in Ludwigslust ordnen? Nach Besitzverhältnissen einst und jetzt. Nicht zu vergessen das Besitzdenken, das Falten verursacht. „Lindenstadt" nennt man es, und zuweilen das Potsdam Schwerins.

Es ist so schade um das Pappmachégeheimnis. Wieviel überflüssiges Papier könnte statt über den Umweg des Bedruckens unverzüglich verwandelt werden in Büsten und mancherlei zu Schutz, Putz und Nutz. *(1985)*

Knuth Wolfgramm

MITROPA in L.

Sein ausgefallenes Ich
Erbarmte manch mütterlich Lieb
Während der Kellner gesichtslos
So irres Trinkgeld einstrich *(1992)*

Jürgen Borchert

An der Bushaltestelle

Bis Anfang der neunziger Jahre verband eine „Eilbus"-Linie den Prignitz-Kreis Perleberg mit der Bezirkshauptstadt Schwerin. Sie setzte in Wittenberge ein und berührte Perleberg, Karstädt, Grabow und Ludwigslust.

Der Bus, schon etwas verspätet, hält in Grabow. Einige Leute steigen zu; zuletzt stehen draußen zwei ältere Damen mit Handtaschen, „s-tadtfoin" aufgeputzt. Die ältere der beiden führt das Wort.

Dame: Saogen Sie, dschunger Mann, fah'n Sie denn auch über Lurwichslust?

Fahrer: So is det!

Dame (dreht sich zu ihrer Begleiterin um): Meta, er saacht, er fährt auch über Lurwichslust! (Wieder zum Fahrer): Halten Sie denn auch in'ne Slosss-traße?

Fahrer: Nee, inne Schloßstraße nich, nur an'n Bahnhof. Aber nu man bisschen dalli, Mudder, ik bin Eillinie!

Dame: (dreht sich wieder zu ihrer Begleiterin um): Meta, er saacht, er hält nur an'n Bahnhoff! (Wieder zum Fahrer). Und gah nich in'ne Slosss-traße?

Fahrer: Nee, zum Donnerwetter! Nur an'n Bahnhof! Wat is nu, rin oder nich? Ik häng hier wejen Sie schon zwee Minuten rum!

Dame: (dreht sich zu ihrer Begleiterin um): Meta, was meinst du? Fahn wir mit? Denn müssen wir aber ßu Fuß von'n Bahnhoff an'n Kanal lang ßu Doktor Keil … (zum Fahrer): Meine Schwester muss nehmlich ßum Augenaazt, wissen Sie, un denn ümmer der weite Weech von'n Bahnhoff bis ßu Doktor Keil und bei das Wetter heute morgen …

Fahrer (wütend): Nu langt mir det! Ik bin schon sieben Minuten drüber! Det is mir doch scheißejal, wat Sie da wollen in Lulu! Ik fahr nu los, ob mit Sie oder ohne Sie, det is mir Wurscht! (legt den Gang ein)

Dame: (dreht sich zu ihrer Begleiterin um): Das ischa 'n unfreundlichen Menschen, ischa das! Nee, Meta, komm, da fahn wir denn doch lieber mit'n Szuch! *(1997)*

Herzog Christian Ludwig

Vierundzwanzig Wassersprünge

Der dritte Besuch Mecklenburgs, diesmal mit den Töchtern und dem Schwiegersohn Alexander, fand Anfang September 1988 statt. Wir fuhren wieder über Eutin, wo Herr Radloff mit ins Auto genommen wurde. Wir hatten einen VW-Bus gemietet, so daß wir alle in einem Auto sitzen und uns unterhalten konnten.

Die Grenze Schlutup wurde schnell, sehr schnell sogar und freundlich passiert. Die Grenzsoldaten sprachen mit uns und waren sehr höflich. Wir fanden später heraus, daß der Vorsitzende des Rates des Kreises in Ludwigslust dort angerufen hatte mit der Nachricht, daß wir kämen, und der Bitte, man solle uns schnell durchlassen. Das war schon ein Riesenfortschritt.

Man mußte sich immer binnen 24 Stunden bei der Polizei an- und vor der Rückfahrt wieder abmelden. Beim ersten Besuch hatten die beiden Frauen in Uniform kein Wort gesagt, sie schrieben nur das Formular aus. Beim zweiten Mal richteten sie schon ein paar Worte an mich, und bei diesem dritten Mal wurde ich sogar freundlich begrüßt, als ich in das Zimmer kam, und eine von ihnen sagte: „Ich habe Sie ja schon in meiner Kartei, und die Abreise schreibe ich Ihnen gleich mit drauf, dann brauchen Sie nicht noch einmal herzukommen." Sie trug Uniform und war im Rang eines Hauptmanns. Später erfuhren wir, daß sie die Frau vom Vorsitzenden des Rates des Kreises war. Man mußte einzeln ins Abfertigungszimmer gehen. Meine Töchter wurden genauso freundlich begrüßt und kamen auch schnell wieder heraus. So erlebten wir, daß allmählich alles besser wurde. (...)

Am nächsten Tag ging Volker Hoyer mit uns durch die Räume des Ludwigsluster Schlosses, die nun schon freundlicher aussahen. Herr Hoyer hoffte, daß die Büroräume bald geräumt würden, damit er diese auch als Museumsräume einrichten könne. Er erklärte alles, was er vom Schloß wußte. Ich habe meinen Töchtern erzählt, was wir dort alles erlebt hatten.

Anschießend machten wir einen ausgedehnten Spaziergang durch den Park. Auch die Stadtkirche wurde besichtigt, die so einmalig in ihrer Art ist. Dabei erzählte uns der Pastor, daß einmal eine Rosette oben von einer Galerie heruntergefallen war. Als er das entdeckte, bekam er einen furchtbaren Schreck, denn er meinte, wenn dort jemand gesessen hätte, wäre er sicher mausetot gewesen. Beim Aufheben einer Rosette merkte er erst, daß die vielen Verzierungen aus Pappmaché waren.

Bei einer Fahrt durch den Ludwigsluster Wald begleitete uns Oberförster Möller. Er war ein Neffe unseres alten Revierförsters Möller aus Wiligrad, der 1945 von den Sowjets gefangengenommen worden war und in dem berüchtigten Lager Neubrandenburg – heute spricht man von Fünfeichen – umgekommen ist. Zusammen mit Revierförster Jablonska vom Schloßgartenrevier in Ludwigslust, wie es heute genannt wird, stieg Herr Möller zu uns in den Bus. Er hatte eine Mappe in der Hand.

Zunächst ging es durch den eigentlichen Park zum Schweizerhaus und zu den vierundzwanzig Wassersprüngen. Wir stiegen oft aus, um uns alles anzusehen. Bei den Sprüngen habe ich nachgezählt, und es waren wirklich vierundzwanzig! Ursprünglich waren es nämlich nur dreiundzwanzig gewesen. Wie schon erwähnt, stand der vierundzwanzigste im Kanal, genannt der Mönch, in etwa 300 Meter Entfernung im Kanal. Den mußte man früher mitzählen. Man hatte bei den oft notwendigen Reparaturen dieser Sprünge den vierundzwanzigsten dazugesetzt, weil man nicht wußte, daß er gar nicht dahingehört. Und so sind nun vierundzwanzig plus eins in Betrieb. *(1996)*

Astrid Kloock

Um halb drei beim Großherzog oder: Ein Mann und seine Stadt

Das Denkmal ist unauffällig. Ein quaderförmiger Sockel aus poliertem Granit trägt die Bronzestatue eines backenbärtigen Mannes. Sein Name ist nicht mehr zu lesen; es sei denn, man malt mit dem Finger die ausgewaschenen Rillen nach. Dann wird der anonyme Bartmensch zu Friedrich Franz I., Großherzog von Mecklenburg. Das barock-klassizistische Schloss im Rücken, blickt Seine Durchlaucht auf den katzenkopfgepflasterten Schlossplatz, die Kaskaden und Wasserspiele, das Bassin mit dem beiderseitigen Halbrund der Backsteinpalais, den Kirchenplatz, der gesäumt ist mit Fachwerkhäuschen wie mit Häkelspitze ein Taschentuch, und schließlich auf die Kirche, von respektlosen Bürgern auch Theaterdonner genannt wegen der Unverhältnismäßigkeit ihrer tempelhaften Erscheinungsform, gemessen an der Größe der kleinen Stadt. Mit diesem architektonischen Ensemble begann vor rund 200 Jahren die Geschichte von Ludwigslust. Das bescheidene Denkmal umgibt sich mit seiner Schönheit.

Ich bin in Ludwigslust geboren, und der Großherzog ist mir kein Fremder. Für meine Freundin und mich war er eine Art Normaluhr: Um halb drei beim Großherzog. Das war der halbe Weg von einem zum andern. Vor des Großherzogs Nase standen zu meiner Zeit die Rummelbuden und das Riesenrad, brüllten die Löwen, wenn Zirkus Aeros in unsere Stadt kam, hörten wir die Maireden an. Daran mußte ich denken, als sich mein Gesprächspartner mit mir verabredete: UM HALB DREI BEIM GROSSHERZOG.

Karl Heinz Basedow ist Invalidenrentner, 1920 in Ludwigslust geboren. Er hat weiße Haare, wache blaue Augen, rechts und links eine Gehstütze. Er hat nur ein Bein. Von unserem schlichten Treffpunkt weiß er geschichtlich Hintergründiges zu erzählen. Ohne sein Bemühen stünde der Sockelmann nicht mehr hier, denn auch in Mecklenburg gab es nach 1945 Bilderstürmer, die diese „Kulturschande“ beseitigen wollten.

Basedow durchforschte gemeinsam mit dem nickelbebrillten Archivar Schmiedter die Akten, und siehe da – es wölkten aus dem Papierstaub stichhaltige Argumente zutage: Nämlich war der Potentat der Griesen Gegend neben dem großen Preußenkönig der Erste, der in Deutschland die Leibeigenschaft abschaffte. Außerdem war er aus dem Rheinbund ausgetreten und hatte sich mit dem russischen Oberst Tettenborn gegen die Franzosen verbündet. Dieser perspektivische Weitblick, wo Freund, wo Feind, sicherte ihm das Verbleiben vor Ort. Doch aus Vorsicht gegen die Empfindsamkeit der Geschichte umkleidete man den Großherzog bis zum Nabel mit einer Holzkiste und umbaute gegen jedwede Verkühlung auch seinen Kopf mit einem Glaskasten, der am Abend die leuchtenden Erfolge des Zweijahresplanes offenbarte. Das ist lange her. Das Denkmal gibt sich wieder à la nature. Lediglich seine Inschrift hat es eingebüßt: Unserem Landesherrn Friedrich Franz I., gewidmet von seinen dankbaren Landeskindern. Diese Verhöhnung wollte man auf den Landeskindern nicht sitzen lassen, denn der Herzog soll pro Jahr 100 Soldaten über die Niederlande nach Afrika verkauft und dafür 37 000 Taler eingestrichen haben. Fast das Dreifache der jährlichen Summe kostete die Anlage der Kaskade. Hingegen gab der Herzog für die Soldatenunterkünfte in der Nummerstraße, die so winzig waren, dass auch ein Kind den Hausschlüssel in die Dachrinne legen konnte, ganze 600 Taler aus.

Karl Heinz Basedow war über 30 Jahre bei den Räten der Stadt, des Kreises und des Bezirks in Sachen Kultur und Volksbildung tätig. 15 Jahre war er Ratsmitglied für Kultur in Ludwigslust. Seit seiner Invalidisierung macht er Führungen durch die Stadt. An diesem Tage ist es die 64. in diesem Jahr. Er beginnt sie auf dem Schlossplatz am Denkmal mit einem ausführlichen Exkurs in die Vergangenheit.

Ludwigslust fällt aus dem Rahmen der mecklenburgischen Kleinstädte. Es hat keinen Marktplatz und keine Kirche im Zentrum, war keine Stadt der Bürger, sondern eine Residenz. Christian Ludwig, der Vater von Friedrich, hatte sich in die wildreichen Wälder der Griesen Gegend verguckt und führte in seinem hölzernen Jagdschloss am Rande des Dörfchens Klenow ein beschauliches Leben. Da er aber mit seinem hölzernen Gehäuse auf die Dauer nicht gesellschaftsfähig war, brauchte er ein neues Schloss. Was der Vater begonnen hatte, setzte der Sohn fort und nannte die Residenz zu Ehren seines Erzeugers Ludwigs-Lust. Dem frommen Friedrich war die Ruhe erste Herzogspflicht. Er hatte im „weltlichen" Schwerin schon das Tanzen und das Theaterspiel verboten. In Ludwigslust durfte nur siedeln, wer für den Hof unentbehrlich war. Am Bassin wohnte der Hofadel, am Kirchenplatz waren die Lakaien untergebracht, unter ihnen auch Hofbaumeister Johann Joachim Busch, der im Auftrage des Herzogs bis nach Ägypten gereist war, um seinem Lohnherrn ein Angebot für die künftige Stadt zu machen. Da ihm die ägyptische Baukunst sehr zusagte, sollte die gewaltige Kirche eigentlich die Form einer Pyramide bekommen. Die begrenzten finanziellen Mittel verhüteten das Schlimmste.

Der Herzog war fromm und arm. Seine Reichtümer waren Sand und Holz. Damit konnte er keine Stadt bauen. Das Glück wollte es, dass er einen pfiffigen Lakaien hatte, der alle Klischeevorstellungen vom döschigen Mecklenburger über den Haufen warf. Lakai Bachmann braute aus Harz, Weingeist und Altpapier (das genaue Rezept hat niemand erfahren) eine Pappmaché-Masse, die sich hervorragend verwenden ließ für Sandstein-, Porzellan- und Marmorimitationen, für Büsten, Vasen, und allerlei Dekorationskrimskrams. Der Herzog war begeistert und lieferte das notwendige Altpapier geradewegs aus den höfischen Papierkörben. Noch heute kann man die imposanten Amphoren im Goldenen Saal des Schlosses mit dem kleinen Finger anheben und im Innern des Hohlkörpers die Original-Schriftzüge Seiner Durchlaucht von siebzehnhundert... entziffern. Die Ludwigsluster Kartonfabrik versorgte nicht nur das eigene Schloss, sondern bediente auch alle europäischen Fürstenhöfe und reichen Bürger mit Büsten von Königen und Philosophen aus Pappmaché. Außer der Kartonfabrik verbat sich der Herzog aber jegliche Ruhestörung und Industrie. Nur einige Straßenzüge entstanden als Angebinde des Kirche-Schloss-Park-Ensembles, denn auch der Hofkonditor, Hofschneider, Hofapotheker und so weiter brauchten ein

Dach über dem Kopf. Die Perle unter den Straßen ist die Schlossstraße, heute Wilhelm-Pieck-Straße, eine Paradestraße in Rot und Grün; rot die Backstein-Bürgerhäuser mit barocker Fassade und grün die Baldachine der Linden.

Diese kleinstädtische Residenz von Backsteinbarock und Klassizismus, entstanden aus dem Zwang, gesellschaftsfähig zu sein und aus der Not, wenn möglich, aus Sauerkraut Brokat zu machen – zu einer Zeit, da sich die Rufe der Französischen Revolution nach Freiheit, Gleichheit, Brüderlichkeit schon angekündigt hatten und ein Echo auch in Mecklenburg angekommen sein muss, denn Voltaire aus Pappmaché war eine beliebte Dekoration im aufgeklärten Bürgerhaus – diese kleinstädtische Residenz ist etwas Einmaliges im norddeutschen Raum. Ich sage das nicht, weil ich Ludwigslusterin bin. Auch die Denkmalpflege hat sie auf ihre zentrale Liste gesetzt. Geschichte ist hier zu sehen. Der Stadtkern blieb vollständig und unzerstört erhalten.

Ob wir eine Stadt mögen oder nicht, hängt unter Umständen von der Freundlichkeit der Milchverkäuferin oder vom Wetter beim Stadtbummel ab, am wenigsten ist es eine Frage der Objektivität. Lulu wird meine Heimatstadt genannt von denen, die eine intime Beziehung zu ihr haben. Für mich sind es Kindheitserinnerungen, die das gewisse Etwas ausmachen, für die Besucher mag es die besondere Architektur sein, für Karl Heinz Basedow ist es der Alltag, den er hier 31 Jahre als „Kulturarbeiter" bestanden hat; mit Erfolg, und auch mal ohne. Zum Beispiel war er der Meinung, dass eine ordentliche Kreisstadt ein ordentliches Kulturhaus braucht. Ludwigslust hatte gar keins. 1945 hatte es noch das alte Schauspielhaus auf der Bleiche gegeben, in dem das Städtebundtheater mit „Woyzeck" wiedereröffnete. Als es Jahre später abbrannte, wurde in der Turnhalle der Fritz-Reuter-Schule weitergespielt. Ludwigslust war im Schauspiel nicht ganz unbedeutend. Im Urfaust stand Fred Düren als Mephisto auf der Bühne. Und im Laienspielzirkel „Das Rote Dreieck" an der Goethe-Oberschule machten Friedo Solter und Ekkehard Kiesewetter ihre ersten Theatererfahrungen. 1964 bot Basedow eine für die Stadt interessante Kulturhaus-Konzeption an. Der Bau sollte in die

Nähe des Schlossplatzes gesetzt werden, im Rücken die Grotte, eine im Zeitgeschmack des Herzogs angelegte Ruine. Die Bühne des Kulturhauses sollte nach hinten zu öffnen sein und die Grotte gegebenenfalls als natürliche Kulisse mit einbeziehen. Baugenehmigung und Geld hatte Basedow in der Tasche. Aber ein zentraler Beschluss über die Rekonstruktion der Betriebe und die Bereitstellung aller Baumaterialien für diesen Zweck kam ihm zwischen Plan und Ausführung. Man hatte es ihm nicht direkt verboten, sein Kulturhaus zu bauen, aber doch dringlich davon abgeraten. Wie leicht könnte irgendwo in einem wichtigen Betrieb ein Steinchen fehlen, das wäre der Stein des Anstoßes gewesen ... Basedows Erfahren war, sich zu fügen und Stadtrat zu bleiben.

Karl Heinz Basedow war nach dem Krieg als Krüppel nach Ludwigslust zurückgekommen ins Haus seines Großvaters, des ehemaligen Hoftischlermeisters Karl Wolf, damals, im Jahr 45. Für dieses Jahr hatten die Menschen ein Wort gefunden, mit dem sie sich über die gesellschaftlichen Ereignisse verständigten: Umsturz. Ein einfaches Wort mit kompliziertem Innenleben.

Zum Beispiel Basedow: Im Fallschirmjägerregiment hatte er an der italienischen Front gekämpft. Der Amerikaner Paul, mit dem er während einer Waffenpause die Toten und Verwundeten aus dem Niemandsland holte, jeder die Seinen auf seine Seite, war sein Freund – bevor er wieder auf ihn schoss. Musste er sein Feind sein? Basedow wurde verwundet und unter freiem Kriegshimmel operiert. Als er erwachte, hatte er nur noch ein Bein. Erste Reflexion: Ein Fußballstadion und er, der passionierte Fußballer und Segelflieger, auf Krücken. Er wollte nicht mehr leben. Diesen „Umsturz" anzunehmen, half ihm seine Freundin, die sich mit dem Einbeinigen verlobte und heute seine Frau ist. Die erste Beschäftigung des Heimkehrers bei den Großeltern in Ludwigslust war das Zusammensuchen alter Familienfotos. Suchen nach Woher und Wohin. Der stellvertretende Bürgermeister, der Theologe Bruno Theek, den Basedow um einen Bezugsschein für Anzugstoff bat, hielt den Finger auf die Wunde: „Schön dumm, sich für die kaputtschießen zu lassen". Der Mechanismus einer langgeübten Dressur funktionierte noch: „Ich hab mich nicht gedrückt, ich hab mein Vaterland verteidigt." Aber das war schon wie letzte Luft aus einem alten Reifen. „Dann drück dich auch jetzt nicht, mach mit", sagte Theek. Zwei Monate später arbeitete Karl Heinz Basedow im Rathaus als stellvertretender Leiter des Sozialamtes. Der Umsturz war ein Fakt. Jeder musste sich ihm stellen. Für Basedow war das Ludwigsluster Rathaus der Ort, wo er seinen neuen Standpunkt prüfte und übte. Daraus entwickelte sich eine Beziehung zwischen einem Mann und seiner Stadt, die der Mann heute Liebe nennt.

Es kamen die Jahre des Aufbaus. Ludwigslust büßte seine residenzielle Beschaulichkeit ein. Es entwickelte sich die Fleischfabrik zum Kombinat, es entstand der VEB BAMA, ein Industriebetrieb für Landmaschinen. Wohnungen wurden gebaut für die Arbeiter der Betriebe. – Immer noch ist Ludwigslust eine Stadt, in der Rot und Grün dominieren, der Backstein und die Linden. Sie hat 13 500 Einwohner. Jeder 4. Bürger ist ein Jugendlicher. Leider hat Ludwigslust noch immer kein Kulturhaus. Aber das soll sich nun wirklich ändern. Großherzogs Schloss wird schrittweise restauriert, entledigt sich seines Mieters, des Rates des Kreises, mit dem Fernziel, kultureller Mittelpunkt des Städtchens zu werden mit Konzertsaal, Bibliothek, Hobbyräumen, Gaststätte und Parkterrasse. Wär übermorgen doch schon heute!

Am nächsten Tag gehe ich noch einmal zum Großherzog. Vor dem Denkmal steht eine Familie und streitet sich. Der Junge will Eis essen. Die Mutter möchte in den Park. Also gehen Vater und Sohn in die eine Richtung, Mutter in die andere. „In einer Stunde beim Großherzog!" So trennen sie sich. Ich freue mich über die lebendige Tradition. Als das Denkmal gebaut wurde, hatte man sicher anderes im Sinn gehabt, als der Stadt eine Normaluhr zu geben. Es wurde ja auch Ludwigslust vor 200 Jahren für Seine Exzellenz gebaut, und WIR sind die Erben. *(1984)*

Erwin Bernien

Sie wusste alles über Ludwigslust und den Schlossgarten

Sie stammte aus einfachen Verhältnissen, ihr Vater Oestmann war Dompteur beim Zirkus Hagenbeck, ihre Mutter starb früh, und so wuchs die am 6. Oktober 1921 in Hamburg geborene bei ihrer Großmutter in Ludwigslust auf. Ihre Herkunft prägte ihren Charakter und ihre Lebenshaltung, denn alles in ihrem Leben hat sie sich selbst mit großer Energie erarbeitet. Sie erlernte den Beruf einer Kontoristin und war zeit ihres Arbeitslebens als Sekretärin zunächst bei Fleisch- und Wurstwaren Schulze & Söhne und später auf dem Schlachthof tätig.

1942 heiratete sie den Schlachter Heino Dieckmann, und ich muss jetzt schon vorweg sagen, ich habe selten einen Ehemann erlebt, der so stolz auf das Wissen und Können seiner Frau war wie Heino auf Wilhelmine. Erst als Rentnerin widmete sie sich als Autodidaktin ganz der Chronik von Ludwigslust und dem ehemaligen Dorf Klenow, natürlich auch dem Schlossgarten mit seinen seltenen Bäumen und Gewächsen. Sie wusste über alles Bescheid und konnte immer den interessierten Einheimischen und den Besuchern Antwort geben.

Ich erinnere mich noch genau an das erste Treffen meiner damals noch lebenden Klassenkameraden 1991 in unserer Heimatstadt Ludwigslust und an die wissensreiche Führung von Wilhelmine Dieckmann durch den schönen Schlossgarten. Wir alten Ludwigsluster glaubten, dass wir alle Ecken und Schönheiten des Parks kennen würden, wurden aber durch ihr fundiertes Wissen eines Besseren belehrt. Sie kannte jeden Baum mit der lateinischen Bezeichnung und beschämte uns, die wir acht Jahre Latein in der Schule gelernt hatten.

Bei einem Besuch in ihrer Wohnung auf dem Schlachthof erklärte sie mir, wo der alte Klenower Friedhof gelegen hatte, nachdem man bei der Verlegung von Kabeln in der Tüsche dicht an der Schlossbrücke etliche Menschenknochen gefunden hatte. Auch über das Dorf Klenow selbst wusste sie viel mehr als ich.

Heino klagte mir mit einem Lächeln, dass er nicht wusste, wo er in der Wohnung die Füße hinstecken sollte, es läge alles voller Kartons, Kästen und Kisten mit Aufzeichnungen über Ludwigslust und den Schlossgarten.

Wilhelmine Dieckmann starb am 3. Oktober 1997 an einem qualvollen Krebsleiden kurz nach dem Krebstod ihrer ältesten Tochter und drei Jahre nach dem Ableben ihres Mannes. *(2000)*

Dietrich Sabban

Nur ein Traum

Rentner haben doch Zeit. Um mir und anderen das zu beweisen und den wunderschönen Herbsttag so richtig zu genießen, stand ich am 3. Oktober des Jahres 2000 um $^{1}/_{4}$ nach 12 vor den Kaskaden in Ludwigslust. (Nichtmecklenburgern und Neuzuwanderern sei erklärt, dass es zu dem Zeitpunkt auf ihrer Uhr Viertel Eins nachmittags war.) Das bunte Treiben auf dem Schlossplatz – 5 Busse, etwa 60 Pkw – interessierte mich zunächst nicht, da die Busse dort, wo ich stand, gegenüber der mittleren Kaplunger-Plastik, Platz gelassen hatten. Ich genoss das stete und dennoch nicht monotone Geräusch des herabstürzenden Wassers und den Anblick der luftblasendurchwebten Wasservorhänge. Und über der mittleren Kaskade räkelten sich die beiden bärtigen Flussgötter der Stör und der Rögnitz, allein durch ihre Leibesfülle demonstrierend, dass ihnen dieser Platz in unserer Stadt, auf dem sie sich nun schon seit mehr als 240 Jahren aalen dürfen, auch heute noch ihrer Würde und ihren Erwartungen angemessen erscheint. Lange stand ich dort, in ihren Anblick versunken und versuchte, Details zu ergründen. Efeu, der sich um den Störgott rankt, das Reh hinter ihm und die Baumstümpfe weisen unverkennbar auf die Waldlewitz hin, während das Fischnetz des Rögnitzgottes mich an meine eigenen, nicht ganz legalen, aber meist beutereichen Fischzüge in der Kindheit in der Rögnitz erinnerte. Und beide Flussgötter konnten offenbar tatsächlich erst durch den Kanal zueinander kommen und sich hier mittwegs in dieser zwar ehemals morastreichen, aber ansonsten „drögen“ Umgebung niederlassen. Fähigkeiten der Verwandlung und Ortsveränderung, über die die Götter der alten Griechen verfügten und um die wir sie in jüngeren Jahren beneideten, scheinen zumindest diesen Göttern mit slawischem Ahnenpass abzugehen.

Die Sonne strahlte vom fast wolkenlosen Himmel und verschönte den Tag der deutschen Einheit auf ihre Weise. Schweißperlen tropften von der Stirn auf meine Brille, und durch diesen Schleier schien es mir, als nickten mir die beiden Steingötter bedächtig, wie Mecklenburger nun mal nicken, aber unverkennbar zu. Da war es offenbar höchste Zeit, mich nach einer Bank umzusehen, die etwas im Schatten liegen musste, da meine Schutz-„Behauptung“ gegen Sonne und UV-Strahlen zu Hause am Haken hing.

Vor Demmlers Alter Wache, die ja mal die Neue war, saß ich dann und ließ die Stimmung auf mich wirken. Soeben kam noch ein Reisebus. Er fand dort Platz, wo ich bis vor wenigen Minuten gestanden hatte. Zwei Dutzend ältere Leute, meist Frauen, wie es ja auch ihrem Anteil in diesen Altersgruppen entspricht, kamen auf mich zu und fragten nach einer Toilette. Dass man in Lulu „hinter die Büsche“ geht, akzeptierten sie erst, als ich ihnen das bewusste Häuschen hinter den Büschen zeigte. Dass es nur eine Toilette mit sehr zweifelhaftem Standard gab, mussten sie zwar hinnehmen, akzeptieren wollten sie es aber nicht, ebensowenig wie die Tatsache, dass es kein kleines aber instruktives Informationsblatt mit Wegweiser durch Park und Stadt gab, das man so im Vorübergehen mitnehmen könnte. Einer, er war aus Bremen, konnte die Stadtväter nicht genug loben, die es bei allen Zwängen verstanden hatten, die Schlossstraße so großzügig neu zu gestalten und dabei doch dem historischen Vorbild zu folgen. Wie das aber so ist in Deutschland: es fand sich gleich ein Kritiker, der das alles auch so zu sehen vorgab, doch hätte man „dieses scheußliche Stolperpflaster“ den Autos und auch den Passantinnen mit „gehobenem“ Absatz zuliebe durch einen modernen Belag ersetzen sollen.

Am anderen Ende – auch vor der Kaskade – hatte sich ein Aachener Reisebus als Sichtschutz quergestellt. Der Fahrer stellte zwei Campingtische auf und servierte Würstchen mit Brot und Kaffee. Ich dachte an manche unserer Busfahrten und freute mich, den bereits festgestellten deutsch-deutschen Gemeinsamkeiten eine weitere hinzufügen zu können. Eine beeindruckende großgeblümte Dame war mit ihrem Königspudel auf der Suche nach einer Hundetränke nicht fündig geworden und hielt die Stadt, nachdem sie auch von mir keine heiße Spur gezeigt bekam, für extrem tourismusfeindlich. Wenn mir dieser Zusammenhang nicht aus mehreren Gründen paradox und albern vorgekommen wäre – die Lady hätte mich aus meiner wohligen Stimmung reißen können. Ich freute mich dennoch zu sehen, mit welchem Behagen der Pudel nun, als er durfte, von dem Wasser aus dem Bassin schlabberte. Dem distinguierten Herrn mit seiner Kamera allerdings, der das historische Vorbild und die Achse Schloss-Kirche durch den VVN-Gedenkstein, ein „Relikt aus dem Kommunismus“, empfindlich gestört sah, antwortete ich schärfer als gewollt und daher auch sowohl päda- als auch „androgogisch“ falsch: Für mich ist es eine Erinnerung an die Verbrechen, die Deutsche an Menschen vieler Nationalitäten und Glaubensrichtungen begangen haben, von denen 200 hier würdig zur letzten Ruhe gebettet wurden und zwar auf Veranlassung der Amerikaner! Verbrechen, die zu vergessen sträflich wäre. Gerade dort, wo die Seele entspannen kann, sollte man öfter mal auf solch ein „Denk mal“ gestoßen werden.

Ein paar junge Leute, zu meiner Freude ohne Kopfhörer, fütterten die Schwäne und wollten, ihren Gesprächen nach, anschließend eine „Tour“ durch den Schlosspark machen. Sie fanden es „total ätzend“, dass an solch einem Feiertag nicht wieder ein Beachballtunier stattfinden kann wie zum Lindenfest. „Stimmt es, Opa, dass es hier im Schlosspark ein Pferdegrab und eine Klappschleuse gab?“ Hätten Sie bei dem „Opa“ sauer reagiert, wenn Sie sich zwar noch jung fühlen, aber auch wissen, dass Sie fast 50 Jahre von der Erlebniswelt, den Hoffnungen und Wünschen dieser jungen Leute trennen? Ich nahm es als Vertrauensausdruck und bildete mir zumindest ein, geehrt worden zu sein. Das großherzogliche Pferdegrab konnte ich ihnen beschreiben; die Klappschleuse, an der ich in fröhlichen Kindertagen noch gespielt hatte, gibt es nicht mehr.

Dann wurde es ruhig um mich herum. Ich konnte mich ganz der Stimmung dieses Tages und meinen Gedanken hingeben. Und in dieser Situation sah ich plötzlich vor mir auf Baumstümpfen die beiden Flußgötter hocken, die ich gerade noch wegen ihrer Ortsgebundenheit bedauert hatte.

„An so einen Fierdag sitzt Du hier, as wenn Du in Truer büst!" traute sich der Rögnitzgott zu bemerken. Seinem breiten Platt merkte man seine Herkunft aus der Griesen Gegend an.

„Mütt einer denn lut jucheien, wenn em fierlich to Maut is? Hest Du Di denn oewerschümend in Din Bett wöltert, as se din Äuwer nah de Wenn' wedder beplant hebben un sogor Lachsfingerlinge in Din Wader utsett hebben un as de oll Stinkergraben sien Wader nich miehr in Di rinspäulen ded?" fragte ich zurück.

„Abersten Din Anblick lässt wirklich nich durch und durch zufrieden", meldete sich der Störgott zu Wort. Mit seinem feinen Hochdeutsch plattdeutscher Abstammung machte er deutlich, dass er eine weitgehend residenznahe Vergangenheit hatte und sich sehr bemühte, seine bessere Herkunft auch durch geschliffene Rede und gehobene Sprache zum Ausdruck zu bringen. Götter haben doch überall viel Menschenähnliches an sich! Jedenfalls wurde sehr deutlich, dass der jahrhundertealte Konflikt zwischen den ländlichen Plattsnackers und den oft gebildeteren, häufig aber auch nur sich gebildet gebenden Städtern selbst vor Göttern nicht haltmachte.

„Wär ja wohl auch zu viel verlangt, bei aller Freude über das Erreichte und die eigene Situation völlig zufrieden zu sein. Bei all den schweren, noch ungelösten und auch neuen Problemen wie Arbeitslosigkeit, Jugendarbeitslosigkeit, Vergreisung unseres Bundeslandes wegen fehlender Chancen für Kinder und Enkel, ‚Entbahnung' Mecklenburgs, wie ein neues Unwort heißt, Bekämpfung der ‚politischen Gegner' statt gemeinsamem Ringen aller Mandatsträger um Lösungen und, nicht zuletzt, die bisherige offenbare Hilflosigkeit des Staates, Gewalt in jeder Form und rechtes Gedankengut im Interesse der Menschlichkeit und der Selbstachtung nicht nur der Mecklenburger, sondern aller Deutschen überall und konsequent zu bekämpfen", antwortete ich, erstaunt darüber, den beiden, die es ja eigentlich nicht geben konnte, überhaupt zu antworten.

„Siet 1760 orrer so – denn' Voß-un-Haas-Klenner gew dat dunn noch nich – sitten wi hier un hebben ein Sak liert: Dat brukt väl Geduld, bet ein süht, dat sik wat ännert hett. Oewer wat sik in de minschlichen Verhältnissen ännert hett, hett sik doch to'n Gauden ännert, dücht mi. Dat markt ein oewer blot denn, wenn he nich gistern mit hüt, sünnern 2000 mit 1900 orrer 1950 mit 1850 verglikt. Un wenn Din Ururenkel ens ehr Verhältnissen von 2076 mit 1876 verglieken, denn warden se ok seihn, dat de sik wedder mächtig bätert hebben. Dat is uns Läbenserfohrung!" sagte der Rögnitzer.

„Vergleich doch bloß eins dies Flag, auf dem wir sitzen tun. Was war das für ein Morast. Un gutes Wasser war zwar in der Erde, aber mit ihre Pumpen konnten die Leute nicht langen, un da, wo sie ihre Brunnen gebaut hatten, war der Misthaufen nich weit von ab, un beis Saufen aus dem Börntrog ließ das Vieh ja auch noch was fallen, un der stand auf jeden Hof beim Sod nebenbei. Un heute haben die Leute gutes Wasser in jedem Haus, so sind sie avanciert. Als wir uns hier niederließen, gab es nur das alte Jagdschloss, ein kleines armes Bauerndorf un wenige Bedientenhäuser, un nu zelebrieren sie schon den 125. Jahrestag der Stadtrechtverleihung. Un wir, wir verlustieren uns hier jeden Tag mit Enten un Schwäne um die Wette!"

„Von selbst ist das aber doch auch nicht geworden, und Ihr seid doch wohl auch nicht mit allem zufrieden. Wenn Herzog Christian Ludwig und Friedrich und die anderen alle und wenn die Bürger von Klenow und danach von Ludwigslust immer mit ihren augenblicklichen Zuständen zufrieden gewesen wären, dann flösse heute kein Wasser aus der Lewitz über den Kanal in die Rögnitz, es gäbe keine Kaskaden, und es gäbe Euch nicht, ja es gäbe nicht einmal die Stadt Ludwigslust." – „Dor magst Du Recht in hebben. Wenn de oll Kaplunger, de sik uns utdacht hett, hier stahn hett, wier he ümmer an 't Grüweln, wat noch bäter makt warden künn. Un wo lang hett dat duert, bet Friedrichen sien Klappslüs ehren rechten Schick har! Ick wunner mi oewerhaupt, dat dat Denkmal noch nich wedder upbugt worden is. Wat Bäteres, üm Touristen antotrecken, kann dat doch gor nich gäben. Un dat will doch de Stadt."

„Die Stadt wohl, doch die Klappschleuse bei den 24 Wassersprüngen liegt im Schlosspark. Der gehört aber nicht der Stadt, sondern ist Landeseigentum und wird verwaltet durch das Staatliche Museum Schwerin – Kunstsammlungen, Schlösser und Gärten. Das ist zwar auch am Tourismus interessiert, versucht aber in Zeiten permanent knapper Kassen doch wohl eher, das zu erhalten, was noch oder schon wieder da ist. Aber investieren kann ja auch hier wohl nur der, dem der Grund und Boden gehört."

„Es wäre aber doch sehr zu wünschen, un es würde nich nur mir ein großes Plesier bedeuten, wenn Stadt un Land gemeinsam einen Weg ausklamüstern würden, mit Assistance plietscher Handwerker un Ämtern un Sponsoren solch ein merkwürdiges Spielwerk nachzubauen un an die alte Stelle zu setzen. Ich kann mich immer nur verwundern, dass von den vielen Tagesbesuchern nur welche eine längere Spazierung durch den Schlosspark machen, woans man sehen kann, dass es gar nicht genug beschaubare Attraktivitäten in ihm geben kann. Un – je länger die Leute sich da verweilen, um so länger sind sie ja hier un um so größer ihre Ess- un Trinklust. Un bei vielen auch die Lust aufs Wiederkommen. Un alle zusammen sollten die Lurwigsluster deshalb doch wohl auch einen guten un kostenlosen ‚Residenz-, Park- un Stadtführer' zuwege bringen."

„Wenn se oewer lang' in Stadt un Park ünnerwägens sünd, mütten de Besäukers dat, wat se äten un drunken hebben, up kommodige Oart un Wis' wedder loswarden können – ok wenn männigweck sik ehren Proviant mitbröcht hebben. Dat Priwee achtern Busch bi de oll Wach is doch bi so väl Touristen ierstens tau wenig un tweitens kein Inrichtung, de Lust up 'n tweiten Besäuk in Lurwigslust makt. Un in Taukunft wür ik mi wünschen, dat an väle Städen wäderfasten Schiller stahn, up de man läsen kann, wat dit för'n Bom is un dat för'n Mausoleum un dat wi de Götter von Stör un Rögnitz sünd un nich Poseidon un Neptun."

„Durch solche Tafeln un durch Lesen würde es den Leuten auch offenbar, dass Demmlers Wache kein Tempelnachbau sein kann, wie ein Vater seinem Sohn neulichs wohl auch wegen die Kreuze in einigen der Pflastersteine vor den Stufen einredete. In dieser Fasson haben die Leute auch früher, als es noch mehr von den Slawengöttern gab, nie nich gebaut. Un die Kreuze? Die Wachsoldaten konnten ihre Musketen doch nich einfach auf die glatten Steine pyramidieren. Da gaben ihnen die Kreuze Haltung, dass die Waffen nich umfallen tun. Ja, als die Residenz noch hier war, war in manchen Zeiten viel Trubel un manchmal viel Ruhe. Das war dem jungen Volk oft langweilig, wie heute auch. Is ja zu schade, dass die Freilichtbühne nich mehr da is. Da hat es oft viel Amüsemang gegeben."

„Die Freilichtbühne gab es früher dort auch nicht. Ja, wenn sie woanders gestanden hätte, wäre sie wohl noch da. Doch nun haben ja die Stadtväter für eine neue Stadthalle gesorgt. Nun mag es auch in dieser Hinsicht besser werden."

„Die Freilichtbühne war aber immer auf, un die Stadthalle muss den jungen Leuten eben auch oft was bieten, damit sie sich hier behaglich fühlen tun. Sie darf nich meist zu sein!"

„Uns hebben de Restaurierungen an Slott un Kaskaden un rundüm Maut gäben, dat wi hier noch lang' liggen dörpen, wiel wi ok tau de Attrakschonen hüren daun, von de de Tourismus läben deit. Un wo bewunnern de Lüd uns niege olle Slottstraat! Wo fein is de makt worden. Un de Verschönerungen warden woll ok nah dat grote Jubelfest wieder gahn, wobi mi dat so vörkümmt, as ob de Klaukschieters, de denn' Platz un de Slottstraat betonieren willen, mit ehr krusen Gedanken oewer ‚Fortschritt' nich dörchkamen un dat ok dat Denkmal von Meister Bartho stahn blieben ward, as Mahnung för uns all: Denk mal nah!"

„Un ich als Gott der Stör werd den Stadtverordneten so lange in ihren Träumen sichtbar werden un sie stören, bis die Busse die Panoramaansicht durch ihre Parkerei vor unseren sehenden Augen nich mehr schimpfieren. Un das sind doch auch wieder vergnügliche Aussichten! Für Dich is es nu aber wohl hoch Zeit, aufzuwachen un Dich zu vermüntern. Sonst wirst Du den Leuten noch ein Spott."

Ein Spott – in meinem Alter? Der Schreck hatte mich wohl aus meinen Dahindämmern gerissen. Ich schaute mich um und sah, dass ich allein war. Die beiden Flußgötter lagen wieder dort, wo sie immer gelegen hatten. Welch seltsame Träume man doch haben kann, auch am Tage! *(2000)*

Hanne-Lore Marske

Die Fassade

Auf unserem Spaziergang durch den weiträumigen, naturnahen Schlosspark, in dem die Vorboten des Herbstes von Tag zu Tag mehr das Zepter aus sommerlichen Händen übernahmen, sahen wir schon von weitem einen Mann. Er stand mit einem Besen in der Hand vor einem Gebäude, dessen Mauern ein dunkles Rot ausstrahlten, das einen lieblichen Kontrast zu dem grünen Blätterdach der Parkbäume bildete. Im Näherkommen entwickelte sich vor unseren Augen, so wie es der belichtete Film in der chemischen Lösung tut, ein selten reizvolles Bild, das uns ganz in seinen Bann zog. Immer deutlicher zeichnete sich die wunderbare Fassade einer Kirche in Backsteinarchitektur ab, reich verziert, mit einer Zinnenkombination von seltener Pracht als Abschluss gegen den Himmel. Zwei schlanke, vieleckige Türme ragten vom Boden aus wie Grenzwächter links und rechts des Portals in die Höhe, gekrönt von einem Spitzdach, das als Abschluss eine Kugelform trug. Dazwischen hatte der Baumeister das Symbol einer Fürstenkrone eingefügt: Zwei zierliche Spitztürme ragten am höchsten und rahmten in ihrer Mitte fünf gleiche vasenähnliche Gefäße ein. Ein Fensterpaar vervollständigte das oberste Fassadendrittel. Ein auffälliges rundes Rosettenfenster markierte die Fassadenmitte, während ein mächtiges, kunstvolles Portal fast den gesamten unteren Teil beherrschte. Die hölzerne Tür war in quadratische Felder gegliedert, die mit Zeichen aus der Tier- und Pflanzenwelt verziert waren – eine sehenswerte Fassade!

Rund um die Kirche fällt der mit einer dichten Grasdecke bewachsene Erdboden gleichmäßig nach allen Seiten ab und endet überall als Ufer eines dunklen, geheimnisvoll schimmernden Wasserlaufs: Die Kirche steht auf einer Insel, die kaum 50 Meter Durchmesser hat. Wir bleiben wie von selbst kurz vor einer schlichten Brücke stehen. Der leicht nach oben gewölbte Boden ist mit Platten belegt, an beiden Seiten schützt ein kunstvolles Geländer in symmetrischer Holzkonstruktion.

Der Mann mit dem Besen schaut uns vom anderen Ende der Brücke erwartungsvoll entgegen, uns gleichsam zum Nähertreten auffordernd. Zögerlich betreten wir den alten Steg, während unsere Augen vom schadhaften Brückenbelag zum Besenträger oder zur prunkenden Fassade hin- und herwechseln: fragend, staunend, unsicher, überrascht.

Der kräftige, mittelgroße Mann – je näher wir treten, desto mehr ist unser Gefühl geneigt, das Wort „Mann“ durch das ehrerbietigere „Herr“ zu ersetzen – kehrt mit kräftigen Besenstrichen die Blätter vor uns zur Seite, andere in Richtung Kirche und entbietet uns dann einen freundlichen Gruß, den wir dankbar erwidern. Wir äußern unsere Überraschung, hier in diesem einzigartigen Park ein Gotteshaus anzutreffen, dazu noch auf einer Insel. Statt einer Antwort lädt uns der Fremde ein, die Kirche zu betreten. „Sie ist normalerweise verschlossen. Sie haben Glück, dass ich den Schlüssel bei mir trage. Schauen Sie sich erst einmal alles in Ruhe an, und dann sehen wir weiter“, meinte er.

Beim Eintritt fielen uns zuerst zwei Reihen achteckiger, bunter Pfeiler auf, dann ein Sternengewölbe, das über dem Mittelschiff schwebte – wesentlicher aber war etwas anderes: Eine merkwürdige Stimmung hatte von uns Besitz ergriffen. Wir fühlten uns vertraut mit dem Raum, obwohl wir ihn zum ersten Mal betraten. Es kam uns vor, als lebten wir in einer anderen Welt. Das Draußen war unwirklich geworden, unser Bewusstsein war in unsichtbaren Fesseln gefangen, eine lange Weile.

Draußen befreite der Herr mit Ausdauer und unter großem Einsatz den Vorplatz seiner Kirche von Blättern, Zweigen und anderem Unrat. „Sie sind zum ersten Mal in Ludwigslust?“

„Ja, wir kommen aus dem Ruhrgebiet, wohnen hier für ein paar Tage und fühlen uns auf eine überraschende Art wohl.“ Als der Unbekannte den Namen unserer Stadt hörte, stutzte er und atmete schneller. Er antwortete, indem er seiner Stimme eine noch freundlichere Note verlieh: „Ich stamme somit aus Ihrer Nachbarstadt; meine Mutter wohnt noch dort. Ich besuche sie, so oft es mein Beruf zulässt. Ich bin ...“ – „... der Pfarrer dieses Gotteshauses hier!“ fielen wir ihm ins Wort. Er nickte überrascht, aber auch ein wenig geschmeichelt: „Wenn Sie genügend Zeit haben, es würde mich freuen.“ Wir stellten uns vor, nahmen auf einer Bank Platz und lauschten den Worten des Geistlichen.

„Sie kennen sicherlich den Begriff Diaspora, auf unsere Stadt trifft er zu. Ab 1756 kamen infolge der Verlegung der Residenz von Schwerin nach Ludwigslust mit dem Hof auch katholische Christen, darunter Wachsoldaten, Bauleute, Künstler und Diplomaten. 1809 wurde diese Kirche hier feierlich eingeweiht, neun Jahre später der dort einzeln stehende Glockenturm. Damit verbindet sich übrigens eine interessante Geschichte. Alle Angehörigen der Fürstenfamilie lebten seit alters her in ständiger Furcht vor Blitzeinschlägen. Darum durfte niemand einen Turm errichten. Wenn er unbedingt erforderlich war, bei einer Kirche zum Beispiel, musste er weitab neben dem Gebäude gebaut werden. Blitzableiter gab es damals in Hülle und Fülle, mehr als wir heute Gläubige zählen. Später vergrößerten Flüchtlinge und Vertriebene zweier Weltkriege die Zahl. Es ist nur eine kleine Herde, die mir anvertraut ist. Wenn ich an sie denke, das tue ich eigentlich immer, dann bleibt mir nur die Feststellung: Außerhalb der Gottesdienste kommt niemand her, keiner verirrt sich an diesen Ort; gelegentlich vielleicht einige Urlauber, ein paar Kunstliebhaber. Sie bewundern die zur Schau gestellte Pracht, die Fassade, die Äußerlichkeiten; sie dringen nicht zum Kern der Dinge vor, zum Wesentlichen, zum Innern.

Und damit komme ich zum wirbelnden Tanz der Blätter. Eines Tages verlieren sie ihren Halt. Der Sturm hat sie von den Zweigen gerissen. Sie tanzen zu Boden, taumeln haltlos hin und her, bleiben irgendwo liegen. Viele sammeln sich dort vor der Kirche, in dem windstillen Bereich vor dem Portal. Sie bleiben liegen, ermatten und beginnen zu verdorren; denn hinein gelangen sie nicht. Ich mühe mich nun mit ihnen ab, kämpfe mit dem Besen gegen den Fall, versuche ihren Weg zu beeinflussen. In diesem Zusammenhang denke ich oft an Napoleon. Man kann ihm vieles vorwerfen, nicht aber, dass er ziellos umhergeirrt und müßig gewesen sei. Dieser Tatmensch hat eine Idee verfolgt, rücksichtslos und unter Einsatz aller Kräfte – und was hat er erreicht? Am Ende seines Lebens landete er auf einer verlassenen Insel im unendlichen Ozean, St. Helena mit Namen. Dieses kleine Gotteshaus heißt ebenfalls St. Helena, liegt auf einer winzigen Insel, umgeben von einem Meer von Bäumen. Und ich? Ich versuche, mit einem Besen als Steuer den Weg der Blätter zu beeinflussen."

Der Pfarrer machte eine lange Pause. Sein Blick war nachdenklich auf die hier und da einzeln zur Erde schaukelnden Blätter gerichtet. Vielleicht nahm er sie gar nicht wahr; denn seine Lider hielten die Augen im Dunklen.

Dann wurde ihm bewusst, dass er nicht allein auf der Bank saß. Er blickte uns freundlich an, stand auf und verabschiedete sich mit ein wenig Wehmut in der Stimme: „Entschuldigen Sie bitte, dass ich Ihrer Aufmerksamkeit sehr viel zugemutet habe, es ist sonst nicht meine Art. Ich wollte Ihnen eigentlich nur sagen und damit möchte ich mich auch verabschieden: Wenn ich nicht ganz sicher wäre, daß ER da oben auch der Herr der Winde ist, hätte ich längst aufgehört zu fegen und den Besen in die Ecke gestellt. Leben Sie wohl!" *(1993)*

Gerd Lüpke
Im Park

Tauperlen blinken auf grünem Laub –
im schrägen Sonnenstrahl wirbelt Staub.
Die Bäume rauschten lange schon,
bevor der Schlossbau stand,
und der Jagdhörner heller Ton
schallte durch stilles Land.

Als der Palast dann fertig war,
konnt man die Herren sehn
mit Damen, hochgetürmt das Haar,
in schattigen Alleen.

Wo einst zur Jagd das Hifthorn klang,
spielen nun Kinder Ball
um ihre Mütter auf der Bank
am alten Wasserfall.

Tauperlen blinken auf grünem Laub –
im schrägen Sonnenstrahl wirbelt Staub. *(2000)*

Otto Kaysel

Großstadtmenschen, kommt zu uns

Wie eine Insel ist unsere kleine Stadt. In Sturm und Drang hat sie ihre Stille und Enge behalten, aber auch ihre besondere Art.

Bei uns wächst in Ruhe die Kraft, blüht die Freude und überdauert stille, einfache Schönheit den Wechsel der Zeiten. – Großstadtmenschen, kommt zu uns! –

Seht hin, wie hinter dem Schloss um das grüne Rasenrund in Rot und Gold der Herbst prunkt und leuchtet! Seht sie euch an, die alten Eichen, wie sie in Kraft und Trotz den Winter empfangen, wie in bronzenem Kleide dastehen, uralte Denkmäler, in deren Schatten ausgestorbene Rittergeschlechter gerastet haben mögen nach glücklichem Weidwerk! Oder kommt und genießt bei uns die holden Tage, wenn in allen Straßen die Linden blühen und die Bienen summen, kommt mit hinaus in das sonnige Feld, wo unter den reifen Ähren die blauen Blumen steh'n, der Mohn seine Lichter entzündet, und die Lerchen unbekümmert um die Not der Menschen Dank und Lob in den Himmel hinaufsingen! – Oder wollt ihr noch Schöneres kosten, so wandelt einmal durch die stillen Wege des Parkes, wenn unter den Buchen die ersten Osterblumen aus der Winterdecke hervoräugeln, durch das lichte Gezweig die junge Sonne scheint und auf ihren goldenen Strahlen Ammer, Star und Edelfink singen und geigen und aller Welt verkünden: Freut euch, der Frühling ist da!

Freut euch! – Wer mit der Seele hineinsieht in Wald und Feld, wer, die noch so einfachen Zeugen längst vergangener Tage vor sich, respektvoll alte Überlieferungen würdigt und freundlichen Auges genießt, was von ehedem noch übrig ist, der wird, unbehelligt durch Neues und nicht immer Schönes, Ludwigslust auch heute noch schön finden, und selbst sagen, dass es ein Paradies ist. Ist auch viel Leid über uns gekommen, drum wollen wir nicht zagen und klagen, sondern mitten in Sorge, Not und Arbeit uns manchmal – freuen. Denn Freude ist Gesundheit, und just so stark sind wir, als wir im Stande sind, froh zu sein. *(1927)*

Nachwort oder: Ludwigslust und die Ludwigsluster in der schönen Literatur

Als „Klein Versailles“ oder „Sanssouci des Nordens“ haben Dichter Ludwigslust besungen. Der Reiseschriftsteller Fritz Mielert spricht von „Mecklenburgs Buen Retiro“, womit er einen Vergleich zum Lustschloss spanischer Könige herstellt, und Gertrud von Le Fort nennt Ludwigslust die „Träumerei“: „Man unterscheidet die große und die kleine Träumerei, die große betraf das Schloß, die kleine das Städtchen“. Andere Autoren sprechen von der „Schlummerresidenz“, der „Sand“- oder „Waldresidenz“. Ein Witzbold bezeichnete Ludwigslust nach der Rückverlegung der Hofhaltung gar als „Ludwigsschmerz“. Liebevoller klingt da schon das gewohnte „Lulu“. Französisch sprechende Damen der Hofgesellschaft machten einst daraus „Lülü“.

Die Literatur über die „Barockstadt“, „Lindenstadt“ oder „Hauptstadt der Griesen Gegend“, wie Ludwigslust auch genannt wird, füllt ganze Regalmeter. Immer wieder werden darin das Schloss, die Kirche und der Park beschrieben. Dass Ludwigslust mehr ist als ein Anhängsel des Schlosses, ein Zentrum geistig-kulturellen Lebens im Lande war, namhafte Autoren und Künstler in der Stadt gewirkt haben, berühmte Schriftsteller die Stadt besuchten und beschrieben und aus der Stadt Persönlichkeiten von überregionaler, nationaler und internationaler Bedeutung mit ihren Werken hervorgingen, dürfte wenig bekannt sein.

*

Die wohl erste Berührung der im Entstehen begriffenen Residenz Ludwigslust mit der Literatur ist ein 1765 geschriebenes Gedicht von Johann Friedrich Löwen auf Georg David Matthieu. Herzog Friedrich hatte Matthieu ein Jahr zuvor als Hofmaler von Berlin nach Ludwigslust verpflichtet. Löwen lobt in seinem Gedicht die Meisterschaft Matthieus, nennt aber auch die Zwänge, denen ein Hofmaler unterlag.

Johann Friedrich Löwen war es übrigens, der 1767 in Hamburg das erste deutsche Nationaltheater gründete und Lessing als Dramaturg an die Bühne holte. Dem Unternehmen Löwen-Lessing in der Hansestadt war kein Erfolg beschieden. Noch vor Jahresfrist brach alles zusammen. Ob Lessing auf dem Weg nach oder von Hamburg in Ludwigslust Station machte, muss Vermutung bleiben.

Überkommen stattdessen sind Beschreibungen mehrerer Reiseschriftsteller. Der britische Diplomat Thomas Nugent ist 1766 des Lobes voll von des Herzogs neuer Residenz, aber schon Karl von Stein, Sohn der Goethefreundin Charlotte von Stein, zeichnet als Kammerjunker zwischen 1786 und 1793 in seinen Briefen nach Weimar ein eher ironisches Bild der Ludwigsluster Gesellschaft. 1800 beschrieb der Pfarrer Johann Christian Wundemann in Walkendorf bei Gnoien Ludwigslust in Hinsicht auf Kultur, Kunst und Geschmack, und 1812 erschienen Texte des späteren Journalisten und Weimarer Almanachredakteurs Johann Stephan Schütze, den alles nach Ludwigslust drängte. „Sie haben nichts gesehen, wenn Sie Ludwigslust nicht sahn …“, schwärmte er. Dagegen fühlte sich der tatenfrohe Naturforscher und Philosoph Gotthilf Heinrich Schubert in Ludwigslust eingeengt. Ein Leben wie im „goldenen Käfig“ schrieb er, nachdem er 1816 Prinzenerzieher geworden war. Da kam 1819 eine Berufung als Universitätsprofessor nach Bayern sehr gelegen.

Geradezu begeistert von Ludwigslust war wiederum die „Isenburgische Spottdrossel“ Karl Julius Weber. Der satirisch-feuilletonistische Schriftsteller stand als ein in Deutschland reisender Deutscher auch nicht im Sold mecklenburgischer Fürsten. Anders erging es da schon dem Dichter, Schriftsteller, Porträtmaler und eigentlichen ersten Kunstkritiker Deutschlands Carl Ludwig Fernow, 1790 bis 1793 Zeichenlehrer in Ludwigslust, und dem irischen Doktor der Philosophie Carl Wilhelm Weyde, der 1806 Erzieher beim Erbherzog Friedrich Ludwig wurde.

1795 starb in Ludwigslust Gottfried Rudolf Baron von Ditmar. Er ist der eigentliche Schöpfer des Landesgrundgesetzlichen Erbvergleichs von 1755 und begründete die Freimaurerei in Mecklenburg. Es ist ein Glücksfall der Geschichte, dass der Reichshofrat von Ditmar hoch verschuldet war und Herzog Friedrich ihm 1779 seine 16 000 Bände umfassende Büchersammlung für 10 000 Taler abkaufte. Diese Büchersammlung bildete den Grundstock für den Aufbau einer herzoglichen Regierungsbibliothek, der heutigen Landesbibliothek Mecklenburg-Vorpommern in Schwerin.

Im Zusammenhang mit der Residenz müssen wir Persönlichkeiten sehen, die aus Ludwigslust hervorgingen und außerhalb des Landes Bedeutung erlangten. Als Sohn des Hofpredigers wurde 1786 Franz Ludwig Passow geboren. Er, der mit Goethe bekannt war und auf den sich der Dichterfürst in späteren Schriften berief, sollte der bedeutendste deutsche Sprachforscher des frühen 19. Jahrhunderts werden. Als Professor in Breslau war Passow kein Stubengelehrter. Begeistert von der Turnerbewegung des Friedrich Ludwig Jahn, trieb er selbst fleißig Sport mit seinen Studenten, geriet folgerichtig in Konflikt zu reaktionären Professoren und wurde in die sogenannte „Breslauer Turnfehde" verwickelt. Als frühes Opfer der Demagogenverfolgungen klagte man Franz Ludwig Passow wegen Majestätsbeleidigung an und verurteilte ihn. Die erlittene Haftstrafe steigerte nur noch seine Popularität, so dass Preußens König Friedrich Wilhelm III. es nicht wagte, den widerspenstigen Professor von der Universität zu entfernen.

Zu Ehren gelangte fern der Heimat ein anderer Ludwigsluster. 1795 wurde der Orientalist Friedrich Franz Ludwig Erdmann als Sohn eines Seminar-Inspektors geboren. Als Professor für orientalische Sprachen und Literatur seit 1818 in Kasan dekorierte ihn der Zar aller Reußen mit zahlreichen Orden, ernannte ihn zum Staatsrat und erhob ihn sogar in den Adelsstand.

In Ludwigslust aufgewachsen ist der 1814 in Schwerin geborene Carl Gloede. Beim Vater am Ludwigsluster Hof erlernte er dessen Beruf und wurde Mundkoch seiner Majestät Kaiser Wilhelm I. in Berlin.

Aus Begeisterung für die niederdeutsche Sprache seiner mecklenburgischen Heimat veröffentlichte er 1869 „Eine Sammlung plattdeutscher Original-Gedichte" mit dem Titel „Zutemoos". Darin finden sich Texte, in denen er seine Erinnerungen an die Eltern und Ludwigslust ausdrückt, und als Eingangsgedicht eine Erklärung für den sonderbaren Titel des Buches:

„Dat Zutemoos, dat is'n Gericht,
Ketüffeln, Röben, gäle Wörteln,
Backbiern, Plumm'n un Habergrütt
Un Rester ut de Melkenbütt,
Speckrüters, Peterzill, wenn dis'
Nich öber Joahr verhagelt is,
Ward all tohopen warm nu makt;
Wer 't mag, den smeckt 't, as wier 't frisch kakt."

Es ist nicht anzunehmen, dass Carl Gloede je diese Spezialität am Berliner Hof zubereitet hat. Er wäre bestimmt nicht alt in kaiserlichen Diensten geworden, und Wilhelm hätte das Geschenk zum 50jährigen Dienstjubiläum Gloedes im Wert von 600 Goldmark sparen können, denn nur ein „echter Mekelbörger Magen kann dit un noch väl miehr verdragen".

Ebenfalls in Berlin schrieb ein anderer Ludwigsluster ein Buch, das zu einem Standardwerk wurde und bis heute nichts an Gültigkeit verloren hat, das Handbuch des Schachspiels. Der Verfasser ist Paul Rudolf von Bilguer, geboren 1815 als Sohn eines Offiziers. Schriften ganz anderer Art brachte Albrecht Wilhelm Sellin in Brasilien zu Papier. Er war der Sohn des Seminardirektors und ersten Ludwigsluster Stadtpfarrers Carl Wilhelm Sellin. 1841 im Haus am Kirchenplatz geboren, wanderte er 1866, fast zeitgleich mit Gillhoffs Romanhelden Jürnjakob Swehn, in dem Streben nach eigen Hüsung und eigen Land aus. Im südbrasilianischen Bundesstaat Rio Grande do Sul gründete Albrecht Wilhem Sellin ein Sägewerk und eine Ortschaft, die den Namen „Humboldt" erhielt, und wurde Direktor der 1200 Bewohner zählenden deutschen Provinzialkolonie Nova Petropolis. Das Wirken von „Professore Publico", wie der inzwischen zum brasilianischen Staatsbürger gewordene Sellin genannt wurde, war so nachhaltig, dass ein Fluß heute seinen Namen trägt: „Rio Sellin". Als Mitarbeiter mehrerer deutschsprachiger Zeitungen und Volkskalender schrieb der spätere Hanseatische Kolonialdirektor Albrecht Wilhelm Sellin im brasilianischen Urwald landwirtschaftliche Artikel, Gedichte, Volkserzählungen, einen Roman und schließlich das von Heimweh getragene plattdeutsche Gedicht „Wihnachtsabend in de Frömd" sowie die sehnsuchtsvolle Ode „An Ludwigslust".

Für die Entwicklung von Ludwigslust war die Einrichtung des Seminars für Domanialschullehrer fast so bedeutungsvoll wie die Existenz des Hofes selbst. Junge Leute wurden von dem Ort, der noch keine Stadt war, angezogen, und die Lehrerschaft beeinflusste das öffentliche Leben des Gemeinwesens in vielfacher Hinsicht. So zählte Seminarlehrer Wilbrandt bei Hinstorff in Ludwigslust zu den Mitbegründern des „Mecklenburgischen Schulblattes", das es bis 1911 immerhin auf 62 Jahrgänge brachte.

In Mecklenburg gab es schon eine ordentliche Lehrerausbildung, als Großmächte wie Österreich und Russland noch gar nicht daran dachten. Als eines der ersten im Heiligen Römischen Reich Deutscher Nation überhaupt wurde das Seminar für Landschullehrer 1782 in Schwerin gegründet, aber bereits am 15. Oktober 1785 auf einen Bauernhof in Klenow verlegt. 1830 konnte die Bildungsanstalt das von Friedrich Georg Groß erbaute stattliche Haus in der Kanalstraße beziehen. Mit der Ausbildung seiner Dorfschullehrer muss Großherzog Friedrich Franz I. aber wohl nicht so recht zufrieden gewesen sein. Er schaute sich im benachbarten Ausland Preußen um und fand in dem Potsdamer Seminarlehrer Carl Wilhelm Sellin den geeigneten Mann für Ludwigslust. Sellin, der frühzeitig Pestalozzis Methoden übernommen hatte und mit angesehenen Philosophen wie Schleiermacher und Fichte in Verbindung stand, trat im Oktober 1830 das Amt eines Seminardirektors in Ludwigslust an.

Unter seiner geschickten und fachkundigen Leitung entwickelte sich das Lehrerbildungsseminar zu einem der führenden im deutschsprachigen Raum und wurde letztlich zur „Schmiede mecklenburgischer Geistesgrößen".

Von 1847 bis 1849 war Friedrich Chrysander einer der „Zöglinge" des Ludwigsluster Seminars. Der 1826 in Lübtheen geborene spätere Musikschrifteller und -wissenschaftler in Bergedorf bei Hamburg sollte der bedeutendste Händel-Forscher des 19. Jahrhunderts werden. Seine Arbeiten, eine fast hundertbändige Werkausgabe und eine dreibändige, leider unvollendet gebliebene Biografie Händels, gehören noch heute zu den Standardeditionen der Musikgeschichte.

Absolvent des Lehrerpräparandums in Ludwigslust und des inzwischen nach Neukloster verlegten Seminars war Friedrich Rehm. Als Lehrer und volkskundlicher Sammler in Pampow bei Schwerin wurde er ein wichtiger Mitarbeiter Richard Wossidlos. Er schrieb plattdeutsche Snurren und Erzählungen, unter anderem das 1928 bei Hinstorff in Wismar verlegte Buch „Preisterknecht Jochen".

Jahre vor Friedrich Rehm hatten zwei andere spätere niederdeutsche Autoren die harten Bänke des Seminars in Ludwigslust gedrückt: August Carl Friedrich Krohn und Ludwig Wiedow. Krohn stammte aus Rostock, wo er 1830 als Sohn eines Pantoffelmachers geboren wurde. Er schrieb als Lehrer und Kantor in Penzlin und Ivenack plattdeutsche Reimschwänke, kulturhistorische Beiträge und unterstützte den Aufbau des „Mecklenburgischen Schulmuseums zu Rostock". Ludwig Wiedow aus Kirch-Mulsow bei Neu Bukow war Hauslehrer des späteren Schriftstellers Heinrich Seidel in Perlin bei Wittenburg und Schwerin. Unter dem Pseudonym „Wagtsmitgott" veröffentlichte er mehrere plattdeutsche Bände.

Ein Mitschüler von Krohn und Wiedow war Johann Joachim Heinrich Basedow, geboren 1830 in Groß Pravsthagen bei Grevesmühlen. 1854 legte Johann Basedow in Ludwigslust sein Examen als Lehramtskandidat ab, und am 7. Oktober trat er den Dienst als „Irrenlehrer" auf dem Schweriner Sachsenberg an. Auf sein Betreiben hin wurde die Irrenanstalt geteilt. Johann Basedow wurde Inspektor der neugegründeten „Idiotenanstalt", die fortan den Namen „Anstalt für geistesschwache Kinder" führte. In seiner 32jährigen Tätigkeit als Direktor der Einrichtung erwarb Johann Basedow große Verdienste bei der Erziehung und Bildung geistig behinderter Kinder. Er war der erste Pädagoge in Mecklenburg, der die Ansicht vertrat, man müsse die Kinder ihren Möglichkeiten entsprechend so weit bilden, dass ihnen des Schicksal des „eingesperrten Anstaltsidioten" erspart bliebe. „Damit ist er der erste namentlich bekannte Behindertenpädagoge in Mecklenburg. Sicher wird auch schon vor seiner Anstellung hier und da der Versuch unternommen worden sein, geistig behinderte, jedoch beschränkt bildungsfähige Kinder zu unterrichten, aber mit Basedow kommt System in die Angelegenheit“, schrieb Jürgen Borchert. Basedows Wirken ist die Geburtsstunde der „Lewenberg-Klinik“ auf dem Sachsenberg, deren Hauptgebäude noch heute seinen Namen trägt.

Ein Jahr nach Basedows Abgang vom Seminar bezog Ludwig Kreutzer die Bildungsanstalt. Von 1862 bis 1866 war er Lehrer in Ludwigslust und begann hier seine „schriftstellerische Tätigkeit“. Er soll zu Lebzeiten bekannter denn Fritz Reuter gewesen sein, jedenfalls behauptet das sein Biograf August Otto. Nicht ganz zu Unrecht, denn Ludwig Kreutzers Polterabendscherze, Erzählungen und Dorfgeschichten fanden weite Verbreitung. Berühmtheit erlangte er aber als Mitarbeiter des Kalenders „Voß un Haas“. Ein Jahr nachdem Ludwig Kreutzer sein Lehramt in Ludwigslust angetreten hatte, begründete Dethloff Carl Hinstorff den „Großherzoglichen Mecklenburg-Schwerinschen Kalender“, der jährlich seit 1864 erschien. Ludwig Kreutzer wurde der erste Herausgeber von „Voß un Haas“ und schrieb Jahr für Jahr bis zu seinem Tod 1902 hoch- und plattdeutsche Gedichte, Snurren, Voß-un-Haas-Läuschen und Kalendergeschichten für das leibarme Büchlein. Bald war der kleine Jahresweiser, der im Volksmund nur „Voß un Haas“ genannt wurde, in jedem Haushalt Mecklenburgs zu finden. Selbst Farmer im Mittelwesten der USA lasen darin, weiß Johannes Gillhoff zu berichten, und Thomas Mann soll ihn auch gekannt haben. In seinen besten Jahren erreichte der Kalender eine Auflage von 100 000 Exemplaren und mehr und wurde so zu einem der Standbeine des Verlagshauses Hinstorff.

Sechs Jahre vor Erscheinen des ersten „Voß un Haas“ und sieben Jahre nach Gründung des Krankenhauses Stift Bethlehem durch Helene von Bülow wurde in Ludwigslust schon ein Jahresweiser ins Leben gerufen. Der „Bethlehems-Kalender“, im Untertitel „Mecklenburgisches Volksbuch“ genannt, erschien im Selbstverlag des Stiftes. Herausgeber war seit 1867 Johannes Krabbe, geboren 1839 in Hamburg als Sohn des späteren Rostocker Theologieprofessors und Universitätspredigers Otto Carsten Krabbe. 1864 wurde Johannes Krabbe für ein Jahr Subrektor in Ludwigslust, war also in diesem einen Jahr Vorgesetzter von Ludwig Kreutzer. Sein Zwillingsbruder Theodor bekleidete von 1865 bis 1869 die Stelle des ersten Rektors an der neugegründeten Bürgertöchterschule in Ludwigslust.

1866 übernahm der schriftstellerisch tätige Johannes Krabbe die Pfarre an der 1864 geweihten Stiftskirche zu Ludwigslust und begründete neben der Herausgabe des „Bethlehems-Kalenders“ 1877 das Korrespondenzblatt „Der Bethlehemsbote“, das bis 1920 erschien. Der „Bethlehems-Kalender“ erschien bis 1939. Die braune Zeit bescherte diesem gut gemachten christlich-humanistischen Büchlein mit seinen oft mehr als 100 Seiten, auf denen wichtige Nachrichten sowie wertvolle geschichtliche und literarische Texte abgedruckt wurden, das Aus.

Ein Periodikum wie der „Bethlehems-Kalender“ lebt durch die Beiträge guter Autoren. So schrieb selbst Johannes Gillhoff unter der Chiffre „J. Ghf.“ für die Edition, und Otto Vitense, Mecklenburgs genialer Historiker, geboren 1880 in Wittenburg, war zwischen 1928 und 1939 nahezu in jedem Jahrgang vertreten. Otto Vitense arbeitete seit 1906 als Gymnasiallehrer in Grabow und seit 1909 in Neubrandenburg. Hier starb er 1948. Seine wichtigsten Veröffentlichungen sind „Mecklenburg und die Mecklenburger 1813–1815“ und die „Geschichte von Mecklenburg“. Vor dem Ersten Weltkrieg hatte er recht erfolglos versucht, in Mecklenburg eine Monatsschrift herauszugeben. Das sollte erst Johannes Gillhoff 1925 mit seinen Monatsheften in Ludwigslust vorbehalten sein. Otto Vitense schrieb nun selbst für Zeitungen, Zeitschriften und Periodika. In den Stifts-Kalendern erschienen von ihm so wichtige Beiträge, wie zum Beispiel „Kampf und Sieg der Reformation in Mecklenburg“, „Wie Fritz Reuter die Nachricht von seinem eigenen Tode aufnahm“ und „Humoristische Volkssagen aus Mecklenburg“.

*

Im Oktober 1835 eröffnete Dethloff Carl Hinstorff in der Schlossstraße 51 eine Buchhandlung, die ein Jahr später zur Hofbuchhandlung „erhoben“ wurde, sich zu einem der wichtigsten Verlage des Landes entwickeln und 90 Jahre bestehen sollte. Der 1811 in Brüel geborene Webersohn Hinstorff hatte zuvor als Zwanzigjähriger in Parchim eine Buchhandlung gegründet. Bereits 1832 erschienen dort die ersten Publikationen, womit die eigentliche Verlagsgeschichte begann, die nun nicht mehr nur auf die Vorderstadt Parchim begrenzt bleiben sollte. Die Wahl, in Ludwigslust eine Zweigstelle zu eröffnen, war der Residenz geschuldet. Der geschäftstüchtige Verleger und Buchhändler Hinstorff rechnete sich in der Umgebung des Hofes durch den Vertrieb von Verordnungen, Bekanntmachungen, Gesetzblättern, Zeitungen und Literatur entsprechende Umsätze aus, nicht ahnend, dass zwei Jahre später die Residenz nach Schwerin zurückverlegt werden sollte. Dennoch beließ Dethloff Carl Hinstorff das Geschäft in Ludwigslust und versah die Buchhandlung 1845 mit einer eigenen Druckerei.

Hinstorff war nun in der Lage, in Ludwigslust Bücher, Zeitschriften und Zeitungen zu drucken und zu verlegen. Schon 1836 gab er den „Ludwigsluster Anzeiger" und ebenfalls seit 1836 (bis 1839) das „Schulblatt für die Großherzogtümer Mecklenburg-Schwerin und Mecklenburg-Strelitz" heraus, dem 1850 das „Mecklenburgische Schulblatt" und mit Inbetriebnahme der verlagseigenen Druckerei die „Ludwigsluster Blätter" folgten. War diesen Druckerzeugnissen, mit Ausnahme des „Mecklenburgischen Schulblattes", nur eine relativ kurze Erscheinungsdauer beschieden, begründete Hinstorff 1853 mit dem „Ludwigsluster Wochenblatt" eine Zeitung, die bis zur Auflösung des Verlages 1925 erschien und in das „Ludwigsluster Tageblatt" von Paul Niemann überging.

Die „Ludwigsluster Blätter" aber wurden ein Opfer der Zensur. Infolge des Verbots vom 17. Dezember 1845 musste die Zeitung im zweiten Quartal 1846 ihr Erscheinen einstellen. Mit gleichem Datum wurde auch die wichtigste Sammlung progressiver literarisch-politischer Texte des Vormärz, „Mecklenburg. Ein Jahrbuch für alle Stände", verboten. Wilhelm Raabe, ein Schwager Hinstorffs, hatte die ersten beiden Jahrgänge, 1844 und 1845, bei Hinstorff in Ludwigslust und Parchim herausgegeben und sah sich nun nach dem Verbot in Mecklenburg gezwungen, sein Jahrbuch seit 1846 unter dem Titel „Mecklenburgisches Volksbuch" in Hamburg bei Hoffmann und Campe erschienen zu lassen. Arbeiten liberal-demokratischen, witzig-boshaften bis revolutionären Inhalts fanden Abdruck in der Anthologie. Teilweise unter Anonymus schrieben für das Jahrbuch David Assur und John Brinckman, Fritz Reuter veröffentlichte seine Satire „Ein gräflicher Geburtstag", Hoffmann von Fallersleben „Neue Lieder" und Ludwig Reinhard „Drei Briefe über den Pietismus" und das in Anlehnung an Heinrich Heine geschriebene „Schwerin. Ein Sommermärchen". Über das Revolutionsjahr 1849 kam das Jahrbuch nicht hinaus.

Der vormalige Ludwigsluster Subrektor Ludwig Reinhard, der 1848/49 Abgeordneter der Frankfurter Nationalversammlung war, wurde später einer der engsten Freunde und produktivsten Kritiker des Schriftstellers Fritz Reuter. Dessen Name wiederum ist untrennbar mit dem Hinstorffs verbunden. Hinstorff wurde mit Reuter groß und Reuter mit Hinstorff. Wiederholt ist in Reuters plattdeutschen Büchern als Druckort Ludwigslust angegeben. So bittet er beispielsweise in einem Brief vom 8. September 1862 aus Elgersburg in Thüringen Hinstorff um die Übersendung von Korrekturen zu „Kein Hüsung" und schreibt: „Von Ludwigslust bis hier und von hier bis da wird die Post nur 24 Stunden gebrauchen." – Wo nahm der Mann bloß den Optimismus her?

Als Leiter der Hinstorffschen Filiale in Ludwigslust fungierte Louis Deicke, denn Hinstorff kümmerte sich nach 1849 mehr und mehr um den Auf- und Ausbau seines Verlagshauses in Wismar. 1875 starb Louis Deicke, und Dethloff Carl Hinstorff übertrug seinem ältesten Sohn Carl die Ludwigsluster Geschäftsstelle, die dieser nach dem Tod des Vaters 1882 mit dem Rostocker Verlagsgeschäft vereinigte und danach den Namen „Carl Hinstorff Verlag Ludwigslust" führte.

1884 starb Carl Hinstorff. Es kam zur Trennung der Zweigstellen Rostock und Ludwigslust, die fortan wieder den Namen „Hinstorffsche Hofbuchhandlung Ludwigslust" führte. Diese Filiale erwarb der Ludwigsluster Carl Kober. Als Inhaber der Hofbuchhandlung setzte er die Traditionen des Hauses Hinstorff fort. Das zum Teil bunte Sortiment reichte vom Druck und Verlag von Periodika über heimatgeschichtliche Arbeiten bis hin zur Übersetzung des klassischen griechischen Lyrikers Anakreon durch den Ludwigsluster Notar und Senator Otto Kaysel. 1913 starb Carl Kober. Seine Arbeit führte der Buchdrucker Robert Kärst weiter.

*

Ein aufrichtiger Bewunderer des Werkes von Fritz Reuter war Theodor Fontane. Er versuchte sogar, den Mecklenburger in seiner Eisenacher Villa am Fuße der Wartburg zu besuchen, traf aber Reuter nicht an, denn dieser war „krank". Da hatte Fontane schon mehr Erfolg mit seinen Besuchen in Ludwigslust. Hier stand er nicht vor verschlossenen Türen. Eine Halbschwester seiner Frau war in Ludwigslust mit Oberstleutnant Wilhelm von Below vom Dragonerregiment verheiratet. Als junger Stabsoffizier hatte von Below im Juni 1847 seinen Schwager Theodor Fontane vom Bahnhof „Klenow", der gerade erst fertiggestellt war, „noch nach Farbe roch" und offiziell den alten Dorfnamen führte, abgeholt.

Der zweite Besuch Fontanes, der inzwischen ein gefeierter Romancier, Erzähler, Lyriker, Balladendichter, Kritiker und Journalist geworden war, erfolgte im August 1889. Niemand erwartete ihn jetzt am Bahnhof. So ging er allein durch Bahnhof-, Kanal- und Schlossstraße zum Bassin. In dem Backsteinhaus Nr. 6 wohnte die 76jährige Witwe Clara von Below seit dem Tod ihres Mannes. Vorher war das Fachwerkhäuschen Am Kirchenplatz 8 ihr Zuhause gewesen. Einen Tag nur weilte Theodor Fontane in Ludwigslust. Sehr zurückhaltend äußerte sich der Erzpreuße französischer Abstammung über die junge Stadt, nur, dass Ludwigslust „sich in 40 Jahren sehr verändert" hatte, bemerkte er. Recht hatte er. In der Spanne Zeit zwischen seinen Aufenthalten entwickelte sich der Ort rasch zum Eisenbahnknotenpunkt. Regionalbahnen nach Schwerin, Parchim und Malliß gingen von hier ab. Neue Chausseen kamen hinzu und neue Häuser, etwa das Realgymnasium am Alexandrinenplatz und das Krankenhaus Stift Bethlehem in der Bahnhofsvorstadt. 1876 war Ludwigslust sogar zur Stadt „erhoben" worden. Aus der einstigen beschaulichen Residenz mecklenburgischer Fürsten war ein lebhafter Gewerbe- und Industriestandort und eine pulsierende Garnisonstadt geworden, auch ein Ort der Kultur, denn das Schauspielhaus auf der Bleiche stand in gutem Ruf.

Zwei Häuser neben Fontanes Schwägerin in Ludwigslust, Am Bassin 8, wohnte seit 1889 die Schriftstellerin Helene von Krause. Ob beide voneinander wussten oder sich sogar begegnet sind, ist nicht bekannt. Dass Helene von Krause Fontane gelesen hatte und vielleicht durch ihn inspiriert wurde, ist anzunehmen.

In Anlehnung an Fontanes „Wanderungen durch die Mark Brandenburg“ nennt Helene von Krause ihr wichtigstes Buch „Unter der wendischen Krone“ im Untertitel „Wanderungen durch Mecklenburg“. Sie war eine sehr produktive Autorin. Franz Brümmer zählt in seinem „Lexikon der deutschen Dichter und Prosaisten“ zwischen 1884 und 1909 allein 21 Titel aus der anscheinend nimmermüden Feder der von Krause auf. Alle diese Novellen, Erzählungen und Romane sind von geringer Bedeutung. Wir brauchten uns also der blaublütigen Dame nicht zu erinnern, wäre da nicht die „Wendische Krone“ – ein Buch, das kulturgeschichtlichen Wert besitzt.

In der Vielschreiberei wurde Helene von Krause noch durch Leontine von Winterfeld-Platen übertroffen. Die genaue Zahl ihrer Bücher ist schwer feststellbar. In verschiedenen Verlagen erschienen mehrere Auflagen mit häufig wechselnden Titeln. Es kann aber davon ausgegangen werden, daß Leontine von Winterfeld-Platen in ihrem langen Leben, sie wohnte und arbeitete von 1903 bis 1919 in Ludwigslust, mehr als 50 Novellen, Erzählungen und Romane geschrieben hat, abgefasst in Courths-Mahler-Manier und meist historische Themata zum Inhalt habend, wie die Erzählung um Dänemarks König Waldemar und den Schweriner Grafen Heinrich unter dem Titel „Heimat in Not“.

Zehn Jahre bevor Leontine von Winterfeld-Platen in Ludwigslust Wohnung bezog, also 1893, erschien das erste Buch der Ludwigslusterin Bertha Clément. Viele sollten folgen. In 37 Jahren schrieb sie mehr als 60 Erzählungen und Romane. Das macht einen Durchschnitt von fast zwei Büchern pro Jahr. 1903 veröffentlichte sie sogar fünf und 1904 sechs Titel. Sie übertraf damit noch die von Winterfeld-Platen an Zahl der Editionen. Aber während einige Bücher ihrer adeligen Kollegin noch kulturhistorische Bedeutung besitzen, ist Bertha Clément, sie wurde 1852 in Ludwigslust geboren und starb hier 1930, längst vergessen. Ihre Titel gehörten zur Kategorie der literarisch anspruchslosen „Backfischbücher“. Diese Art von Jugendliteratur stieß schon zu Lebzeiten von Bertha Clément auf Kritik. Die Bücher verkauften sich dennoch gut.

Eine weitere Autorin lebte und arbeitete am Ende des 19. Jahrhunderts in Ludwigslust. Das geht aus der Ausgabe des „Ludwigsluster Tageblattes“ vom 24. August 1891 hervor: Hier ist die Rede von der „berühmten Schriftstellerin Anna Segert-Stein“. Anders als Bertha Clément, die sich fast ausschließlich in Ludwigslust aufhielt, wohnte Anna Segert-Stein nur von 1888 bis 1897 hier. Sie stammte aus Altstrelitz, wo sie als Tochter eines Tischlermeisters 1861 geboren wurde.

Bevor sie sich als Ehefrau eines Reisenden in Ludwigslust niederließ, hatte sie schon Schauspiele und die Gedichtbände „Wilde Rosen“ (1884) und „In stillen Stunden“ (1886) veröffentlicht. Ihr wichtigstes Werk aber ist das Gedenkbuch auf „Daniel Sanders“.

Es erschien im Jahr ihres Wegzuges aus Ludwigslust und wird heute immer noch bei der Sanders-Rezeption herangezogen. Nach dem Buch über den bedeutenden jüdischen Literaten, Lexikografen, Sprachforscher und Wörterbuchschreiber Daniel Sanders wurde es um die Schriftstellerin Anna Segert-Stein still. Sie starb 1948 in Altstrelitz.

Sind die Namen der vorgenannten Ludwigsluster Schriftstellerinnen und ihre Bücher heute höchstens noch Insidern bekannt, so hinterließ Gertrud von Le Fort ein Gesamtwerk von nationaler und internationaler Bedeutung.

Die Lyrikerin, Romanautorin, Novellistin und Essayistin ist eine der bedeutendsten christlich-humanistischen Schriftstellerinnen des 20. Jahrhunderts im gesamten deutschsprachigen Raum. Sie lebte nicht nur „zufällig“ mit ihrer jüngeren Schwester Elisabeth, die auch eine Schriftstellerin war, von 1898 bis 1915 in der Ludwigsluster Louisenstraße 4 b (heute Clara-Zetkin-Straße), sie siedelte die Handlungen von Geschichten hier an und bezeichnete Ludwigslust als ihre Heimat. Bereits im Jahre 1900 schreibt sie im ersten Gedichtband über das Schweizerhaus im Schloßpark:

„Es liegt im Park hinterm Herzogsschloß
in Bäumen und Träumen versteckt,
seit einer Zeit, die lange verfloß,
ein Häuschen mit Rohr gedeckt.

Wie drehen die Paare sich da im Flug,
welch buntes Flattern und Schwirr'n
von Seide und blauem Dragonertuch,
von Lachen und Sporenklirr'n.“

Auch im ersten Roman, den Gertrud von Le Fort 1905 mit dem Titel „Prinzessin Christelchen“ veröffentlichte, ist Ludwigslust Gegenstand der Handlung: „Von den Kaskaden gegenüber dem Schlosse rauschte und plätscherte es, und weithin schimmerten die Dächer der lächerlich niedrigen Häuser des Städtchens. Der Mond ging eben auf und warf einen feenhaften Silberglanz über das Bild der kleinen Sommerresidenz …“

Der Rechtsanwalt und Notar Otto Kaysel, seit 1876 besoldeter Stadtrat, bestimmte nicht nur die kommunalen und wirtschaftlichen Geschicke von Ludwigslust mit, er war auch der erste Städter, der in Ahrenshoop regelmäßig Urlaub machte und sich schließlich dort ein Haus kaufte. Schon vor dem Kauf des strohgedeckten Häuschens hatten ihn die Professoren Georg Ludwig Meyn und Paul Müller-Kaempff angelockt, die sich im Sommer in Ahrenshoop aufhielten und deren Malschülerin Otto Kaysels Tochter Otty war. Sie war es, die den Vater auf die malerische Schönheit des damals noch unberührten kleinen Fischerdorfes aufmerksam machte. Als Kunstfreund und Mäzen hatte Otto Kaysel einen nicht unerheblichen Anteil am Werden der berühmten Künstlerkolonie. Sein Haus in der Dorfstraße 14 wurde in den Anfangsjahren der Künstlerkolonie zum Treffpunkt von Malern und Bildhauern. Das, was für die Ahrenshooper Künstlervereinigung das „Haus Kaysel“ war, war für das Kulturleben in Ludwigslust das Haus in der Mauerstraße 4. Hier wohnte der universal gebildete, geistig und künstlerisch interessierte und überaus belesene Senator Kaysel. In seinem Haus wurden Fritz Reuter, Wilhelm Raabe, Cäsar Flaischlen gelesen und vorgelesen, auch Joachim Ringelnatz, „der regelmäßig zu Besuch kam, was dann immer ein großes Spaß- und Weinfest wurde, an dessen Ende Ringelnatz meistens ins Bett getragen werden mußte."

Schriftsteller und Künstler trafen sich gern bei Kaysels in der Mauerstraße. Dass sich aber gerade um die Wende vom 19. zum 20. Jahrhundert so viele Autorinnen in Ludwigslust niederließen und eine „Schriftstellerinnenkolonie" bildeten, ist eher der Stationierung des Militärs in der Stadt geschuldet. In seiner Weiterführung der „Geschichte von Ludwigslust" von Carl Goß bemerkt Otto Kaysel, dass sich Ludwigslust mehr und mehr nach dem Fortgang der Residenz zu einer Beamten- und Pensionärsstadt entwickelte, was in Bezug auf den Ruhestand des Gatten der Helene von Krause und des Vaters von Gertrud von Le Fort zutrifft, während der Ehemann von Leontine von Winterfeld-Platen bei den Dragonern in Ludwigslust Dienst tat.

Dienst im Dragonerregiment Nr. 17 tat seit Anfang Juni 1896 auch Rudolf Tarnow. Zwei Monate zuvor hatte er in Parchim Erna Bruns, die Tochter eines Schuhmachermeisters, geheiratet. Nun bekam das junge Paar in Ludwigslust eine Wohnung in dem Fachwerkhaus Am Kirchenplatz 1. Hier wurde 1897 ihr erstes Kind, der Sohn Walter, geboren. Dann zog die Familie um. Ihre neue Wohnung war in der nahegelegenen Louisenstraße 8 (heute Clara-Zetkin-Straße) im Hause des Dachdeckermeisters Düvert, wo auch die Kinder Elsbeth 1898 und Rudi 1901 zur Welt kamen. In diesem Gebäude, das am 22. Februar 1945 beim alliierten Bombenangriff auf Ludwigslust zerstört wurde, lebte die Familie Tarnow bis zur Übersiedlung nach Schwerin im April 1906. Da ging die Militärdienstzeit für Rudolf Tarnow zu Ende, und er übernahm die Stelle eines Betriebsinspektors an der Heil- und Pflegeanstalt Sachsenberg. Fast zwanzig Jahre, zehn davon in Ludwigslust, war Rudolf Tarnow Soldat.

Geboren 1867 in Parchim, ging er zunächst in eine kaufmännische Lehre, absolvierte seit 1887 seinen Wehrdienst in der Heimatstadt, wurde 1888 Mitglied der Leibkompanie des Großherzogs in Schwerin und 1893 Zahlmeisteraspirant. In Ludwigslust begann er mit dem Abfassen von hoch- und plattdeutschen Gedichten und Reimschwänken. Die wohl allererste

Veröffentlichung von ihm erschien am 9. April 1901 im „Ludwigsluster Tageblatt“ und zwar der Hymnus „Unserm Herzog-Regenten Johann Albrecht“. Des weiteren schrieb er in Ludwigslust die 1992 von Arnold Hückstädt aus dem Nachlass herausgegebenen Texte „De Nijohrsreis“ (1899), „De afgeblitzte Verlawung“ (1900), „Sylvester 1900“ und „Papagei-Knäp“ (1902). Diese frühen „Werke“ von Rudolf Tarnow lassen zwar sein Talent ahnen, weisen aber noch Schwächen auf und sind sehr breit angelegt. Literarischen Erfolg sollte er erst erleben, nachdem in Schwerin 1911 der erste Band der „Burrkäwers“ erschienen war. Fünf Fortsetzungen ließ er diesem folgen, dann das Versepos „Köster Klickermann“, die Gedichtbände „Ringelranken“ und „Rüter-Püter“ und schließlich die Schauspiele „Lübecker Martensmann“, „Petermännken“ und „Roland von Sverin“. Die Reimschwänke in den ersten drei Bänden der „Burrkäwers“ zählen zu den schönsten Leistungen der niederdeutschen Literatur. Er hat damit die gute Versschwanktradition, die mit Fritz Reuters „Läuschen un Rimels“ 1853 ihren Anfang nahm, weiterentwickelt und zu neuen Höhen geführt. Der wohl heute nach Fritz Reuter bekannteste und beliebteste plattdeutsche Autor Rudolf Tarnow starb 1933 in Schwerin und wurde auf dem Sachsenberg-Friedhof beigesetzt.

*

Ein wenig zu Unrecht in Vergessenheit geraten ist dagegen der plattdeutsche Lyriker Helmuth Schröder. Er wurde 1842 in Spornitz geboren, war Hauslehrer in Proseken bei Wismar und auf der Insel Poel, Hilfslehrer an einer Privatschule in Neustadt-Glewe und in Bastorf bei Kröpelin, Lehrer in Parchim, Matzlow und Goldewin bei Güstrow und starb 1909 in Ribnitz. 1880 erschien sein erster plattdeutscher Gedichtband, 1899 der zweite und 1909 ein dritter. Die Texte von Helmuth Schröder sind sehr gefühlsbetont und gehören zu den wichtigsten und schönsten der niederdeutschen Lyrik. Aber auch an Erzählungen versuchte sich der Dorfschulmeister. Unter dem Titel „Ut Meckelbörger Buerhüser“ veröffentlichte er seit 1904 drei Bände Prosa. In der Novelle „Bi Kräuger Boldt“ knüpft Schröder an Volksüberlieferungen an. Danach wurde erzählt, dass in Lüblow bei Ludwigslust der Gastwirt Boldt 1811 „über Nacht“ zu Reichtum gelangte. Er sollte einen mit geheimen Depeschen von Wien nach London reisenden und bei ihm übernachtenden Engländer ermordet und beraubt haben. Helmuth Schröder kannte vermutlich die Geschichte von der Ermordung des britischen Gesandten Lord Bathurst, der sich auf einer Dienstreise befand und am 25. November 1809 gegen 21 Uhr durch französische Geheimpolizei im Posthaus zu Perleberg getötet wurde. Schröder baute diese nicht aufgeklärte Tat in die Handlung seiner Lüblower Fabel ein. Unschwer sind in der Erzählung hinter den Abkürzungen „L.“ und „N.“ die Ortsnamen Ludwigslust und Neustadt-Glewe erkennbar.

Häufige Bezüge zur Griesen Gegend und Ludwigslust sind in den Büchern von Adolf Brandt zu beobachten. Er besingt die einzigartige herbe Schönheit und Stille der Landschaft und nennt in dem autobiografischen Roman „De Wilhelmshäger Kösterlüd“ seinen Geburtsort Farbinde bei Ludwigslust „Weitendörp“, was „von den välen Weiten kümmt, de dor nich wassen ded“. Adolf Brandt war wie Helmuth Schröder Schulmeistersohn. Er besuchte das Gymnasium in Schwerin und studierte seit 1871 Theologie und klassische Philologie in Rostock und Leipzig und wurde 1877 nach kurzer Hilfslehrertätigkeit Professor an der Großen Stadtschule Rostock. Unter dem Pseudonym „Felix Stillfried“ veröffentlichte er einen Band „Läuschen un Riemels“, den Gedichtband „In Lust un Leed“ sowie die Romane „De Wilhelmshäger Kösterlüd“, „Ut Sloß un Kathen“ (in 2. Auflage unter dem Titel „Dürten Blanck“) und „De unverhoffte Arwschaft“. Mit seinen Romanen schuf Felix Stillfried die wichtigsten Prosaarbeiten in der Reuternachfolge, und selbst seine Versschwänke haben neben den Reuterschen „Läuschen“ Bestand.

„An dat Äuwer von den Schweriner See bün ich grot worden“, schrieb Carl Beyer zwar, aber „die weite Flur um Ludwigslust, Äcker und Wiesen, Kiefernwald und Schloßpark, fruchtbare Obstgärten und weite Sandflächen“ beeindruckten und prägten ihn. In Ludwigslust verlebte er beim Großvater die Kinder-und Jugendjahre. Carl Beyer, geboren 1847, war von 1875 bis 1900 Pastor in Laage und führte in dieser Zeit umfangreiche historische und kulturgeschichtliche Studien durch. Als Ergebnis entstanden Romane, mit denen er zum bedeutenden Vertreter der historischen Erzählung in Mecklenburg wurde. Die mehr als 30 Titel und seine rege Phantasie brachten ihm schließlich den Autorennamen „Karl May Mecklenburgs" ein. 1922 starb er, wurde aber noch zuvor zum Ehrendoktor der Universität Rostock ernannt.

Hat Carl Beyer nur zwei niederdeutsche Texte hinterlassen, die „Swinegelgeschicht" und das Schauspiel „Ut de Preußentid", so war Carl Schöning ein begeisterter Plattdeutscher. Als im Jahre 1900 in Ludwigslust als erster des Landes Mecklenburg ein Guttempler-Orden mit Namen „Obotritia" gegründet wurde, war Schöning dabei. In der Hierarchie den Freimaurern nachgebildet, ist der Guttempler-Orden eine Gemeinschaft alkoholfrei lebender Menschen, die politisch und religiös nicht gebunden sind und Hilfe zur Selbsthilfe für Suchtabhängige und deren Angehörigen geben. Carl Schöning, geboren 1855 in Parchim und seit 1872 Postbeamter in Schwerin, war einer der populärsten Logenmitglieder bei den Guttemplern und seinerzeit einer der besten Reuter-Vorleser. Frühzeitig stellte er sein eigenes erzählerisches Talent in den Dienst der sogenannten „Plattdeutschen Sache" und veröffentlichte 1895 den Band „Ut plattdütschen Lan'n" und 1909 das Läuschen-Buch „Bi mi to Hus", aus dem er immer wieder vorlas. Man mag es Ironie des Schicksals nennen: Carl Schöning war buchstäblich bis an sein Lebensende als Vortragskünstler unterwegs. Am 10. März 1928 fuhr er mit dem Zug von Schwerin nach Jördenstorf bei Gnoien, um Reuter vorzutragen. Er hatte sich beim Sohn, dem Förster in Finkenthal, angemeldet. Dort kam Carl Schöning nicht an. Der Enkel erinnert sich: „Jetzt wurde mein Vater sehr unruhig und fuhr mit dem Fahrrad nach Jördenstorf. In der Nähe des Ortes traf er zwei Buben. Auf die Frage, ob sie wohl einen älteren Herrn gesehen hätten, antworteten sie: Ja, dor achtern in de Kieskuhl liggt ein Besapener!" Natürlich fand der Förster keinen Besoffenen, sondern den Guttempler Schöning, den auf dem Wege vom Bahnhof zum Ort der Schlag getroffen hatte.

Wiederholt verband Carl Schöning Vortragsabende mit Besuchen bei Verwandten und Freunden. In Ludwigslust wohnte seine Tante Anna Mecklenburg – mit einem Oberförster verheiratet –, und dort war seit 1907 Heinrich Karl Adolf Krüger Oberpostpraktikant. Heinrich Karl Adolf Krüger, geboren 1878 in Schönberg und kurz „H. K. A." genannt, entwickelte in Ludwigslust außerordentliche Aktivitäten. 1910 gründete er den plattdeutschen Verein „Hanne Nüte", der über die Region hinaus bekannt wurde durch die Aufführung der „Buern-Hochtied" von Richard Wossidlo im Ludwigsluster Schauspielhaus. Mitglieder des Vereins spielten beispielsweise das Wossidlo-Stück allein 1927 drei Mal vor völlig ausverkauftem Haus. In den Ludwigsluster Jahren ist „H. K. A." auch mit ersten kleinen Gedichten, die sich teilweise zum Singen eignen, Novellen und Skizzen in Plattdeutsch sowie der Chronik „Ut swore Tiden" an die Öffentlichkeit getreten. 1911 ging Krüger als Postbeamter nach Schwerin und veröffentlichte Lyrik und Prosa. In den von Johannes Gillhoff seit 1925 in Ludwigslust herausgegebenen „Mecklenburgischen Monatsheften" fand „H. K. A." ein geeignetes Podium für seine literatur- und kulturgeschichtlichen Arbeiten. Er war aber nicht nur ein eifriger Mitarbeiter der Monatsschrift, er war auch mit Gillhoff befreundet. Johannes Gillhoff hatte ihm einst den Band „Bilder aus dem Dorfleben" geschenkt. Krüger zeigte sich beeindruckt von der Erzählung um den Dorfschulzen Möne Hauck.

Während des 13monatigen Aufenthalts von Gillhoff im Parchimer Krankenhaus (1928/30) besuchte Heinrich Karl Adolf Krüger ihn fast wöchentlich. 1964 starb „H. K. A." in der Nähe von Hameln. Um 34 Jahre überlebte er den Freund.

*

Ähnlich wie zur Zeit der Residenzgründung im letzten Drittel des 18. Jahrhunderts besuchten zu Beginn des 20. Jahrhunderts Reisende Ludwigslust und schrieben ihre Eindrücke nieder. Carl Hauptmann, der ein bedeutender Erzähler, Dramatiker und Lyriker war, aber zeitlebens im Schatten seines um vier Jahre jüngeren Bruders Gerhart stand, lobte besonders den „alten Königspark", während der Schwabe Theodor Heuss als junger Student der Kunstgeschichte die Steinerne Brücke im Schlosspark in sein Skizzenbuch malte und nach der Besichtigung der Kirche voller Entzücken bemerkte, „aber die Überraschung ist das Städtchen". Von dem Städtchen genauso angetan ist der schlesische Schulmann und weitgereiste Schriftsteller Fritz Mielert, der hier „eines der hübschesten Lichtspielhäuser, die ich je in deutschen Landen sah", bewunderte.

Für Adolf Reuter, einen Großneffen des niederdeutschen Klassikers, war Ludwigslust eine einzigartig schöne Stadt, besonders, wenn die Sonne in die Schlossstraße hineinsank, dann war man „benommen von so viel Grünweißrot". Der Gymnasiallehrer im westfälischen Höxter versah seine romantische Reportage über Ludwigslust mit vorzüglichen Fotos aus der Hinstorffschen Hofbuchhandlung. Die Vermutung liegt nahe, dass Adolf Reuter in guter Beziehung zu Hinstorff in der Schlossstraße stand und Gillhoff kannte, denn dieser druckte sehr bereitwillig 1926 Reuters Aufsatz „Griese Gegend" in den Monatsheften ab. In diesem Reise-Bericht unternimmt Adolf Reuter von Ludwigslust aus eine Wanderung durch Südwestmecklenburg und gelangt schließlich zum Reuterstein auf der Kalißer Heide, jener Stelle, an der sich der verbitterte junge Fritz Reuter nach der Entlassung aus der Dömitzer Haft am 25. August 1840 verzweifelt die Frage stellte: „Ja, aewer wecker Weg was de rechte?"

Dass Fritz Reuter den rechten Weg gefunden hat, nämlich den zu den Herzen von Millionen Menschen, wissen wir. Er war zu Lebzeiten der meistgelesene Autor des deutschen Sprachraumes, und seine plattdeutschen Bücher wurden in fast alle europäischen Sprachen und sogar ins Japanische übersetzt. Einen ähnlichen Erfolg konnte auch Johannes Gillhoff aufweisen. Sein Auswandererroman „Jürnjakob Swehn, der Amerikafahrer" wurde schon frühzeitig ins Norwegische, Niederländische und Dänische übertragen, und seit 2000 liegt nun auch die erste englische Übersetzung mit dem Titel „Letters of a German American Farmer" des in Iowa/USA lebenden emeritierten Pastors Richard Trost vor. Johannes Gillhoff ist somit nach Fritz Reuter der zweite niederdeutsche Autor aus Mecklenburg, dessen Werk weltweit Verbreitung fand und findet.

Als Johannes Gillhoff zum 1. Mai 1924 als Seminar-Oberlehrer in Genthin in den wohlverdienten Ruhestand trat, kehrte er nach einundzwanzig Jahren zurück in die geliebte Heimat Mecklenburg, die er einst enttäuscht verlassen hatte. 1903 war er in den preußischen Schuldienst eingetreten, weil er in Mecklenburg keine angemessene Anstellung fand. Nun wählte er Ludwigslust zum Wohnort. Er war wieder Zuhause in seiner Griesen Gegend, aus der Jürnjakob Swehn in die Welt ging und in der die Geschichten des Sammelbandes „Bilder aus dem Dorfleben" angesiedelt sind.

Gillhoff bezog Wohnung in der Schlossstraße 51. Inhaber der Hinstorffschen Hofbuchhandlung in der Schlossstraße war zu diesem Zeitpunkt Otto Kärst. Er stammte aus dem sächsischen Zeitz, war Buchdrucker und hatte 1922 den Verlag von seinem Vater Robert Kärst übernommen. Beide, Gillhoff und der um achtunddreißig Jahre jüngere Kärst, wurden sich schnell einig über die Herausgabe einer „Zeitschrift zur Pflege heimatlicher Art und Kunst". Obwohl auf den „Mecklenburgischen Monatsheften" seit 1930 der Aufdruck zu finden ist „Begründet von Johannes Gillhoff", bleibt offen, wer die Idee dazu hatte. Gillhoff trug sich nach dem unerwartet großen Erfolg seines „Jürnjakob Swehn" mit dem Gedanken, ein Fortsetzungsbuch zu schreiben. Dazu kam es nicht, denn, wie er Richard Wossidlo mitteilte, habe ihm Hinstorff die Herausgabe der neuen Monatshefte angetragen. Wie dem auch sei, die erste Nummer der „Mecklenburgischen Monatshefte" erschien im Januar 1925 in der „Hinstorffschen Hofbuchhandlung Ludwigslust i. M.".

Seit Mai 1925 kamen die Monatshefte im „Carl Hinstorff Verlag Rostock" heraus. Es waren finanzielle Gründe, die Otto Kärst veranlassten, die Verlagsrechte zum 1. Mai an Peter E. Erichson zu verkaufen. Peter E. hatte 1907 die ehemalige Hinstorffsche Druckerei in Rostock, die der Reuter-Verlag in Wismar wegen Unrentabilität abgestoßen hatte, gekauft. Nun erwarb er den Ludwigsluster Verlag und verlegte ihn nach Rostock.

Damit endet die 90jährige Verlagsgeschichte in Ludwigslust, und es „beginnt eine neue Blüte dieses für Mecklenburg so bedeutenden Verlages“, schreibt der Volkskundler Paul Beckmann.

Johannes Gillhoff blieb als Redakteur und Herausgeber der „Mecklenburgischen Monatshefte“ in Ludwigslust. Otto Kärst ging an den Rostocker Verlag und übernahm den Anzeigenteil. Bis 1940 arbeitete Otto Kärst in der Schriftleitung mit, dann siedelte er nach Schwerin über, wurde 1941 Frontberichterstatter, kam nach dem Zweiten Weltkrieg zurück und fand Betätigung als Kunsthändler und Lokalredakteur der „Norddeutschen Zeitung“. 1965 starb Otto Kärst in Schwerin.

An Basis und Zukunft gewannen die Monatshefte durch den Wechsel. Verlagschef Peter E. besuchte wiederholt „seinen besten Herausgeber“ in Ludwigslust. Eines der wenigen Fotos mit dem Konterfei Gillhoffs zeigt den Schriftsteller im Gespräch mit Peter E. vor der Schlossbrücke. Geradezu massig wirkt der legendäre Rostocker Verleger neben dem zierlichen Mann mit der für ihn typischen Reisemütze auf dem Kopf und dem Spazierstock in der Hand. Dieses Foto diente 1929 dem Maler Wolf Bergenroth als Vorlage für das Ölporträt Gillhoffs, das Peter E. in Auftrag gab. Zu der Zeit lag Johannes Gillhoff schon im Krankenhaus Parchim und konnte sich gegen das Porträtieren nicht mehr wehren, denn wenn sich einer so ungern fotografieren ließ wie Gillhoff, dann saß er schon gar nicht Modell bei einem Maler. Vielleicht hat Gillhoff nie erfahren, dass es ein Ölbild von ihm gibt.

Johannes Gillhoff konzipierte seine Monatsschrift für alle Mecklenburg betreffenden Bereiche der Kunst, Kultur, Literatur, Geschichte, Denkmalpflege, Natur und Umwelt. Es kamen Lyrik- und Prosabeiträge in Hoch und Platt, reich bebilderte Reportagen und wissenschaftliche Aufsätze, Rezensionen und Theaterkritiken zum Abdruck. Politische und militaristische Texte fanden keine Berücksichtigung. Von Beginn an war Gillhoff bemüht, für das Blatt namhafte Wissenschaftler, Forscher, Schriftsteller und bildende Künstler zu gewinnen. In diesem Bestreben traf er in Ludwigslust und Umgebung auf ein fruchtbares Feld: Senator Otto Kaysel schrieb Gedichte und heimatgeschichtliche Beiträge, und der Stückeschreiber Klaus Albrecht, Direktor am Schauspielhaus, verfasste Erzählungen; in Grabow wirkten als Gymnasiallehrer Erich Fabian und der dichtende Pfeffernussfabrikant Gustav Ritter; in Lübtheen unterrichtete der Romanautor Willi Harms, und auf der Lank saß der „Dichter und Bauer“ Karl Puls, und aus Groß Laasch lieferte Pastor Gotthard Romberg Beiträge zu Volksdichtungen. Außerdem konnte Gillhoff die Schweriner Rudolf Gahlbeck, Wilhelmine Fleck, Marie Peters, Wilhelm Neese und Sophie Kloerss, die Rostocker Wilhelm Schmidt, Max Dreyer und Johannes Gosselck, den Plauer Maler und Goldschmied Ludwig Düwahl, den Bad Doberaner Erzähler Gerhard Ringeling, den „Volksprofessor“ Richard Wossidlo aus Waren und andere als Mitarbeiter gewinnen.

Gillhoff verlangte sich selbst viel ab, forderte aber auch viel von den Mitarbeitern. Qualitätsbeiträge wollte er sehen. Als unbequemer Redakteur kritisierte er schonungslos. So lehnte er beispielsweise das Manuskript des Schweriner Schriftstellers Hans Franck mit der Begründung ab: „… wat nich geiht, dat geiht nich. Eingang und Schlußszene gefallen mir ausgezeichnet, aber was dazwischen liegt, kann ich meinen Lesern nicht bringen …“ Den Monatsheften hat es nicht geschadet, eher genützt. Sehr schnell entwickelten sie sich, getragen von einem zutiefst humanistischen Grundgedanken, zur führenden Zeitschrift des Landes.

1933 gleichgeschaltet, verloren die „Mecklenburgischen Monatshefte“ schnell an Ansehen. Dieser Prozess beschleunigte sich noch, nachdem sie 1936 aus Erichsons Verlag herausgelöst worden waren und fortan als „Monatshefte für Mecklenburg-Lübeck“, später als „Monatshefte für Mecklenburg“ im Verlag des Niederdeutschen Beobachters in Schwerin erschienen. Bis 1942 gab es die Monatsschrift, das heißt 1943 erschien noch ein Heft, dann wurde ihr Erscheinen eingestellt.

Johannes Gillhoff erlebte den Niedergang nicht mehr. Am 16. Januar 1930 starb er im Parchimer Krankenhaus und wurde vier Tage später in Ludwigslust beigesetzt. Von weit her waren Verwandte, Freunde und Kollegen angereist. Ludwigslust sah eine einzigartige Ansammlung Geistesschaffender aus ganz Norddeutschland.

Am 13. Februar 1930 fand im Schauspielhaus auf der Bleiche ein „Gedächtnisabend für Johannes Gillhoff“ statt. Eingeladen „zum Besten der Stadtbibliothek Ludwigslust“ hatten Bürgermeister Wilhelm Behn, Senator Otto Kaysel und Robert Kärst. Mitwirkende bei der Gedächtnisfeier, der dritten des Landes nach Rostock und Schwerin, waren der Rostocker Kammersänger Alfred Fischer, begleitet durch Gesa Behn, der Ehefrau des Ludwigsluster Bürgermeisters, Gerhard Ringeling und Peter E. Erichson. Gerhard Ringeling hielt die Gedenkrede auf Johannes Gillhoff, und Hinstorff-Verleger Peter E. las aus gedruckten und unveröffentlichten Werken des verstorbenen Schriftstellers.

Die relativ kurze Zeit, in der Johannes Gillhoff in Ludwigslust lebte und sein krönendes Lebenswerk schuf, vom 1. Mai 1924 bis 13. Dezember 1928, hatte Großes bewirkt und war folgenreich bis weit über seinen Tod hinaus. Ludwigslust wurde ein Zentrum des geistig-kulturellen Lebens im Lande. Wie ein Magnet zog Gillhoff bekannte Schriftsteller und Künstler an und ermutigte „junge“ Autoren zum Schreiben. Seit 1925 war Walter Pegel Hilfslehrer und seit 1931 Direktor der „Staatlichen Taubstummenanstalt“ am Kirchenplatz. Er war der Sohn des Dorfschullehrers Ernst Pegel, der zu den „besten Gewährsmännern“ für Wossidlo in der Griesen Gegend wurde. In den Monatsheften veröffentlichte Walter Pegel, zwar erst nach dem Tod Gillhoffs, erste Novellen. Den Durchbruch als Schriftsteller erzielte er, nachdem Romane wie „Das Fräulein auf dem Regenbogen“, „Insel im Strom“, „Die fernen Nächte“ und „Die Zauberische“ zwischen 1937 und 1943 im Stuttgarter Verlagshaus Cotta erschienen.

1927 ließ Gillhoff in den Monatsheften das erste Gedicht des 37jährigen Richard Giese abdrucken. Dieser hatte sich im gleichen Jahr als „freier Schriftsteller“ in seinem Heimatort Warlow bei Ludwigslust niedergelassen und schrieb fortan eifrig für Zeitungen, Zeitschriften, auch für „Voß un Haas“, hoch- und plattdeutsche Gedichte, Erzählungen und Sagen. In seinen zahlreichen Arbeiten thematisiert Richard Giese wie kein zweiter die herbe Schönheit der Landschaft Südwestmecklenburgs, die Natur im Wechsel der Jahreszeiten und immer wieder die Menschen in ihrer Gefühlswelt und besonderen Arbeitsstimmung. Zu Recht wurde er schon zu Lebzeiten „Der Dichter der Griesen Gegend“ genannt. Ein Klassenkamerad von Richard Giese auf dem Lehrerseminar in Neukloster hieß Friedrich Schult. Zwar 1889 in Schwerin geboren, war der spätere Freund und Nachlassverwalter Ernst Barlachs der Enkel des Warlower Dorfschulzen und hatte von 1895 bis 1899 die Bürgerschule in Ludwigslust besucht. Inzwischen Zeichenlehrer in Güstrow geworden, blieb „Lütten Schult“ aber der Griesen Gegend eng verbunden, trat frühzeitig in Verbindung zu Johannes Gillhoff und schrieb „Anekdoten“.

Vielleicht war es diese Verbindung, die dazu führte, dass das schriftstellerische und künstlerische Werk von Ernst Barlach seit 1925 breiten Raum in den Monatsheften einnahm.

Mit den Monatsheften und Ludwigslust sind auch Autorennamen wie Friedrich Griese, Rudolf Kinau und, trotz der Kritik, Hans Franck verbunden. Sie steuerten zu der Zeitschrift Texte bei und besuchten die Stadt. Im Oktober 1935 lasen Hans Franck und ein Jahr später Friedrich Griese aus ihren Werken im Schauspielhaus. Ein besonderer Genuss war hier sicherlich der plattdeutsche Vortrag von Rudolf Kinau, dem jüngeren Bruder von Gorch Fock, aus Finkenwerder bei Hamburg. Am 5. November 1938 stellte er sein Geschichtenbuch „Sünn in de Seils“ vor.

Zwei Jahre zuvor starb – erst 50jährig – Ernst Voß. Sein Grab auf dem Ludwigsluster Friedhof befindet sich stadtseitig an der Mauer. Ein geschütztes Denkmal der Kulturgeschichte, wie das von Johannes Gillhoff ganz in der Nähe, ist es nicht. Warum nicht? Ich weiß es nicht. Als Pastor in Basedow übersetzte er die Bibel aus dem griechischen Urtext ins Plattdeutsche. Er benutzte hierbei die Reutersche Schreibweise. 1929 konnte das gesamte Neue Testament mit dem Titel „Dat Ni Testament för plattdütsch Lüd in ehr Muddersprak äwerdragen“ bei der Britischen und Ausländischen Bibelgesellschaft in Berlin erscheinen, wofür Ernst Voß 1930 von der Universität Rostock zum Lizentiaten honoris causa ernannt und 1932 von der Stadt Rostock mit dem John-Brinckman-Preis ausgezeichnet wurde. Seit 1934 war Ernst Voß Landessuperintendent des Kreises Ludwigslust und zugleich Prediger für das Kavallerieregiment in Ludwigslust und für den Fliegerhorst in Techentin. Bereits 1926 trat er mit Johannes Gillhoff in Verbindung und veröffentlichte unter dem Pseudonym „A. Lopex“ (griechische Bezeichnung für Fuchs) in den Monatsheften die Erzählung „Dat Torftuschen“.

*

Das Jahr 1945 bedeutete auch für Ludwigslust eine Zäsur. Der Krieg war in das Ursprungsland zurückgekehrt. Am 22. Februar bombardierten Flugzeuge der 8. US Air Force den Bahnhof und trafen dabei das Krankenhaus Stift Bethlehem. 150 Menschen starben. Am 18. März erfolgte ein zweiter Luftangriff, und am 2. Mai befreien amerikanische Truppen die Stadt und das KZ-Außenlager Wöbbelin. Sie setzten Wilhelm Behn, von den Nazis aus dem Amt entfernt, wieder als Bürgermeister ein. Einen Tag später wurde im Schloss die Kapitualtion der 21. deutschen Armee unterschrieben. 150 000 Soldaten gingen in Gefangenschaft.

Der Krieg war zu Ende, die Stadt mit Flüchtlingen überfüllt. Ludwigslust zählte 22 000 Einwohner, die versorgt, verpflegt und untergebracht werden mußten. Zu den Flüchtlingen, die der Krieg kurzzeitig oder für einen längeren Aufenthalt nach Ludwigslust verschlug, gehörten die beiden Schriftstellerinnen Gudrun Pausewang und Christa Wolf, der spätere Hamburger Bürgermeister Klaus von Dohnany, die Puppenspielerin und Autorin Inge Borde-Klein, die bis 1946 bei Hermann Schepler Malunterricht nahm, und der Grafiker Herbert Bartholomäus, dem alliierte Flugzeuge das Atelier in Berlin zerbombt hatten. Musiker, Schauspieler und Tänzer waren darunter, so dass es gelang, den Betrieb im Schauspielhaus unter der Leitung von Klaus Albrecht wieder aufzunehmen. „Nach dem Krieg standen wir alle unter Dampf wie Lokomotiven vor der großen Fahrt“, erinnerte sich Georg Thomalla, der seine Bühnenlaufbahn im Landkreis Ludwigslust begann. Stadtpfarrer Bruno Theek, nach Abzug der Briten, die die Amerikaner am 1. Juni als Besatzungsmacht abgelöst hatten, vom sowjetischen Stadtkommandanten am 28. Juni 1945 als Bürgermeister eingesetzt, bemühte sich persönlich um Aufführungen. Irmgard und Fred Düren standen hier auf den Brettern, die die Welt bedeuten, und die spätere Seniorin des

Stralsunder Schauspielensembles Inge Hesse wagte 1945 als Operettensoubrette in Ludwigslust den Neubeginn. Am 28. Februar 1947 brannte das Schauspielhaus auf der Bleiche vollständig nieder. Das selbständige Theaterspielen in Ludwigslust erstarb nach genau 113 Jahren und 26 Tagen. Nicht aber das kulturelle und literarische Leben.

Walter Pegel schrieb wieder Gedichte und Erzählungen, und bei Paul Niemann in der Schlossstraße 19 wurden die ersten Nachkriegsbücher von Willi Bredel gedruckt. Karl Frahm komponierte in Eldena und spielte mit seiner Kapelle in Ludwigslust, der deutschlandweit bekannte Briefmarkenverlag Sauerland in der Neustädter Straße nahm wieder die Arbeit auf und gab noch bis 1948 eine Briefmarkenzeitung heraus, Hermann Schepler scharte in einer Art Künstlerkolonie junge Malerinnen und Maler um sich, und Herbert Bartholomäus illustrierte Bücher zeitgenössischer Autoren, unter anderem auch von Johannes Bobrowski, der den Künstler zu diesem Zweck in Ludwigslust besuchte.

Auf Initiative von Bruno Theek und Herbert Bartholomäus wurde am 28. August 1945 in Ludwigslust die erste mecklenburgische Ortsgruppe des Kulturbundes zur demokratischen Erneuerung Deutschlands gegründet und Landespastor Heinrich Schwartze zum Vorsitzenden gewählt. Der Kulturbund in Ludwigslust entwickelte sich derart, dass er bald einer der mitgliederstärksten und aktivsten im Lande war. Ausdruck fand die gute Kulturbundarbeit 1956 in der Gründung der Schrift „Land und Leute". Karl-Heinz Basedow konzipierte das Periodikum ganz im Gillhoffschen Sinne. Waren die Monatshefte für das ganze Land Mecklenburg gedacht, so beschränkte sich „Land und Leute" nur auf den damaligen Kreis Ludwigslust, zu dem seit 1952 auch das Prignitzer Gebiet um Lanz und Lenzen gehörte.

Wie es schon Gillhoff dreißig Jahre früher gelang, geeignete Autoren zu gewinnen, so fand Karl-Heinz Basedow im Kreisgebiet und darüber hinaus gute Mitarbeiter. Die Schweriner Schriftsteller Hans Eschenburg, Hans Franck und Hermann Glander schrieben für „Land und Leute", auch der Rostocker Volkskundler Karl Baumgarten und der Leiter der Schweriner

Gemäldegalerie Erich Venzmer, der Theatermann Günther Kypke, der Schweriner Stadtarchivar Hans-Heinrich Leopoldi und der Parchimer Botaniker Walter Dahnke. Die uckermärkische Lyrikerin Erna Taege-Röhnisch steuerte einen plattdeutschen Text bei, und aus Berlin kamen Aufsätze von Willi Bredel. Die Titelblattzeichnungen und Illustrationen stammten meist von Herbert Bartholomäus, der auch gelegentlich zur Feder griff. Geschichtliche Beiträge lieferten unter anderem Bruno Theek, die beiden Museumsgründer Arthur Grüneberg aus Lenzen und Karl Scharnweber aus Dömitz, Werner Bahlke aus Neustadt-Glewe, die Ludwigsluster Rudolf Gosselck, Walter Grewolls, Werner Wilbrandt und Fritz Wothenik und der Ur- und Frühgeschichtler Kurt Schack aus Techentin, um nur einige zu nennen. Rudolf Krambeer, Berufsschullehrer in Ludwigslust und einer der angesehensten Botaniker Mecklenburgs, schrieb über das Weiße Moor bei Grabow.

Neben Geologie, Bergbau und Industriegeschichte des Landkreises nahmen großen Raum Beiträge zu Sitte, Brauchtum, Sagen und zur ländlichen Baukultur der Griesen Gegend ein. Daneben dominierten literarische Texte in Hoch und Platt, so vom Ludwigsluster Architekten Walter Einkopf. Den überwiegenden Teil der Belletristik bestritten aber zwei Autoren: Hans Joachim Bötefür und Richard Giese. Jochen Bötefür, geboren 1928 in Neustadt-Glewe, Lehrer in Muchow und Kaliß, Gründer des heutigen Regionalmuseums des Amtes Malliß, war von Anfang an vielseitig interessiert. Er schrieb über Flurnamen, Fritz Reuter, alte Heilkräuter, mecklenburgischen Tabak, die Hochwasserkatastrophe von 1888 und verfaßte immer wieder plattdeutsche Gedichte und Geschichten, mehr als dreißig. Die Anzahl der Beiträge von Hans Joachim Bötefür wurden noch durch Richard Giese übertroffen. Mit Gründung von „Land und Leute" begann für den Dichter der Griesen Gegend die zweite wichtige Schaffensperiode. Es gibt kaum ein Heft, in dem nicht Richard Giese mit Sagenadaptionen und hoch- und plattdeutschen Gedichten und Erzählungen vertreten ist.

Siebenunddreißig Hefte im Format A 5 erschienen insgesamt von „Land und Leute" bis 1961, herausgegeben vom

Deutschen Kulturbund und hergestellt in der ehemaligen Druckerei von Paul Niemann, die zu diesem Zeitpunkt Volksdruckerei hieß. Dann kam das Aus für die auf hohem Niveau publizierte und gut gemachte Schrift. Reform nannte man das damals schon. Der Versuch, „Land und Leute“ wieder mit Leben zu erfüllen, scheiterte Ende der 80er Jahre des 20. Jahrhunderts kläglich. Es erschienen nur zwei Hefte, 1988 und 1989.

*

Mit dem Eingehen von „Land und Leute“ endete für Ludwigslust und die Region eine Ära, die mit Gillhoffs Monatsheften 1925 ihren Anfang genommen und Ludwigslust zum wichtigen Publikationsort gemacht hatte. Die Beziehungen von Ludwigslust und den Ludwigslustern zur schönen Literatur hörten aber nicht auf. 1999 starb in Potsdam der 1930 in Ludwigslust geborene namhafte Literaturwissenschaftler Hans-Heinrich Klatt. Als Akademiemitglied in Berlin schrieb er wichtige sprach- und literaturgeschichtliche Beiträge für „Land und Leute“, auch plattdeutsche Gedichte für den wieder seit 1996 bei Hinstorff in Rostock herausgegebenen „Voß-un-Haas-Kalender“. Im gleichen Jahr starb der ehemalige Hochschullehrer an der Universität Warschau und Professor für Neuere deutsche Literatur in Potsdam Werner Rieck. Von 1957 bis 1959 war er Lehrer an der Erweiterten Oberschule in Ludwigslust, die aus dem 1884 eingerichteten Realgymnasium am Alexandrinenplatz hervorgegangen war. Diese traditionelle Bildungsstätte verließen Persönlichkeiten, die „binnen un buten“ auf den verschiedenen Gebieten hervorragende Leistungen vollbrachten, etwa der Hamburger Oberlehrer Julius Brauns, der gegen Ende des 19. Jahrhunderts eine eigene Stenografie entwickelte, oder der Publizist und Herausgeber Walter Lehmbecker.

Ostern 1917 legte Walter Lehmbecker sein Abitur ab, studierte Geschichte sowie neuere Sprachen in Göttingen, Freiburg und Rostock und wurde Gymnasiallehrer in Wismar. Seit 1931 schrieb er für die „Mecklenburgischen Monatshefte“ über niederdeutsche Dichtung und gab 1938 den Sammelband „Lob der Heimat“ mit eigens für die Ausgabe geschriebenen Texten von Friedrich Griese, Gerhard Ringeling, Wilhelm Zierow, Hans Franck, Max Dreyer, Wilhelm Neese, Walter Pegel und Friedrich Schult heraus. Ein Gillhoffscher Text erschien postum. Seit 1945 lebte Walter Lehmbecker in Kiel und kümmerte sich um Werkausgaben von John Brinckman, Felix Stillfried und Heinrich Seidel. Das wohl wichtigste Buch erschien 1978, zwei Jahre vor seinem Tod, mit dem Titel „Niederdeutscher Humor im Lande Fritz Reuters". Große Beachtung finden darin Betrachtungen zu Gillhoffs Schriften.

Spätere Absolventen der Ludwigsluster Bildungsanstalt waren der Kunstmaler Hermann Schepler, die Berliner Illustratorin Renate Jessel, der Grafiker Albrecht von Bodecker, der Schauspieler und Regisseur am Deutschen Theater Berlin Friedo Solter, die Schriftstellerin und Künstlerische Leiterin des Kupferstichkabinetts in Schwerin Ingrid Möller und Grete Grewolls, die an der Landesbibliothek Schwerin die von Wilhelm Heeß 1944 begründete Bibliographie von Mecklenburg fortsetzt und 1995 das Personenlexikon „Wer war wer in Mecklenburg-Vorpommern?" erarbeitete.

Auswärtige Autoren besuchten seit der Mitte des 20. Jahrhunderts wieder Ludwigslust und lasen aus ihren Büchern: Helmuth Sakowski, Hermann Kant, Peter Ensikat und die 1999 in Beckentin bei Grabow verstorbene Übersetzerin Waltraud Ahrndt, Ann-Charlott Settgast, Klaus Meyer, Kurt Nolze, Horst Köbbert, Ulrich Nowitzki und der Sorbe Jurij Brežan. Andere reisten nicht nur zum Vortrag nach Ludwigslust, sie beschrieben die Stadt und das reizvolle Umland: der Erzähler Edmund Schroeder und die Schriftstellerin Renate Krüger aus Schwerin sowie der Berliner Feuilletonist Heinz Knobloch. Die „Wochenpost" druckte seinen Mehrteiler über Ludwigslust mit den gelungenen Illustrationen von Wolfgang Würfel.

Am 10. Juni 1995 kam der Altmeister der niederdeutschen Literatur Gerd Lüpke aus Varel am Jadebusen nach vielen Jahren wieder in die Stadt, trug am Grabe Gillhoffs ein Gedicht vor und las zwei Jahre später, am 5. September 1997, aus seinen Werken im Rathaussaal.

Vom 22. bis 24. März 1996 fanden die Reuter-Tage erstmals in Ludwigslust statt. Walter Kempowski aus Nartum bei Bremen hielt im Schloss einen vielbeachteten Vortrag, so auch der ein Jahr später verstorbene Thomas-Mann-Forscher Harry Matter aus Berlin. Der ehemalige Ludwigsluster Pastor Hans-Peter Meyer-Bothling aus Bad Bevensen wurde mit dem Ehrenbrief der Fritz-Reuter-Gesellschaft, der größten niederdeutschen Literaturvereinigung Deutschlands, ausgezeichnet. Meyer-Bothling hat sich nicht nur um die Reuter-Forschung verdient gemacht, er veröffentlichte auch eine Monografie über den Hofmaler Findorff und zeichnete eine Genealogie der Familie von Reuters Frau Luise mit Wurzeln in Ludwigslust nach. Die Reuter-Tage waren das literarische Großereignis der 90er Jahre in Ludwigslust.

Überregionale Bedeutung haben auch die seit 1993 alljährlich stattfindenden Gillhoff-Tage in Ludwigslust und Glaisin. Hier wird der Johannes-Gillhoff-Preis des Kulturkreises Mecklenburg mit Sitz Hamburg verliehen: Preisträger waren 1993 Detlef Hamer, Journalist und Schriftsteller in Rostock, 1994 Grete Grewolls, Bibliothekarin und Publizistin in Schwerin, 1995 Jürgen Grambow, Literaturwissenschaftler und Mitarbeiter am Pommerschen Wörterbuch an der Ernst-Moritz-Arndt-Universität Greifswald, 1996 Christian Madaus, Publizist und Herausgeber in Hamburg, 1997 Manfred Brümmer, Dramaturg an der Fritz-Reuter-Bühne Schwerin, 1998 Ursula Kurz, Lyrikerin in Wittenburg, 1999 Dieter Rakow, Autor aus Bexhövede bei Bremerhaven und 2000 Richard Trost, amerikanischer Gillhoff-Übersetzer in Des Moines, Iowa. Während der Gillhoff-Tage und der darüber hinausgehenden Veranstaltungen der Johannes-Gillhoff-Gesellschaft hielten seitdem literaturwissenschaftliche Vorträge die beiden amerikanischen Professoren Eldon L. Knuth aus Kalifornien und Joachim Reppmann vom St. Olaf College in Northfield sowie Peter Richter von der Universität Tokyo, traten die Volksschauspieler Fritz Hollenbeck aus Hamburg und Marga Heiden aus Schwerin auf, lasen eigene Text die niederdeutschen Autoren Karl-Heinz Madauß aus Parchim, Jürgen Pump von der Insel Poel, Hannelore Hinz, Peter Kunze, Wilhelm Simon aus Schwerin und die Ludwigsluster Ilse Lass, Sigrid Schumacher und Dietrich Sabban. Lesungen führt auch wieder Wolf Spillner durch, der mit seiner Frau Astrid Kloock seit 1998 in Ludwigslust wohnt und arbeitet.

In Ludwigslust wohnte Jürgen Borchert nicht, wurde auch nicht hier geboren, er war aber ein Ludwigsluster. Der erste Text, den der Schriftsteller, Publizist und Herausgeber abdrucken ließ, war 1975 die Skizze „Ein Mann namens Gillhoff". Sein letztes Buch, das kurz vor dem Tod erschien, ist eine Sammlung plattdeutscher Texte aus den von Gillhoff in Ludwigslust redigierten Monatsheften. Dazwischen liegen die Veröffentlichungen von mehr als 30 Büchern und nicht gezählten Beiträgen in Zeitungen, Zeitschriften, Periodika und Anthologien.

Jürgen Borchert war, wie er selbst sagte, ein naturalisierter Mecklenburger. Im „preußischen" Perleberg geboren, wurde er Fotograf, studierte Bibliothekswissenschaft, übernahm die Leitung der Kreisbibliothek Perleberg und dann die des Literaturkabinetts an der Landesbibliothek Schwerin. 1980, inzwischen mit der Familie nach Schwerin übergesiedelt, wagte er den Schritt in die Freiberuflichkeit und entwickelte eine außergewöhnliche Produktivität. Biografische Bücher über Fritz Reuter, Carl Hinrichs, Hoffmann von Fallersleben, Heinrich Seidel, Schweriner Persönlichkeiten, Mecklenburgs Großherzöge und Alexandrine, die „Königin von Mecklenburg", erschienen. An einer Edition über John Brinckman arbeitete er bis zuletzt. Bevorzugte Sujets waren Mecklenburg und die Mecklenburger.

Er schrieb aber keine provinzielle Literatur. Er sprengte den engen Rahmen und machte das Land und seine Bewohner über die Grenzen hinaus bekannt. Das ist sein bleibendes Verdienst. Darin liegt seine Größe. Für sein umfangreiches schriftstellerisches und publizistisches Werk wurde er mehrfach ausgezeichnet: 1980 und 1987 erhielt er den Fritz-Reuter- und 1992 den Johannes-Gillhoff-Preis.

Keiner Stadt und Region fühlte er sich so sehr verbunden wie Ludwigslust und der Griesen Gegend. Dafür stehen Bücher, in denen er Spaziergänge durch Ludwigslust und Landfahrten durch die Heidelandschaft Südwestmecklenburgs unternimmt, besonders aber seine berühmte „Zettelkasten-Reihe". Hier schrieb er auf, was er von Ludwigslust und dem Umland wusste. Und das war eine ganze Menge. Bereits 1977 hatte er Feuilletons über „Ludwigsluster Merkwürdigkeiten“, über Johannes Gillhoff und Ludwig Reinhard für den Band „Klappersteine“ geschrieben. Die faszinierenden Persönlichkeiten Gillhoff und Reinhard sollten ihn zeitlebens beschäftigen. Er schrieb 1981 ein literarisches Programm zu Gillhoff und einen Roman über den mecklenburgischen Demokraten Reinhard, dessen Schriften er 1999 in Ludwigslust herausgab. Jürgen Borchert bewies in all seinen Büchern und Aufsätzen, dass er ein vorzüglicher Kenner von Land und Leuten der Region und ihrer Geschichte war. Das spiegelt sich wider in seinen Reden, so in der zur Präsentation des Herzog-Christian-Ludwig-Buches und in seinen Worten zum Jubiläum der Kreissparkasse Ludwigslust im Goldenen Saal des Schlosses, in seinen Laudationes auf den Ludwig-Reinhard-Preis des Landkreises und in den Vorträgen auf den Fachtagungen der Fritz Reuter und Johannes-Gillhoff-Gesellschaft.

*

Jürgen Borchert lernte ich 1980 in Ludwigslust während der Premiere seines Ludwig-Reinhard-Romans „Je dunkler der Ort“ kennen. Ich war begeistert von seiner Art zu schreiben. Er wurde mir Lehrmeister und Freund zugleich.

Von Ludwigslust war ich schon früher begeistert. Einen Teil meiner Kindheit und frühen Jugendzeit verlebte ich in der Stadt. Es war jedes Mal ein Erlebnis, wenn Vater mich in Dömitz ins Postauto setzte und ich neben dem Fahrer Platz nehmen und auf der Reise den „Winker“, heute ist das das Blinklicht, betätigen durfte. Postautos standen noch ganz in der Tradition der Personenbeförderung alter Postkutschen. Opa holte mich vom Postauto in Ludwigslust ab. Er besaß ein Haus am Friedhofsweg. Hier fühlte ich mich wohl. Er hatte schöne Bücher und alte „Voß-un-Haas-Kalender“, in denen ich immer wieder blätterte, bis sie auseinanderfielen. Von hier aus unternahm ich Streifzüge durch die Gärtnerei Stautmeister, rund um den Friedhof und die Stadtkirche. Noch gut erinnern kann ich mich an das Hamburger Tor, aber nicht mehr an den „Fliegenden Hamburger“. Großvater hatte bei der Bahnpost gearbeitet und zeigte mir den Bahnhof, als der Silberpfleil durch Ludwigslust donnerte.

Meistens nahm mich Opa an die Hand und ging mit mir durch den Park oder nur zum Schloß. „Da sitzen jetzt die vom Kreis drin. Ja, als der Großherzog noch hier war …“ Er kam jedes Mal ins Schwärmen, wenn er vom Großherzog sprach. Man war eben noch ganz „großherzoglich“ in Ludwigslust. In der Stadt zeigte er mir, in welchen Häusern welche adelige Damen gewohnt hatten und erzählte von dem „oll'n Herrn Senater“. „Der kümmerte sich um allns in'ne Stadt. Fast hundert Jahre isser geworden, weil er täglich auf'n Schoppen zu Karl's ging. Er war ein fröhlicher Mensch un lief immer pfeifend durche Straßen.“ – In Erinnerung geblieben sind mir die Worte, aber anfangen konnte ich nichts damit. Erst später wurde mir klar, Otto Kaysel war gemeint, den Großvater ehrfurchtsvoll nur den „oll'n Herrn Senater“ nannte.

Ins Schwärmen kam Opa auch, wenn er von den Pferderennen erzählte oder davon, als noch „de Dragoners“ durch die Stadt ritten: „Das Dragonerdenkmal ham'se gleich nachen Krieg abgerissen“, und zeigte auf den Alexandrinenplatz. Jetzt war da ein hoher Bretterzaun quer über den Platz genagelt mit großen roten Sternen darauf. „Hier gehts nich weiter, dahinter sind Russen.“ Auf dem Weg zurück in die Schlossstraße sagte er am linken Eckhaus: „Und hier hat ein richtiger Schriftsteller gewohnt. Das war ein kleiner Mann mit'n griesen Bart un krumme Knie. Der hat viel Geld verdient, aber nich für sich behalten. Er schenkte allns seinen Verwandten, damit sie sich was zum Essen kaufen können.“ – Viele Jahre später, nachdem ich selbst angefangen hatte, über Gillhoff zu arbeiten, kamen mir des Großvaters Worte wieder in den Sinn. Es stimmt, dass Johannes Gillhoff die in Ludwigslust lebende Witwe und die Kinder seines 1903 verstorbenen Bruders Gottlieb unterstützte, aber viel Geld hat er als Schriftsteller nicht verdient. Hunderttausende Exemplare seines Romans „Jürnjakob Swehn der Amerikafahrer“ wurden zwar in der Zeit nach dem Ersten Weltkrieg verkauft, aber in Deutschland herrschte Inflation, und als Johannes Gillhoff 1924 nach Ludwigslust kam, stand er finanziell faktisch vor dem Nichts.

Mehr als vierzig Jahre sind seit meiner Kindheit in Ludwigslust vergangen. Mehr als vierzig Jahre, die die Stadt veränderten, aber nichts von ihrer Ursprünglichkeit auszulöschen vermochten. Idylle und Wohnwert blieben erhalten. Das Schloss steht noch, ist endlich Museum und Kulisse für Konzerte, die Kirche erstrahlt im alten neuen Glanz, und der Park ist immer noch der größte Mecklenburgs. Neue Straßen und Häuser kamen hinzu, alte wurden liebevoll restauriert. Die Stadt ist attraktiver geworden, schöner. An ihr kann man sich besoffen sehn …

Hartmut Brun, Polz/Meckl. im Juni 2001

Quellennachweis

Renate Krüger: Kunst und Weidwerk (S. 14)
In: Ludwigslust. Eine kulturhistorische Skizze. – Schwerin: Ernst Wähmann Verlag 1976

Thomas Nugent: Neunzehnter Brief (S. 16)
In: Die unterhaltsame Reise des Herrn Dr. Nugent durch Mecklenburg. Reisebriefe aus dem Jahre 1766. Bearbeitet und hrsg. von Heinrich Alexander Stoll. – Wismar: Hinstorff Verlag 1936

Johann Christian Friedrich Wundemann: Man muß sich billig wundern (S. 23)
In: Mecklenburg in Hinsicht auf Kultur, Kunst und Geschmack. – Schwerin und Wismar: Verlag der Bödnerschen Buchhandlung 1803

Richard Giese: Dei Ludwigsluster Juchhans (S. 25)
In: Land und Leute. 2. Jg., H. 10. Hrsg. Deutscher Kulturbund. – Ludwigslust 1957

Heike Kramer: Chronometer und Statussymbol.Typoskript 2000 (S. 26)

Horst Ende: Weitsicht und Pietät (S. 36)
In: Norddeutscher Leuchtturm (Wochenendbeilage der Norddeutschen Zeitung) vom 20. 11. 1987. Nr. 1805. – Schwerin: 1987.

Helene von Krause: Dirigentin in Männerkleidern (S. 40)
In: Unter der Wendischen Krone. – Berlin: F. Fontane & Co 1912

Dieter Klett: Die Buchführung von Louis Massonneau (S. 41)
Auszug aus: Auszug in die Idylle. Die Mecklenburg-Schweriner Hofkapelle in Ludwigslust.
In: Musik in Mecklenburg. Beiträge eines Kolloquiums zur mecklenburgischen Musikgeschichte. Hrsg. von Karl Heller, Hartmut Möller und Andreas Waczkat. – Hildesheim, Zürich und New York: Georg Olms Verlag 2000

Klaus Albrecht: Friedrich Franz hat Geburtstag (S. 47)
Auszug aus: Karl von Stein, Charlottes Sohn
In: Mecklenburgische Monatshefte 3. Jg., H. 4. – Rostock: Carl Hinstorff Verlag 1927

Karl von Stein: In der Schloßkirche schlafen gewöhnlich alle Kavaliers (S. 51)
In: Horst Fleischer: Vertrauliche Mitteilungen aus Mecklenburg-Schwerin und Sachsen-Weimar. Hrsg. Thüringer Landesmuseum Heidecksburg. – Rudolstadt: 1999

Johann Stephan Schütze: Alles drängte und trieb uns nach Ludwigslust (S. 52)
In: Humoristische Reisen durch Mecklenburg, Holstein, Dänemark, Ostfriesland etc. – Hamburg: Gottfried Vollmer 1812

Gustav Ritter: Dei lütte Kark (S. 62)
In: Wat in mi klüng. – Wismar: Hinstorff Verlag 1927

Otto Vitense: Kosaken auf dem Alexandrinenplatz (S. 63)
In: Mecklenburg und die Mecklenburger 1813–1815. – Neubrandenburg: Verlag der Otto Nahmmacherschen Buch- und Kunsthandlung 1913

Karl Julius Weber: Noch mehr gefällt mir Ludwigslust (S. 65)
In: Deutschland oder Briefe eines in Deutschland reisenden Deutschen. – Stuttgart: Gebrüder Franckh. 1828

Karl Goß: Hauptmeilenstein des Landes (S. 66)
Auszug aus: Geschichte der Stadt Ludwigslust. Verfaßt und am Schlusse des Jahres 1851 dem Druck übergeben von K. Goß. Neu herausgegeben und fortgesetzt von Otto Kaysel. – Ludwigslust: Paul Niemann 1927

Otto Kaysel: Von großherzoglichen Läufern (S. 67)
In: Mecklenburgische Monatshefte. 6. Jg., H. 12. – Rostock: Carl Hinstorff Verlag 1930

Arnold Hückstädt: Fritz Reuter und die Herrlichkeiten von Ludwigslust, Typoskript, 2000 (S. 69)

Johannes Gillhoff: Min Fründ Rein (S. 72)
In: Mecklenburgische Monatshefte. 3. Jg., H. 9. – Rostock: Carl Hinstorff Verlag 1927

Jürgen Borchert: Subrektor Reinhard (S. 74)
In: Je dunkler der Ort … Ein Ludwig-Reinhard-Roman. – Rostock: Hinstorff Verlag 1980

Ludwig Reinhard: Einen Hundeblaff von Techentin entfernt (S. 77)
In: Scherben. Reise von Ludwigslust nach Norwegen. – Schwerin: Kürschner 1839

Gottlieb Gillhoff: Bürgerwehr mit Piken (S. 78)
Auszug aus: Vater Gillhoff und seine Zeit
In: Glaisin in Mecklenburg-Vorpommern. Gillhoff-Dorf im Herzen der Griesen Gegend. Hrsg. Gemeinde Glaisin. – Glaisin: 1998

Helene von Krause: Der Kartätschenprinz versteckt sich in der Villa Gustava (S. 79)
In: Unter der Wendischen Krone. – Berlin: F. Fontane & Co 1912

Leontine von Winterfeld-Platen: Stift Bethlehem (S. 81)
Auszug aus der Erzählung Gottes Stimme im Leid
In: Bethlehems-Kalender. Mecklenburgisches Volksbuch auf das Jahr 1927. 68. Jg. Hrsg. vom Stifte Bethlehem. – Ludwigslust: Selbstverlag des Stifts Bethlehem 1927

Johannes Gillhoff: Unsern Ausgang segne Gott (S. 81)
In: Mecklenburgische Monatshefte. 3. Jg., H. 9. – Rostock: Carl Hinstorff Verlag 1927

Richard Giese: Dat Tauprosten (S. 82)
In: In Holt un Heid. Hrsg. von Hartmut Brun. – Rostock: Hinstorff Verlag 1989

Otto Kaysel: Aus Alt-Ludwigslust (S. 83)
In: Mecklenburgische Monatshefte. 3. Jg., H. 9. – Rostock: Carl Hinstorff Verlag 1927

August Otto: Wo der Großherzog nichts zu sagen hat (S. 86)
In: Volksschriftsteller und Hauspoeten. Ludwig Kreutzer. – Soest: Rittersche Buchhandlung P. G. Capell 1908

Johannes Gillhoff: Dies Land ist dem lieben Gott auch man mäßig geglückt (S. 87)
In: Jürnjakob Swehn der Amerikafahrer. – Berlin: Verlag der Täglichen Rundschau 1917

Heinrich Karl Adolf Krüger: Ein Wiedow, den ich Swehn getauft habe (S. 89)
Auszug aus: Aus Johannes Gillhoffs letztem Jahr
In: Mecklenburgische Monatshefte. 6. Jg., H. 3. – Rostock: Carl Hinstorff Verlag 1930

Der Einzug unserer Dragoner am 15. Juni 1871 (S. 91)
In: Ludwigsluster Wochenblatt 1. 19. Jg., Nr. 48, vom 17. 6. 1871. – Ludwigslust: Druck und Verlag der Hinstorffschen Hochbuchhandlung

Friedrich Franz II.: Der 1. Juli 1876 (S. 94)
Aus der Rede des Großherzogs Friedrich Franz II. anläßlich der Verleihung des Stadtrechts an Ludwigslust
In: Extrablatt zum Ludwigsluster Wochenblatt vom 3. 7. 1876. – Ludwigslust: Druck und Verlag der Hinstorffschen Hofbuchhandlung

Jährlich ein Fettviehmarkt (S. 95)
In: Mecklenburgische Vaterlandskunde von Wilhelm Raabe. Zweite Auflage, gänzlich umgearbeitet und bis zur Gegenwart verbessert und vervollständigt von Gustav Quade. – Wismar: Hinstorffsche Hofbuchhandlung Verlagsconto 1894

Felix Stillfried: De Fohrt nah de Höll (S. 98)
In: Biweg' lang. Ok en Struß Läuschen un Rimels. – Rostock: Verlag von Hermann Koch 1901

Carl Kober: Universität soll Ludwigslust werden (S. 100)
In: Ludwigslust einst und jetzt. Ein Wegweiser. – Ludwigslust: Hinstorffsche Hofbuchhandlung 1909

Gertrud von Le Fort: Die große und die kleine Träumerei, Auszug (S. 101)
In: Gertrud von Le Fort. Das fremde Kind. – © Insel Verlag Frankfurt am Main 1963

Otto Kaysel: Unsere Stadt (S. 103)
In: Ludwigslust. Sonderdruck der Mecklenburgischen Monatshefte. – Rostock: Carl Hinstorff Verlag 1927

Carl Hauptmann: Eine entzückende Kleinstadt (S. 108)
Brief an Werner Sombart vom 17. 8. 1907 aus dem Hotel Weimar
In: Leben mit Freunden. Gesammelte Briefe. Hrsg. von Will-Erich Peuckert. – Berlin und Leipzig: Horen Verlag 1928

Theodor Heuss
Auszug aus: Herbstreise durch Mecklenburg (S. 109)
In: Theodor Heuss, Die Erinnerungen 1905–1933 © Rainer Wunderlich Verlag Tübingen
Alle Rechte vorbehalten © Deutsche Verlagsanstalt GmbH, Stuttgart

Fritz Mielert: Eine buntgemischte Welt (S. 110)
Aus: Ludwigslust - Wöbbelin
In: Durch Mecklenburg. Ein Buch für Heimat-, besonders aber auch für Reuterfreunde. – Leipzig: Verlag von Otto Lenz 1920

Wilhelm Behn: Das Schauspielhaus in Ludwigslust (S. 114)
In: Stadt Ludwigslust 1876–1926. – Ludwigslust: Verlag des Ludwigsluster Tageblattes von Paul Niemann 1926

Albrecht Wilhelm Sellin: An Ludwigslust (S. 122)
In: Erinnerungen aus dem Berufs- und Seelenleben eines alten Mannes. – Konstanz: Wölfing Verlag 1920

Adolf Reuter: Man ist benommen von so viel Grünweißrot (S. 124)
Aus: Ludwigslust im Wandel zweier Jahrhunderte
In: Westermanns Monatshefte. 68. Jg, Juli 1924. – Braunschweig: 1924

Ostwind is ümmer kolt (S. 127)
Zwei Anekdoten von Fritz Brüsehafer, Rostock (Nacherzählt vom Herausgeber)
Aus: Johannes Gillhoff in Ludwigslust
In: Glaisin in Mecklenburg-Vorpommern. Gillhoff-Dorf im Herzen der Griesen Gegend. Hrsg. Gemeinde Glaisin. – Glaisin: 1998

Jürgen Borchert: Die Mecklenburgischen Monatshefte (S. 129)
In: Mein mecklenburgischer Zettelkasten. – Rostock: Hinstorff Verlag 1985

Reinhold Rugenstein: Seine fleißige Feder wurde außer Dienst gestellt (S. 131)
Auszug aus der Ansprache am Grabe von Johannes Gillhoff am 20. 1. 1930
In: Mecklenburgische Monatshefte. 6. Jg., H. 3. – Rostock: Carl Hinstorff Verlag 1930

Rudolf Ziel: Das Haus in der Mauerstraße (S. 133)
In: Aus meinen Erinnerungen. Typoskript 1948

Hans-Jürgen Soldin: Lehrjahre sind keine Herrenjahre (S. 135)
In: Aus meinem Leben. Typoskript 1987

Anne Hermann: Ihr könnt ‚du' zu mir sagen (S. 137)
In: Erinnerungen. Typoskript 2000

Gerd Lüpke: Kronen. Typoskript 2000 (S. 141)

Friedrich Franz: Begegnung im Schloß (S. 143)
In: Joachim Schultz-Naumann: Mecklenburg 1945. © 1989 by Universitas in der Herbig Verlagsbuchhandlung GmbH, München

Leonard Linton: Von unserer Einheit war ich der Erste in Ludwigslust (S. 145)
Auszug aus seiner Rede im Schloss Ludwigslust im Mai 1998. – Tonbandaufzeichnung Mahn- und Gedenkstätten Wöbbelin

James M. Gavin: Wir konnten das Wöbbeliner KZ riechen (S. 149)
In: On to Berlin. Battles of an Airborn Commander 43 – 46. – New York: The Viking Press 1978

Bruno Theek: Wie wir in Ludwigslust begannen (S. 151)
In: ... einer neuen Zeit Beginn. Erinnerungen an die Anfänge unserer Kulturrevolution. 1945–1949.
© Aufbau-Verlag Berlin und Weimar 1980

Joachim Löper: Tulpanow (S. 156)
Aus: Erinnerungen von Joachim Löper. Typoskript 1992

Jürgen Borchert: Mecklenburg-Briefmarken (S. 157)
In: Mein mecklenburgischer Zettelkasten. – Rostock: Hinstorff Verlag 1985

Willi Bredel: Meister Bartho (S. 160)
In: Land und Leute. 1. Jg., H. 4. Hrsg. Kulturbund zur demokratischen Erneuerung Deutschlands. – Ludwigslust: 1956

Herbert Bartholomäus: Der Kunstmaler Hermann Schepler (S. 163)
In: Land und Leute. 1. Jg., H. 2. Hrsg. Kulturbund zur demokratischen Erneuerung Deutschlands. – Ludwigslust: 1956

Edmund Schroeder: Ein städtebauliches Kunstwerk (S. 166)
In: Mein Mecklenburger Land . – Schwerin: Petermänken Verlag 1957

Uwe Kolbe: Ludwigslust (S. 175)
In: Vineta. Gedichte. © Suhrkamp Verlag Frankfurt am Main 1998

Heinz Knobloch: Ludwigslust = Ludwigs Lust? (S. 176)
In: Mecklenburg. Ein Reiseverführer. – Rudolstadt: Greifenverlag 1985
(hier auf Wunsch des Autors mit anderem Titel als in der Quelle)

Knuth Wolfgramm: MITROPA in L. (S. 183)
In: Elbniederung bei Boizenburg. Gedichte. – Boizenburg: Elbe-Literaturverlag 1992

Jürgen Borchert: An der Bushaltestelle (S. 184)
In: Muul und Mündchen. Norddeutsche Sprachbilder. © Altstadt Verlag Rostock 1997

Christian Ludwig Herzog von Mecklenburg: Vierundzwanzig Wassersprünge (S. 185)
In: Erzählungen aus meinem Leben. © Stock & Stein Verlag Schwerin 1996

Astrid Kloock: Um halb drei beim Großherzog oder: Ein Mann und seine Stadt (S. 187)
In: Sonntag. Die kulturpolitische Wochenzeitung. 38. Jg., vom 9. 12. 1984. Hrsg. vom Kulturbund der DDR. – Berlin: 1984

Erwin Bernien: Sie wusste alles über Ludwigslust und den Schlossgarten (S. 193)
In: Ludwigsluster Tageblatt (Regionalausg. der Schweriner Volkszeitung). 18./ 19. 11. 2000. – Schwerin: 2000

Dietrich Sabban: Nur ein Traum. Typoskript 2000 (S. 194)

Hanne-Lore Marske: Die Fassade (S. 201)
In: Lichtblicke. – Recklinghausen: Verlag Rudolf Winckelmann 1993

Gerd Lüpke: Im Park. Typoskript 2000 (S. 205)

Otto Kaysel: Großstadtmenschen, kommt zu uns (S. 206)
In: Mecklenburgische Monatshefte. 3. Jg., H. 9. – Rostock: Carl Hinstorff Verlag 1927

Autorenverzeichnis

Albrecht, Klaus (biografische Daten konnten nicht ermittelt werden) Schriftsteller, Bühnenautor und Intendant des Ludwigsluster Schauspielhauses bis 1947.

Bartholomäus, Herbert (* 7. 10. 1910 Berlin; † 11. 3. 1973 Ludwigslust) Grafiker, Maler und Illustrator.

Behn, Wilhelm (* 13. 7. 1872 Waren/Müritz; † 9. 12. 1945 Ludwigslust) 1901 bis 1918 Bürgermeister in Dömitz, 1921 bis 1933 und 1945 in Ludwigslust.

Bernien, Erwin (* 1. 5. 1921 Ludwigslust) Lehrer. Lebt in Techentin.

Borchert, Jürgen (* 25. 5. 1941 Perleberg; † 1. 3. 2000 Schwerin) Feuilletonist, Schriftsteller, Publizist und Herausgeber.

Bredel, Willi (* 2. 5. 1901 Hamburg; † 27. 10. 1964 Berlin) Schriftsteller und Kulturpolitiker.

Christian Ludwig (* 29. 9. 1912 Ludwigslust; † 18. 7. 1996 Hemmelmark bei Eckernförde) Herzog zu Mecklenburg. Sohn des Großherzogs Friedrich Franz IV.

Ende, Horst (* 13. 12. 1940 Meißen) Abteilungsleiter im Landesamt für Denkmalpflege Mecklenburg-Vorpommern. Lebt in Schwerin.

Friedrich Franz (* 22. 4. 1910 Ludwigslust) Erbgroßherzog von Mecklenburg-Schwerin. Sohn des Großherzogs Friedrich Franz IV.

Friedrich Franz II. (* 28. 2. 1823 Ludwigslust; † 15. 4. 1883 Schwerin) Großherzog von Mecklenburg-Schwerin seit 1842.

Gavin, James Maurice (*22. 3. 1907 New York; † 23. 2. 1990 Baltimore/Maryland) Amerikanischer General und Kommandeur der 82. Luftlandedivision. 1961 bis 1963 Botschafter der USA in Paris.

Giese, Richard (*2. 2. 1890 Warlow bei Ludwigslust; † 5. 4. 1965 ebda) Lehrer und niederdeutscher Autor.

Gillhoff, Gottlieb (* 23. 11. 1832 Glaisin; † 13. 1. 1915 Bremen) 1853 bis 1908 Lehrer in Glaisin. Vater von Johannes Gillhoff.

Gillhoff, Johannes (* 24. 5. 1861 Glaisin; † 16. 1. 1930 Parchim) Lehrer, Volkskundler, Germanist, Rezensent, Schriftsteller, Redakteur und Herausgeber.

Seit 1925 Schriftleiter der Mecklenburgischen Monatshefte in Ludwigslust.

Goß, Karl Friedrich Johann (* 25. 2. 1794 Ludwigslust; † 11. 3. 1866 Slate bei Parchim) Pastor in Brenz seit 1829. Verfasser der ersten Geschichte von Ludwigslust.

Hauptmann, Carl (* 11. 5. 1858 Bad Salzbrunn; † 4. 2. 1921 Schreiberhau/Schlesien) Erzähler, Dramatiker und Lyriker. Bruder von Gerhart Hauptmann.

Hermann, Anne (Pseudonym) (* 1925 Ludwigslust). Lebt seit 1953 im Westen Deutschlands.

Heuss, Theodor (* 31. 1. 1884 Brackenheim; † 12. 12. 1963 Stuttgart) Politiker. 1949 bis 1959 Bundespräsident der Bundesrepublik Deutschland.

Hückstädt, Arnold (* 27. 1. 1935 Köstrin/Pommern) Germanist, Literaturwissenschaftler und Publizist. 1958 bis 1991 Leiter des Fritz-Reuter-Literaturmuseums Stavenhagen. Lebt in Seedorf bei Malchin.

Kaysel, Otto (* 7. 10. 1843 Güstrow; † 13. 6. 1937 Ludwigslust) Rechtsanwalt, Notar, Senator, Mäzen und Autor. 1920 Ehrenbürger von Ludwigslust.

Klett, Dieter (* 2. 5. 1937 Naumburg/Saale) Musikdramaturg am Mecklenburgischen Staatstheater. Lebt in Schwerin.

Kloock, Astrid (* 3. 5. 1943 Ludwigslust) Publizistin. Lebt in Ludwigslust.

Knobloch, Heinz (* 3. 3. 1926 Dresden) Erzähler, Feuilletonist und seit 1953 Mitarbeiter der Zeitung Wochenpost. Lebt in Berlin.

Kober, Carl (* 21. 1. 1854 Ludwigslust; † 24. 8. 1913 ebda) Seit 1875 Inhaber der Hinstorffschen Hofbuchhandlung in Ludwigslust.

Kolbe, Uwe (* 17. 10. 1957 Berlin) Essayist und Lyriker. Lebt in Tübingen.

Kramer, Heike (* 15. 12. 1964 Güstrow) Kunsthistorikerin. Direktorin des Schlosses Ludwigslust. Lebt in Sukow.

Krause, Helene von (* 13. 1. 1841 Brandenburg/Havel; † 14. 4. 1915 Ludwigslust) Schriftstellerin. Lebte seit 1889 in Ludwigslust.

Krüger, Henrich Karl Adolf (* 9. 11. 1878 Schönberg; † 28. 8. 1964 Lauenstein bei Hameln) Niederdeutscher Autor und Literaturhistoriker. 1907 bis 1911 Postbeamter in Ludwigslust.

Krüger, Renate (*23. 7. 1934 Spremberg/Niederlausitz) Essayistin und Schriftstellerin. Lebt in Schwerin.

Le Fort, Gertrud von (* 11. 10. 1876 Minden; † 1. 11. 1971 Oberstorf) Lyrikerin, Romanautorin, Novellistin und Essayistin. Lebte von 1898 bis 1915 in Ludwigslust.

Linton, Leonard (* 1. 1. 1922 Yokohama/Japan) 1945 Corporal der 82. US-Luftlandedivision und Mitglied der amerikanischen Militärregierung in Ludwigslust und Berlin. Seit 1950 selbständiger Unternehmer. 2000 Ehrenbürger der Stadt Ludwigslust. Lebt in Point Lookout/New York.

Löper, Joachim (* 3. 12. 1919 Rostock) Dozent. Lebt in Bad Salzuflen.

Lüpke, Gerd (* 19. 5. 1920 Stettin) Schriftsteller, Rundfunk-, Fernseh- und Bühnenautor, Übersetzer. Lebt in Varel am Jadebusen.

Marske, Hanne-Lore (* 29. 9. 1925 Herten) Schriftstellerin. Lebt in Recklinghausen.

Mielert, Fritz (* 3. 7. 1879 Wartha; † 4. 8. 1947 Dortmund) Lehrer, Journalist und Reiseschriftsteller.

Nugent, Thomas (* um 1700; † 1772) Reiseschriftsteller. Gelehrter irischer Abstammung in London, 1765 Ehrendoktor der Universität Aberdeen und 1767 Mitglied der Society of Antiquaries.

Otto, August (biografische Daten konnten nicht ermittelt werden) Publizist.

Reinhard, Ludwig (* 9. 4. 1805 Mustin bei Ratzeburg; † 19. 7. 1877 Bolz bei Sternberg) Pädagoge, Publizist, Schriftsteller und Politiker. 1831 bis 1843 Subrektor an der Lateinischen Schule in Ludwigslust und 1848 bis 1849 Abgeordneter der Frankfurter Nationalversammlung. Freund Fritz Reuters.

Reuter, Adolf (* 28. 4. 1859 Pritzier; † 20. 9. 1936 Höxter/Westfalen) Gymnasiallehrer in Höxter. Großneffe Fritz Reuters.

Ritter, Gustav (* 22. 8. 1867 Grabow; † 5. 5. 1945 ebda) Pfeffernussfabrikant und niederdeutscher Autor.

Rugenstein, Reinhold (* 16. 1. 1869 Finkenthal bei Gnoien; † 31. 5. 1944 Ludwigslust) 1912 bis 1937 Pastor am Stift Bethlehem in Ludwigslust. Beerdigte 1930 Johannes Gillhoff.

Sabban, Dietrich (* 22. 3. 1935 Rostock) Diplom-Landwirt. Niederdeutscher Autor. Lebt in Ludwigslust.

Schroeder, Edmund (* 11. 12. 1891 Karow; † 20. 1. 1965 Schwerin) Lehrer und Schriftsteller.

Schütze, Johann Stephan (* 1. 11. 1771 Olvenstädt; † 19. 3. 1839 Weimar) Journalist, Schriftsteller und Almanachredakteur in Weimar.

Sellin, Albrecht Wilhelm (* 19. 7. 1841 Ludwigslust; † 10. 9. 1933 München) Kolonialdirektor in Brasilien.

Soldin, Hans-Jürgen (* 18. 7. 1920 Ludwigslust) 1941 bis 1944 Dienstverpflichteter in der Dömitzer Rüstungsindustrie und bis 1945 Häftling im Lager Rotenförde bei Staßfurt. 1955 bis 1975 Bürgermeister in Gernrode. Lebt in Gernrode.

Stein, Karl von (* 8. 3. 1765 Weimar; † 4. 5. 1837 Kochberg) Sohn der Goethe-Freundin Charlotte von Stein. 1786 bis 1793 Kammerjunker des Herzogs Friedrich Franz I. in Ludwigslust.

Stillfried, Felix ist das Pseudonym für *Adolf Brandt* (* 26. 9. 1851 Fahrbinde bei Ludwigslust; † 5. 6. 1910 Rostock) Gymnasialprofessor in Rostock und niederdeutscher Autor.

Theek, Bruno (* 20. 5. 1891 Berlin; † 22. 3. 1990 Schwerin) Theologe, Publizist und Schriftsteller. 1939 bis 1956 Pastor an der Stadtkirche Ludwigslust, 1941 bis 1945 Häftling im KZ Dachau, 1945 bis 1947 Bürgermeister in Ludwigslust und 1986 Ehrenbürger der Stadt.

Vitense, Otto (* 27. 3. 1880 Wittenburg; † 31. 12. 1948 Neubrandenburg) Gymnasiallehrer und Historiker.

Weber, Karl Julius (* 16. 4. 1767 Langenburg/Württemberg; † 20. 7. 1832 Kupferzell) Satirisch-feuilletonistischer Schriftsteller.

Winterfeld-Platen, Leontine von (* 21. 7. 1883 Lübberstorf bei Friedland; † 24. 7. 1960 Neu Pinnow/Westprignitz) Schriftstellerin. Lebte von 1903 bis 1919 in Ludwigslust.

Wolfgramm, Knuth (* 28. 3. 1952 Boizenburg) Lyriker. Kaufmännischer Angestellter in Lauenburg. Lebt in Blücher bei Boizenburg.

Wundemann, Johann Christian Friedrich (* 21. 3. 1763 Rostock; † 26. 12. 1827 Walkendorf bei Gnoien) Schriftsteller und seit 1785 Pastor in Walkendorf. Ehrendoktor der Universität Rostock.

Ziel, Rudolf (* 30. 5. 1880 Dresden † 13. 5. 1964 Berlin) 1923 bis 1933 u. 1946 bis 1950 Landgerichtspräsident in Chemnitz. Schwiegersohn von O. Kaysel.

Dank

Die Stadt Ludwigslust unterstützte und begleitete die Erarbeitung und Fertigstellung des Bandes. Herausgeber und Verlag bedanken sich für sachdienliche Hinweise und die Bereitstellung von Texten bei der Stadt Ludwigslust sowie bei Erwin Bernien, Techentin, Marie-Luise Borchert, Schwerin, Sylvia Böttcher, Grabow, Marianne Clemens, Hamburg, Horst Ende, Schwerin, Grete Grewolls, Schwerin, Prof. Dr. Dr. Jürgen Grote, Mainz, Dr. Jan-Christoph Hauschild, Düsseldorf, Dr. Arnold Hückstädt, Seedorf, Axel Kahrs, Lüchow, Klaus Karschnick, Ludwigslust, Dieter Klett, Schwerin, Astrid Kloock, Ludwigslust, Heinz Knobloch, Berlin, Heike Kramer, Sukow, Dr. Renate Krüger, Schwerin, Joachim Löper, Bad Salzuflen, Gerd Lüpke, Varel, Hanne-Lore Marske, Recklinghausen, Dietrich Sabban, Ludwigslust, Renate Schubert, Ludwigslust, Hans-Jürgen Soldin, Gernrode, Hartwig Suhrbier, Frechen, Knuth Wolfgramm, Blücher und Hans-Jürgen Zimmermann, Ludwigslust.

Herausgeber und Verlag danken allen Verlagen, Institutionen und Privatpersonen für die freundlichen Abdruckgenehmigungen. Nicht in jedem Fall gelang es, den Rechtsträger zu ermitteln. Wir bitten deshalb, vorhandene Ansprüche beim Verlag geltend zu machen.

Texte des 20. und 21. Jahrhunderts sind behutsam der neuen Orthographie angeglichen worden, ausgenommen solche, für die das Copyright bei anderen Verlagen liegt und wir die freundliche Abdruckgenehmigung erhielten.

Die mit * versehenen Überschriften formulierte der Herausgeber.

Die Deutsche Bibliothek – CIP-Einheitsaufnahme

„… die Überraschung aber ist das Städtchen.“: Ludwigslust; ein Lesebuch / Hrsg. Hartmut Brun. –
Rostock : Hinstorff 2001
ISBN 3-356-00891-9

1. Auflage 2001
Druck und Bindung: Wiener Verlag Ges.m.b.H.
Printed in Austria
ISBN 3-356-00891-9